Um sacerdote diante do abismo

Catalogação na Fonte
Elaborado por: Dayanne Leal Souza
Bibliotecária CRB 9/2162

C957u
2024

Cruz, Anderson
Um sacerdote diante do abismo / Anderson Cruz. – 1. ed. – Curitiba: Appris, 2024.
259 p. : il. color. ; 23 cm.

ISBN 978-65-250-6829-9

1. Filosofia. 2. Religião. 3. Ateísmo. 4. Liberdade. 5. Preconceito. 6. Relacionamento. 7. Morte. 8. Luto. I. Cruz, Anderson. II. Título.

CDD– 200

Appris editora

Editora e Livraria Appris Ltda.
Av. Manoel Ribas, 2265 – Mercês
Curitiba/PR – CEP: 80810-002
Tel. (41) 3156 - 4731
www.editoraappris.com.br

Printed in Brazil
Impresso no Brasil

Anderson Cruz

Um sacerdote diante do abismo

artêra
editorial

Curitiba, PR
2024

FICHA TÉCNICA

EDITORIAL	Augusto V. de A. Coelho Sara C. de Andrade Coelho
COMITÊ EDITORIAL	Marli Caetano Andréa Barbosa Gouveia (UFPR) Edmeire C. Pereira (UFPR) Iraneide da Silva (UFC) Jacques de Lima Ferreira (UP)
SUPERVISORA EDITORIAL	Renata C. Lopes
PRODUÇÃO EDITORIAL	Bruna Holmen
REVISÃO	Simone Ceré
DIAGRAMAÇÃO	Bruno Ferreira Nascimento
CAPA	Dani Baum
REVISÃO DE PROVA	Bruna Santos

Será o homem apenas um equívoco de Deus?
Ou será Deus apenas um equívoco do homem?
(Friedrich Nietzsche)

SUMÁRIO

CAPÍTULO 1

A gota para o caos

O dia estava agitado. O clima tenso mostrava o quão difícil estava manter o controle no HTO (Hospital de Tratamento Oncológico) da cidade de Montbel. O cheiro de morte permeava os corredores enquanto macas e cadeiras de rodas disputavam espaço na ala de Urgência e Emergência, a qual parecia estar sempre lotada.

Em um dos cômodos estava Elisa e, ao seu lado, Charles, cujo olhar preocupado refletia a angústia que sentia em seu coração. Apesar da agonia estampada no rosto das pessoas daquele local, ela demonstrava tranquilidade diante do seu delicado quadro de saúde.

Deitada, com o auxílio dos equipamentos adequados, mantinha um leve sorriso à equipe de profissionais, que, geralmente, não retribuía a simpatia. Sua cabeça estava coberta por um lenço e seus olhos apontavam para todas as direções. Quando olhou para a direita, viu sua nova companheira com quem, pelo tempo já prolongado ali, passou a compartilhar histórias pessoais no intuito de manter o bom humor em uma luta que tinha data para terminar. Era um conforto em meio ao caos.

O medo estava presente nas histórias que cada leito guardava ante tantos desesperançados que passaram por ali. O corpo de Elisa já estava no ritmo de desfalecimento; suas mãos tremiam e, quando tinha que se movimentar, suas pernas cambaleavam à medida que sua respiração desacelerava.

A cada medicamento injetado, seu rosto virava fazendo uma careta que arrancava sorrisos de sua nova amiga, ainda que a tosse lhe doesse o peito. Era um refúgio mútuo; a sintonia entre as duas servia para que – assim – tivessem uma sensação de melhora; e, em alguns momentos de crise, elas davam-se as mãos e compartilhavam as últimas forças que ainda tinham. Por muitas vezes, enfrentaram juntas as agruras da vida.

Uma companhia puramente empática, já que seus familiares não podiam compreendê-las em todos os momentos, pois a dor é sentida por quem vivencia a experiência.

Todos pareciam estar perturbados naquele ambiente moribundo, o que reforçava ainda mais a desesperança de quem permanecia sentado em uma cadeira aguardando notícias, pois a sensação era de que o tempo não passava. Contudo, Elisa via a oportunidade de descanso após uma vida de altos e baixos; e isso era o que lhe dava leveza em seu pálido rosto, contrastando com o sentimento de perda que sua família já expressava.

Charles estava com poucas palavras. Tornou-se um espectador da própria angústia. Pele branca, cabelos lisos e pretos, vestia uma camisa branca e um de seus ternos elegantes. Ele estava vestido como quase todos os dias em que se vestia para o seu ofício. A diferença é que, nesse momento, a sua elegância envergou e sua postura era de alguém amassado por um trator.

Sufocado com tantas perguntas que ele mesmo não conseguia responder, as lágrimas escapavam por alguns instantes. O desânimo atava o sorriso que outrora fora a sua marca pessoal. Quando calmo (raramente), se acomodava na cadeira e tirava alguns cochilos; quando ansioso, andava pelo corredor chutando o vento, como se pudesse sentir o peso de uma bola, a fim de aliviar o peso sobre seus ombros; ia até a recepção, olhava com um leve sorriso de canto para os atendentes e logo retornava para acompanhar, de perto, a luta pela vida.

Nada estava fácil também para ele. Sua rotina fora totalmente modificada e todos os dias havia um compromisso que precisava ser adiado, pois sua prioridade era estar ali.

Seguindo a tradição de seus pais, Charles se tornou pastor de uma igreja cristã com um legado a ser repassado adiante. Mas, naquele momento, tinha que administrar bem suas atividades para continuar sendo um marido presente. Para isso, também contava com seus dois filhos, que já estavam crescidos o suficiente para ajudá-lo a aliviar o lamento, o que nem sempre era possível porque o momento era avassalador.

Contudo, o tempo estava curto. O medo de perder a pessoa mais importante de sua vida aumentava a cada dia, mesmo tendo a fé lhe dando certeza de que tudo iria acabar bem; e, para ele, acabar bem – nesse caso – significava a cura de sua esposa e nada mais que isso.

Ele se levantou da cadeira e pediu para que Luiza ficasse um pouco ao lado de sua mãe. Elisa estava dormindo, pois tinha acabado de ser medicada com Tramadol. A sala estava com sua capacidade máxima de pacientes, porém silenciosa no momento em que todos estavam a descansar. Eram os únicos momentos de uma aparente paz naquele lugar.

Charles foi para a porta de saída e de lá passou a observar o movimento da rua com carros a cantar suas buzinas. Pessoas passavam em frente à porta do hospital sem qualquer preocupação, como se – na verdade – aquele prédio público desesperador não existisse. Encostou-se à porta e colocou a mão em seu rosto, cobrindo os olhos. Exausto. Os dias anteriores foram angustiantes e a cada dor sofrida por Elisa, sua determinação parecia diminuir.

– Oh, meu deus! Dê-me forças para acreditar – disse ele.

Seu telefone tocou e após alguns segundos ele atendeu. Era Letícia, sua irmã. Quando não podia estar presente, ligava frequentemente para Charles ou para Luiza, a fim de ter notícia de sua cunhada. Ambas eram muito próximas, na verdade tão íntimas que ajudavam uma à outra quanto aos seus relacionamentos conjugais.

– Diga – respondeu ele.

– Nossa! Que humor, hein?!

Charles bufou ao telefone, acusando o fardo pesado que naquele momento ele estava sentindo.

– Desculpa. Eu só estou cansado. Não está sendo fácil, Letícia. Tento entender como tudo isso aconteceu, como viemos chegar até aqui, mas não encontro respostas.

– Ai, Charles, será que ela vai sair dessa?

– Claro que sim. Você acha que deus vai nos abandonar? Só temos que aguentar firmes. Ele nunca falha, Letícia... Deus nunca falha. – Embora tantas incertezas, ele tirava forças de dentro de si para evitar o desespero em sua família.

– É eu sei. Tenho que dar um jeito nesse meu pessimismo. Mas é que tudo está tão difícil que vários pensamentos passam ao mesmo tempo em minha cabeça. Mas eu acredito que ela vai ser curada.

Charles viu Luiza se aproximar com um olhar mais preocupado que o comum e logo se despediu da irmã.

– Pai, vem comigo – disse ela puxando-o pelo braço em direção à sala onde a sua mãe estava.

Com certa dificuldade, Elisa pediu para sentar-se e Charles a atendeu.

– Minha filha, nos dê um minuto, por favor – disse ela com uma voz já enfraquecida.

– Sim, mãe. Tudo bem. Vou ficar na recepção – disse Luiza.

Elisa estava pálida e ainda mais fraca. Tinha olheiras profundas, parecia ter recebido um soco em cada olho. A situação estava a se agravar, mas ela precisava dizer algo.

– Meu querido.

– Oi, meu bem, não fale muito. Você precisa descansar – disse ele tentando fazê-la deitar novamente.

– Não. Apenas me escute. Pode ser?

– Tá bom. Estou aqui.

Com dificuldade em pronunciar as palavras, ela começou:

– Nesse tempo que estou aqui neste hospital eu refleti sobre muitas coisas. Nosso casamento, nossos filhos, a igreja que administramos e pelo que lutamos. – Recompôs a respiração para poder continuar. – Todos esses assuntos são importantes para mim e pensá-los foi muito produtivo diante da minha situação. Mas tem algo que me confrontou e que somente por meio desta doença eu pude perceber o quanto eu estava errada.

– O quê, meu bem?

– Por muito tempo eu pensei que pudesse ter o controle das coisas na minha vida. Eu queria fazer o meu destino. Passei muito tempo me aprisionando nas regras que eu aceitei. Acreditei que poderia definir a vida dos nossos filhos e que, por mais que Theo desejasse tudo ao contrário, eu pensei que ele precisava escutar mais a mim que a ele mesmo. Eu queria controlar tudo ao meu redor, mas olha onde estou agora... Nada disso eu posso controlar.

– Mas deus tem o controle de tudo, meu amor. Você vai voltar curada para nossa casa.

– Pare, Charles – disse ela meigamente, pegando no rosto de seu marido com um doloroso sorriso. – Eu não estou falando disso, meu querido. O que eu quero dizer é que chega um momento em que somos confrontados com aquilo que lutamos para evitar. Talvez tudo aconteça para abrir os nossos olhos e enxergarmos o que há do lado de fora do nosso mundo caótico de regras pessoais. Agora, o que me restou a não ser a gratidão por tudo o que eu atraí para a minha vida? Todas as pessoas que cruzaram o meu caminho, as situações que me ocorreram, os problemas, as bênçãos... Tudo... Por tudo eu sou grata e sou grata a Deus. É aí que ele entra... Na necessidade de sermos gratos, meu amor.

Charles, apreensivo, fechou o semblante diante das palavras que ouvira.

– Você está falando como se tudo já estivesse acabando. Não perca a sua fé, querida.

Elisa abaixou a cabeça e seu corpo começou a balançar para frente.

– Elisa... Elisa... – exclamou ele, segurando o corpo desfalecido.

– Eu já estou morta, Charles.

Essas foram as últimas palavras de Elisa. Seu corpo foi pesando até que Charles o deitou.

Ao ver sua esposa no estado em que estava, passou as duas mãos na cabeça e correu para chamar a equipe de enfermagem. Todos estavam conversando enquanto preparavam os medicamentos que iriam administrar em outros pacientes. O homem aflito, e desesperado, bateu fortemente na porta para dizer em alto tom.

– Ei, a minha esposa está pálida e fria! Por favor, façam alguma coisa! Ou vocês não estão aqui pra isso?

– Calma, senhor. Vamos verificar o que está acontecendo – disse um dos técnicos, que se dirigiu até Elisa.

Instalou o aparelho de pressão no braço dela. Pressionou a bombinha várias vezes enquanto o aparelho insuflava e, ao esvaziar, voltou a insuflar. Repetiu o procedimento mais uma vez e logo a isolaram para o início do processo de reanimação.

Luiza chegou à sala e, quando viu sua mãe sendo estimulada por um desfibrilador, entrou em desespero. Acusou os profissionais de descaso, mas logo foi ignorada. Chamaram uma psicóloga, a qual apareceu para acalmá-la, retirando-a daquela sala.

Em seguida, cobriram o corpo e o enfermeiro responsável anunciou ao marido: “Fizemos todo o possível, senhor. Mas, infelizmente, ela não resistiu”.

Charles ficou paralisado em meio ao movimento de pessoas entrando e saindo da sala. Não parava de olhar para sua esposa, esperando-a tirar o lençol e levantar dali para voltar à vida. Era o momento mais confuso para ele, pois não fazia ideia de que sua vida iria mudar a partir desse dia.

Luiza estava dentro de uma sala a conversar com a psicóloga, que fazia de tudo para que a raiva da filha desconsolada diminuísse. No entanto, ela estava chorando muito e dizia coisas que pareciam não ter sentido. De vez em quando, olhava pelo vidro da janela buscando avistar seu pai, mas o corre-corre estava tão grande que era quase impossível vê-lo.

Foi nesse momento que Theo chegou. Entrou na sala, abraçou sua irmã e ali choraram juntos.

– Por quê, Luiza? Por que ela nos deixou? – perguntou ele com o rosto escondido no ombro dela.

– Não sei, mano, não sei.

Após o abraço dos dois filhos sofridos, pediram à psicóloga que os ajudasse a encontrar seu pai, pois precisavam saber o que fazer naquele momento.

Charles estava sentado no chão de uma área de transição entre dois complexos do hospital, e ali o acharam de cabeça baixa.

– Pai, como você está? – perguntou Luiza, ao se agachar, com os olhos inchados.

Ele levantou a cabeça, mas não deu resposta alguma. Seu rosto estava seco por não ter derramado nenhuma lágrima desde o último olhar de Elisa. Anos inteiros estavam passando em segundos na mente do pastor. Ele não estava presente ali, não reagiu, e assim ficou por algum tempo.

Luiza insistiu querendo saber o que era preciso providenciar para o velório, mas Charles disse que o corpo iria ser enterrado no mesmo dia, sem cerimônia alguma. Aqueles que quisessem se despedir, como os irmãos da igreja, poderiam ir direto ao cemitério. Ele queria ser rápido na despedida e, por isso, dispensou o velório.

* * *

No cemitério, amigos e parentes chegavam para a despedida. Letícia e seu marido, Gerson, estavam a cumprimentá-los com um sorriso cordial para não aparentar antipatia.

Enquanto as pessoas (não muitas) iam chegando, dois funcionários do estabelecimento cavavam em ritmo acelerado. O caixão estava em um suporte ao lado para que pudessem pronunciar as últimas palavras. A grama estava molhada com o pouco de chuva que caía; e, embora tivesse pouca gente, a cobertura do ambiente não era suficiente para abrigar a todos.

Theo não segurava as lágrimas, pois soluçava como uma criança. Já estava imaginando sua mãe descer à terra para nunca mais voltar, uma cena desesperadora para um filho que, há tempos, vivia em conflitos internos e que – naquele dia em específico – desejou voltar horas no passado para vê-la mais uma vez. Dizia ele repetidas vezes: *"Eu não me despedi dela"*. E assim ficou angustiado, apesar de estar sendo acalentado por Robson.

Luiza realizou o pagamento do serviço funerário sem deixar de prestar atenção ao seu pai. Depois, pediu para os trabalhadores que se apressassem porque o enterro deveria logo terminar. Sua intenção era levar seu pai o mais rápido possível para casa, pois o fardo poderia estar pesado demais naquele momento.

Charles seguiu sentado perto de Elisa. Seus fiéis da igreja e alguns amigos se aproximaram para lhe dar os pêsames, mas ele não cumprimentou ninguém. Estava sério, atônito, sem uma lágrima sequer. Uma rosa estava em suas mãos para jogá-la no momento em que o caixão fosse descer, assim como muitos também iriam fazer.

Letícia discursou com algumas palavras, compartilhando momentos felizes com sua cunhada desde o momento em que se conheceram. Chorou em um momento de silêncio e, após se despedir, deu o sinal para Luiza autorizar a descida do caixão.

Apesar de a tristeza tomar cada um ali presente, o clima estava brando. Ninguém desesperado e ninguém gritando, apenas as lágrimas pela perda de alguém que foi dedicado à família e fiel às tradições religiosas.

Em boa parte de sua vida, ela seguiu rigorosamente uma vida de ritos e foi pouco simpática, o que a fez conquistar carinho de uns e ódio de outros; a não ser nos últimos meses de sua vida, quando suas atitudes mudaram a partir de um encontro com alguém especial, que a fez perceber a beleza da vida, que – antes – não era percebida.

Elisa viveu durante 52 anos.

As rosas foram jogadas, menos a de Charles.

– Vamos, por favor, me leve para casa – disse ele, que só levantou após tudo ter terminado.

E dali a família saiu rapidamente.

Em casa, Theo foi para seu quarto enquanto Charles foi até a sacada, sentou-se em sua cadeira e ali ficou pensando.

Letícia, Gerson e Luiza foram à cozinha tomar água, no que Luiza começou a chorar. Tinha ela segurado valentemente a dor para ajudar na realização do enterro de sua mãe, porém aquele momento foi difícil de conter. Suas lágrimas se misturaram com as de Letícia durante o abraço.

– Não sei como tudo vai ficar a partir de agora, tia. Minha mãe era o meu porto seguro – disse Luiza.

– Eu sei que esse momento é difícil, querida, mas vamos nos unir. Eu estarei aqui, claro que não como a sua mãe, mas conte comigo. Afinal, ela mesma nos ensinou que devemos contar uns com os outros, não é mesmo? – disse Letícia, enxugando o rosto de sua sobrinha.

– E ele, hein? – Luiza olhou para o seu pai. – Deve estar sofrendo muito.

– Ele ainda não chorou – disse Letícia.

– Pois é... E nesse momento ele ainda prefere ficar sozinho.

– Deixe o seu pai um pouco lá. Deve estar passando o filme da vida junto com Elisa em sua cabeça. Ele vai superar. Ele é forte, não é? – Pegou no queixo de Luiza. – Você quer que a gente fique aqui esta noite?

– Não precisa, tia. Gerson, obrigada também por tudo. Vocês são uma bênção em nossas vidas.

– É um prazer ajudar vocês, Luiza. Qualquer coisa... É só chamar – disse Gerson, levantando-se para ir embora.

Foram até a sacada, falaram algumas palavras a Charles e se despediram também dele.

As horas avançaram e ainda na cadeira de sua sacada, Charles Nascimento finalmente chegou às lágrimas. Sempre buscou cuidar de suas aflições longe da vista de sua família e ali estava ele novamente sozinho, pela madrugada, tentando tirar de si a grande dor, a qual já considerava o maior sofrimento de sua vida após a morte de seus pais.

A perda de sua esposa cravou uma estaca em seu peito e causou uma ferida que não parava de sangrar. A angústia era grande ao ponto de Charles ficar em sua cama pensando e pensando...

Aquela noite demorou a passar. Foi possível sentir o cheiro de Elisa, o que o levou a lembrar dos melhores momentos juntos naquela casa. No quarto, ele deitou acariciando o lado da cama usado por ela e cheirou o lençol que embrulhara os dois.

Passou mais um tempo e, finalmente, adormeceu.

CAPÍTULO 2

A vida precisa continuar?

Seis meses depois...

A percepção de Charles quanto a tudo o que considerava essencial para a sobrevivência neste mundo estava ameaçada e isso o deixava inquieto. Ele queria voltar a se ver como um homem feliz, contudo o choque de realidade o fez passar a conviver com confusões que traziam à tona as dúvidas que confrontavam suas convicções.

A verdade é que o impacto que sofreu fez sua mente virar uma verdadeira balbúrdia.

Mesmo tudo parecendo impecável perante as pessoas, nada era mais como antes. As nobres roupas com uma estética conservadora provavam que – no mundo particular em que a família Nascimento vivia – as duas horas e meia dentro de um templo religioso passaram a ser tão necessárias quanto um economista dentro da sala cirúrgica de um hospital.

Charles precisava parar... Parar de se esconder atrás de sua posição. Já estava na hora de aceitar as suas fraquezas e reconhecer que seu conhecimento teológico não mais sustentava a sua esperança, mas apenas alimentava a sua solidão. Porém, estava ele preparado para essa nova realidade? Será que o pastor Charles abdicaria de sua autoridade – que lhe permitia julgar os pecados de seus fiéis – para enxergar as suas próprias aflições?

Não, não, não... Esse caminho é longo demais para alguém que acredita estar em um trono espiritual a olhar o mundo por cima.

Eis o orgulho de um homem que parecia enfraquecer-se a cada semana que passava, mas que negava o seu estado emocional, assumindo uma fé de que bastava proferir algumas palavras de autoajuda para – em um passe de mágica – tudo mudar.

Quanto sofrimento! A ladeira era alta demais.

Seus pesadelos tornaram-se mais frequentes que o comum, o que contribuía para que o mau humor o afastasse de pessoas importantes, mesmo estando fisicamente próximo delas.

Após o fato trágico, os fins de semana continuavam os mesmos, digo com a mesma rotina, mas o vento parecia não entrar mais pelas janelas. O silêncio predominava em uma casa que parecia ter crescido e ficado grande para uma família que não recebia mais as visitas de antes. A alegria passou a se esconder embaixo dos tapetes.

Era uma fase ruim e o pastor já não conseguia organizar a sua própria vida.

No templo, seus sermões continuavam a ser brilhantes aos olhos do seu público, que buscava lhe dar apoio, mas já estavam sendo interpretados como hipocrisia pela sua própria família.

Nesse período, Luiza, com 29 anos de idade, ocupava um cargo voluntário no departamento de finanças na instituição religiosa em que seu pai pastoreava, além de ainda inexperiente contadora em um emprego.

Theo, por outro lado, com seus 25 anos, ocupava seu tempo com filmes e séries em seu quarto. Além disso, ele tocava violão e se apresentava em bares e restaurantes da cidade, junto com sua amiga Dany.

Os dois filhos têm grande importância na história de Charles, mas é algo que vou contar mais adiante.

O ano era 2015, um domingo do mês de agosto como outro qualquer.

Todos se preparando para o culto de logo mais. Contudo, aquele domingo para Charles estava estranho. Não falo só de seu ânimo, nem apenas de sua tristeza diária, mas do drama que havia se agravado. Era o dia de aniversário de Elisa e, por isso, a melancolia estava maior.

Fazer o percurso até o templo em seu carro, sem a presença de sua amada, era uma tortura que ele tentava evitar. Porém ele alimentava a saudade à medida que proibia qualquer pessoa de sentar no banco da frente, pois gostava de dirigir lembrando as vezes que olhava para o lado e encontrava o sorriso que, para ele, era inesquecível.

Charles morava próximo de uma das principais avenidas de Montbel. Movimentada, com mercados e rota de coletivos, ela dava acesso a outras vias que alcançavam o centro da cidade. Seu corredor de árvores sombreando as calçadas aliviava o calor de 35 °C, temperatura que já era comum aos cidadãos montbelenses, mesmo com a sensação térmica de 40 °C.

Ao passear pela cidade, fácil era ver pedestres se escondendo debaixo de uma cobertura, portando garrafinhas d'água, bonés e óculos escuros; tudo para minimizar a cefaleia que já era uma das características dos habitantes daquele lugar.

Por esse motivo Montbel era conhecida como a "cidade de fogo" do norte brasileiro. Perceptíveis eram os muitos problemas por suas poucas políticas públicas, mas – ao contrário disso – Montbel encantava por sua antiguidade.

Monumentos históricos, propriedades tombadas e florestas preservadas eram os principais pontos turísticos, atraindo visitantes de outros estados e até de outros países. A arborização dava um toque natural e, além disso, a cidade apresentava a dança dos pássaros que, no nascer e no pôr do sol, era um atrativo a mais com o seu vaivém.

A cidade era quase uma ilha, rodeada por um rio de grande dimensão, com muitos afluentes formadores de vários igarapés, os quais atravessavam outros municípios. Montbel, na verdade, era como um provedor desses cursos marítimos.

Naquela noite, Charles pensou em ficar em sua cama a chorar e lamentar por tudo o que estava acontecendo. Nada mais justo para quem segue espremido pela culpa. Estava ele olhando demais para o abismo à sua frente e se sentia sendo sugado para baixo.

Olhou a sua imagem no espelho e pareceu desapontado com o que viu. Dando o último nó em sua gravata alaranjada, disse francamente:

– Por que me atormentas?

Talvez ele pensasse no quanto a vida estava piorando; tempo demais para levar uma vida inteira ao nível da inutilidade. Puxando um pouco de força interna, reagiu:

– Levanta a cabeça, cara! Vamos lá.

Apesar dos ombros arriados, ele estava tentando se reanimar. Respirou fundo e deu mais uma conferida em seu *look*. Além da gravata, uma camisa em tom azul-claro, sapato brilhando o preto da graxa, calça e terno pretos, um tanto comum para um domingo rotineiro.

Olhou para o relógio e se apressou. Saindo de seu quarto, gritou:

– Vamos, meninos! Seis e meia. Já estamos em cima da hora! Vamos que hoje é uma noite especial.

– Eu já estou aqui na sala há dez minutos esperando. E, pai, hoje é um culto como outro qualquer – disse Luiza, retocando seu batom rosa-claro e seguindo em direção ao carro, levando consigo uma pasta cinza.

Então, faltava só o Theo, o qual se apressou ao ouvir a buzina do carro. Apareceu correndo e, finalmente, entrou no veículo. Já irritado pelo atraso de seu filho, Charles foi deixando escapar o bom ânimo que tinha refletido pelo espelho e, tomado pelo estresse, perguntou ao filho sobre quando ele vai ter mais responsabilidade com os compromissos.

A reação não foi das melhores, pois o estresse de um instigou o estresse do outro e, por isso, um novo confronto entre eles começou. Houve expressões exaltadas com ofensas de ambos os lados e, naquele momento, parecia não se tratar de uma simples discussão, mas de um conflito intolerante que repulsava qualquer proposta de pacificação entre eles.

As desavenças pareciam ser a última gota de um tempo nebuloso. O passado recente ainda perturbava suas mentes, mas como diz a frase popular... *"A vida continua"*. Porém, continuar de que jeito? Como viver após se ver frequentemente assombrado por vozes e pensamentos que estimulam tristeza e ódio?

Tinha algo que precisava ser resolvido entre eles e todos sabiam silenciosamente que esse período não seria nada fácil.

Os dois filhos se acomodaram atrás, pois o banco da frente seguiu vazio mais uma vez.

Logo ao partirem, Charles foi rápido em usar um tom irônico para perguntar se o amigo de Theo iria ao culto. Imediatamente, Luiza o encarou pelo retrovisor com um olhar repressor.

– Não sei. Liga para ele, já que está tão interessado! Égua, pai, já vai começar com isso? Pare o carro que eu vou voltar para casa – disse Theo, já com raiva, segurando a maçaneta da porta.

Luiza pegou em seu braço, balançando a cabeça como se pedisse a ele para permanecer.

– Ei, por favor, vocês podem parar com isso? Se ainda não perceberam, nós estamos indo para a igreja. Por favor, sosseguem – disse ela aos dois.

Em silêncio, o carro seguiu ao destino.

Theo, que já estava preso em seus próprios conflitos, ainda tinha que administrar – muito sem saber – as próprias queixas que carregava contra seu pai. Precisava desabafar e arrancar de si o que estava impedindo-o de experimentar a sensação de liberdade, mas não estava fácil sobreviver sem sua mãe, a qual aprendeu a compreendê-lo, tornando-se sua terapeuta do dia a dia.

A ausência de Elisa era sentida por todos, pois estava tudo muito recente. Theo Nascimento estava ali contra a sua vontade, porém sua esperança de alívio para aquela noite era a possível presença de seu amigo nada convencional Robson, pois assim poderia ele desfocar seu olhar de seu pai e não perceber o quanto era enfadonho estar em um lugar onde as pessoas o olhavam com preconceito.

Por ter a sua personalidade retraída, muitas vezes preferia se recolher em sua timidez. Costumava usar camisas que cobrissem seus magros braços, pois era vaidoso e isso o fazia esconder seu corpo por inteiro.

Quase tudo em volta era um sinal de ameaça, pois tinha a sensação de que todos iriam zombar dele, mesmo que não tivesse um aparente motivo. Tal retração se dava não somente por seu jeito de ser, mas também por uma pequena anomalia facial, o que – para ele – era muito visível e vergonhoso.

Contudo, ultimamente as discussões estavam constantemente inflamadas. Com o tempo, distanciou-se das atividades congregacionais e, nos últimos meses, ele clareou o cabelo e passou a utilizar uns óculos extravagantes no intuito de melhorar a aparência do seu rosto. Decisões que acenderam a ira de Charles.

Era um momento em que a rebeldia era uma forma de protesto.

Os ânimos alterados afetaram a tranquilidade entre os dois, naquele instante. Embora eles estivessem indo a um tipo de lugar em que se espera harmonia, dava para perceber que estavam os dois resistentes a qualquer tipo de reflexão, já que a crise afetiva afastava a possibilidade de algum diálogo consciente.

A troca de insultos passou a se repetir por mais vezes nos últimos meses na família Nascimento e, com isso, cada um passava por um drama pessoal, mas que Charles tentava dissimular de todas as formas, pois tinha uma imagem a zelar diante de sua igreja.

Durante o percurso, Theo enviou uma mensagem para Robson perguntando se iria ao culto. A cada dez segundos ele olhava o celular, mas sem resposta alguma. Era nítida a sua inquietação, pois suas pernas não paravam de balançar. Ao seu lado, sua irmã observava aquela agonia sem nada falar.

Após alguns minutos de percurso, eles chegaram ao destino: o templo, o lugar mais precioso para Charles.

Ele era de médio porte, bem iluminado, apenas um andar, com algumas janelas de madeira e uma porta de vidro alta, bem conservada. Localizado em uma esquina, o estacionamento era amplo e já tinha vários veículos ali presentes, desde bicicletas a carros. A cor cinza, de clara tonalidade, predominava em toda a estrutura externa do imóvel; e na parte superior da fachada, acima da porta, estava escrito: *Igreja do Santo Sacerdócio*.

O templo estava lotado. Como de costume, duas pessoas agradáveis recepcionavam a todos que chegavam. Havia um painel de entrada e, nele, alguns comunicados de interesse dos membros, mas uma mensagem de boas-vindas se destacava no centro, que dizia: *"Seja bem-vindo ao hospital espiritual. Aqui nós vamos cuidar de você"*.

A cerimônia começou com ótimas músicas tocadas por uma excelente banda. O som era de alta qualidade, o que contribuía para que o ambiente estivesse agradável. Embora o ar climatizado, era possível sentir o calor das pessoas cantando (a maioria de olhos fechados) juntamente com uma cantora possuidora de uma voz potente e afinada.

No salão do templo, Charles pareceu estar gostando de tudo o que estava acontecendo. Um pouco mais de cem pessoas cantando como um coral. Não se tratava de um domingo qualquer; e para o pastor o dia estava sendo ainda mais especial. Estar ali o fez sentir o suspirar de uma vida nova.

Robson chegou com seus passos acelerados, como era de se esperar. Olhando para um lado e para o outro, buscava avistar Theo. Logo o reconheceu pelos óculos e sua famosa camisa verde de botão e de mangas até os pulsos. Ele acenou com a mão e foi se sentar ao lado de seu melhor amigo.

Era um ambiente que não estava familiarizado com alguém tão singular como ele, o que geraria desconforto aos que nele avistassem motivos para enojá-lo. Facilmente possível perceber que os fiéis daquele templo não estavam preparados para acolher alguém que se mostrava inadequado.

Embora quase nada fugisse aos seus olhos, Robson parecia não se importar com as diferenças e se sentiu acolhido mesmo não recebendo nenhum gesto de afeto dos que estavam ao seu redor.

Enquanto todos cantavam, ele observava o ambiente e perguntava a si mesmo: "O que leva esse pessoal a colocar para fora toda essa energia como se alguém lá de cima estivesse se importando com suas necessidades?".

Olhou para Theo e o questionou sobre por que estava sentado, já que todos ali estavam a expressar a alegria de um momento que parecia durar uma eternidade. O filho do pastor, nem um pouco animado para se envolver com o clima congregacional, comentou o quanto seu pai estava implicante – algo que tinha relação direta com sua amizade. Como já estava previsto, Robson o puxou pelo braço e o convidou para cantarem junto com as pessoas daquele recinto.

Parecia ele um rapaz que buscava apaziguar qualquer clima conflitante, mas que jamais abriria mão de escutar suas dúvidas, que não o deixavam se conformar facilmente com o que se apresentava à sua frente. Evidentemente que o seu jeito de ser levantava pretexto para falatórios daqueles que o prejulgavam, fato que estimulava ainda mais questionamentos pertinentes a qualquer ser humano que busca por respostas fora do campo da obviedade.

Charles recebeu o microfone e deu início a um momento importante da cerimônia: o momento dos dízimos e das ofertas.

Após uma breve mensagem com referências bíblicas, muitas pessoas levantaram para deixar seus valores no gazofilácio. Possível era perceber pessoas com seus rostos sérios, algumas tristes e outras meio que se escondendo da vista do pastor. Já aqueles que permaneceram em seus lugares, pareciam envergonhados por não darem nada.

Robson, observando atentamente a tudo isso, virou-se para Theo.

– Você concorda com esse lance de dízimo?

Theo, timidamente, lhe disse que não tinha uma opinião formada a respeito, mas seu pai sempre dizia que era necessário devolver os dez por cento de tudo o que se ganha e que isso é uma lei divina, algo importante para a vida de qualquer cristão. Uma percepção resumida de alguém que não se importava muito com a representatividade do ritual. Talvez fosse uma das formas de se distanciar ainda mais dos costumes preservados pelo seu pai e evitar qualquer possibilidade de identificação com ele.

Percebendo o desconforto estampado no semblante dos fiéis, Robson questionou em seu íntimo:

"Se entregar dez por cento do que se ganha é uma lei divina, por que as pessoas estão tão desanimadas para cumpri-la? Será que elas entendem o que estão fazendo? Sei lá... Acho que eu não sou a pessoa ideal para resolver essa questão".

Sem pensar mais, Robson levantou e foi deixar a sua contribuição. No retorno, percebeu alguns olhares de julgamento e algumas pessoas cochichando. Sem ligar muito para isso, deu uma piscada para um homem que estava com seus olhos arregalados, espantado com aquela pessoa excêntrica de cabelos escuros, amarrados como um rabo de cavalo e um casaco rosa.

Ao sentar-se em seu lugar, ouviu uma ironia de Theo:

– Não sabia que você era ofertante.

– Ué... Quando eu tenho vontade de fazer algo, vou lá e faço.

Ao ouvir uma resposta objetiva e clara, Theo apenas balançou os ombros e fechou o semblante novamente.

Charles começou o sermão da noite. Discorreu sobre um texto bíblico e, a cada minuto, ele se envolvia no que estava ensinando. Alguns minutos após ter iniciado a sua mensagem, parou e respirou fundo.

Uma lágrima escorreu pelo seu rosto e logo procurou enxugar seus olhos. Olhou para o seu público por uma visão turva; e, nesse momento, a voz trêmula provaria o seu estado.

– Desculpem-me. Esse tempo está sendo muito difícil para mim e este dia ainda mais. Mas eu tenho certeza de que deus vai mudar esse quadro e tudo vai voltar ao normal.

Embora o grande esforço, ele já não mais estava conseguindo abafar o seu sofrimento. Viu-se indigno para propor qualquer ensinamento. A essa altura, sua vida já estava conversando com o abismo.

Não mais suportando o clima que ele mesmo causou, resolveu encerrar a cerimônia meia hora antes do horário comum de encerramento.

Perceptível era a sua apatia e a tristeza parecia se aprofundar a cada hora. Todos ali sabiam pelo que ele estava passando e, por isso, o carinho nunca deixou de existir da parte de seus fiéis.

Na saída, um senhor chamado Sabino apareceu com um tom calmo e caridoso, pegando em sua mão.

– Que deus conforte o seu coração, pastor Charles. Eu sei que esse fardo não está fácil, mas continue sendo essa pessoa preocupada com o próximo que eu tenho certeza de que está escondida aí dentro. – Sabino encostou uma das mãos na nuca do pastor e se retirou.

O clima de velório se espalhava e constrangia a todos. Porém havia algo que cercava o pastor e que permanecia no mais íntimo de si. Era algo que ele não podia corrigir. Seu passado e seu presente se misturavam, trazendo dores em feridas que se abriam a cada dia.

Charles se encontrava em uma crise de identidade, apesar da dificuldade de assumir perante os fiéis. Sua aparência imaculada – construída por anos – ainda era o que mais importava; e seus problemas secretos o que mais o desequilibrava.

As palavras de Sabino vieram para confrontá-lo, pois a pessoa caridosa que foi mencionada já não estava acordada e o que sobrava era alguém amargo que não inspirava mais a bondade. Sem saber o que dizer, desejou sair do templo.

Com poucas palavras, Charles foi se despedindo de algumas pessoas que estavam em seu caminho. Chamou a sua irmã Letícia e o marido Gerson para jantarem em sua casa. Seguiu até o carro, entrou e esperou seus filhos, que logo estavam chegando.

Para sua surpresa, Robson também entrou no veículo a convite de Theo. Preferiu não dizer nada, mas a sua insatisfação era visível, embora tentasse disfarçar para evitar conflito naquele momento.

CAPÍTULO 3

Intolerância

Durante o jantar, já na residência dos Nascimento, Gerson contava algumas histórias de sua família que traziam uma descontração ao lugar, tirando risos e gargalhadas de todos, menos de Charles.

Robson era o que mais interagia com o marido de Letícia, até por possuir um perfil extravagante, e, sem timidez alguma, contava piadas com sua voz alvoraçada sobre as demais.

Charles se levantou sem terminar a sua refeição, foi para a cozinha e lá se sentou. Não tinha nada a fazer lá, apenas se retirou para não ter mais que suportar o ambiente que o fazia perder a compostura. Estar no mesmo espaço que Robson era torturador, mas se esforçava para manter sua intolerância apenas em seus pensamentos. Imaginava ser uma péssima influência para seu filho.

Letícia o seguiu, pois estava observando seu irmão o tempo todo. Demonstrando-se preocupada, o questionou sobre o silêncio. Perguntou se a chamou para ficar vendo a tristeza falar por ele.

Para disfarçar seu real motivo, alegou não curtir piadas. Não precisou muito tempo para que logo perdesse a calma – que aparentemente possuía – para dizer a ela que todos são estúpidos por darem atenção às risadas esdrúxulas que cobriam a mesa de jantar.

Inconformada, Letícia resolveu confrontá-lo.

– Até quando você e Theo vão continuar fazendo de conta que um não existe na vida do outro? Um de vocês vai ter que agir com maturidade em algum momento e dar um fim nesse clima de velório.

– Ele faz as próprias escolhas dele, Letícia.

– Isso é bom, não é? Seria bom se todos nós o respeitássemos por isso, também.

– Ele pode fazer o que quiser da vida, mas não espere que eu vá agir como se tudo isso estivesse normal. Ele tem passado dos limites e isso eu não vou mais tolerar.

– Talvez pudesse pensar um pouco nessa soberba que acompanha você, meu irmão. Vejo que não tem a ver com piadas ou escolhas. Tem a ver com você. Será que é tão difícil compreender um filho que não é como você esperava que fosse? Desse jeito, acabará em um hospício.

Difícil seria para Charles aceitar tal asserção. Sua irmã estava cutucando a ferida, mas a dor precisava ser evitada. Sua posição social e, principalmente, a autoridade religiosa que um dia lhe foi concedida precisavam estar acima de qualquer martírio.

– Um dia você vai entender que nem tudo está no seu controle e eu vou ficar muito feliz quando houver um encontro seu com a liberdade – disse ela.

O suficiente para fazê-lo levantar e alterar o tom de voz mais uma vez. Seus olhos arregalaram, suas mãos ficaram trêmulas e sua postura feroz fez com que sua irmã desse um passo atrás. Já descontrolado, afirmou não precisar ser liberto e a ironizou como a salvadora que uma pessoa não precisa ter.

Continuou, tentando imputar à amizade de Theo e Robson a culpa de todo o sofrer. Para ele, o jantar com aquelas piadas e com aqueles risos era a materialização do escárnio do qual ele há muito tempo buscou orientar seus fiéis a se afastarem.

Jamais aceitaria que seu filho sustentasse uma amizade com alguém que não seguia os princípios que sua família conservava desde outras gerações.

– É... Acho melhor eu ir, já vai dar onze horas, está tarde. Vai descansar porque você está precisando – disse, desapontada. Chamou seu marido e os dois foram embora.

Apesar de o clima estar pesado, Luiza e Theo continuaram à mesa conversando até à meia-noite, quando Robson foi embora.

Após isso, o pai se dirigiu ao quarto sem a tradicional *"boa noite"*, o que não incomodou nenhum dos seus filhos. Desejar que o outro tivesse uma noite agradável parecia não ser mais importante.

É... O cenário era outro, o clima mudou assim como as próprias pessoas que ali moravam.

Os seis meses pareciam seis dias e o luto ainda não tinha sido suficiente para quem precisava retomar a vida. Estava ele já cedendo aos calmantes farmacêuticos para dormir, pois sua companheira fiel – nesse momento de sua vida – era a solidão.

Em muitas madrugadas ele soluçava repentinamente e o sono sumia sem retorno. A dor ele sentia distante dos seus filhos para que não aparentasse fraqueza, mas a aparência que tentava manter era apenas um meio de não se aprofundar no sofrimento.

Charles caminhava em círculos sem encontrar sentido para viver. Dores em sua cabeça o incomodavam durante quase o dia todo e o humor se alterava frequentemente.

Em sua igreja, seus sermões eram os momentos de mais utilidade em sua vida, porém não mais se via o brilho em seus olhos que tanto justificava a sua criatividade.

Imagine um homem que tomou para si o peso da responsabilidade de cuidar de outras pessoas, mas, agora, estava perdido por não saber como superar as suas próprias aflições.

O tempo passava e o coração não parecia se importar quando queria, na angústia, se afundar.

A ausência de Elisa estava mostrando o quanto era fraco e isso vinha convencendo-o de que mesmo com tanta experiência (acreditando estar elevado espiritualmente), ele precisava se reencontrar.

Apesar de toda essa dor, Charles guardava dentro de si a maior das amarguras. Sua tristeza e sua postura depressiva não se justificavam apenas por sua viuvez. Faltou dizer algo na despedida e ele não teria mais a chance de dizer, a não ser para si mesmo.

Seria um período de retiro para o pastor conhecer um homem sem as vestes religiosas?

Aceitar a si mesmo fora de sua caixa poderia ser aterrorizante, mas talvez fosse necessário isso acontecer para que tudo se ajustasse.

O pastor Charles Nascimento, nesse momento de sua vida, estava com 58 anos de idade. Aposentado, sua carreira de bombeiro o deixou cansado, embora visse sua profissão com certa nobreza pelo que fazia pelas pessoas que atendia em cada ocorrência. Mas, apesar de calejado, se via incapaz de lidar com a perda de sua esposa e o difícil relacionamento com Theo.

Desde criança esteve envolvido em atividades religiosas. Por isso, mantinha várias tradições em seu estilo de vida, o que levava o pastor a ter dificuldade em momentos que precisava escutar a quem pensava diferentemente dele.

Era comum conduzir um diálogo para o que ele acreditava ser a verdade, pois se expressava com respostas prontas sem ao menos repensar sobre o que pensava. Por outro lado, sempre prezou por dar assistência aos fiéis em suas dificuldades e isso demonstrava o seu lado caridoso e empático.

Seis anos antes, ele fundou a instituição em que pregava e já tinha um grupo frequentador. Apesar de não ser um templo tão grande nem tão notável, Charles costumava receber visita de autoridades da religião e da política. Ele era bem-visto na cidade, com uma nobre reputação.

O lado de fora pode estar maravilhoso, mesmo quando dentro se está morrendo.

Formado também em Teologia, possuía um vasto conhecimento bíblico e isso fazia com que suas mensagens fossem atraentes, prendendo a atenção do seu público, e, por mostrar habilidade na oratória, era também convidado para palestrar em outros lugares. No entanto, o momento que estava vivendo o deixara com poucas inspirações.

Tudo em um pacote que desestabilizava um homem que era duro na queda, mas que não estava conseguindo viver em paz.

Foi à cozinha tomar água. Parou na sala para rever algumas fotos de momentos marcantes com Elisa Nascimento. Pegou uma imagem registrada em um clube e a acariciou por alguns segundos. Cantou um hino religioso se derramando em lágrimas, com sua voz engasgada. Sem demorar tanto, voltou para o quarto aparentemente mais relaxado.

CAPÍTULO 4

O início de um mistério

Três anos depois da morte de Elisa.

Pela manhã, embora com poucas horas de descanso, Charles se colocou de pé cedo e se preparou para ir ao lugar onde ele se sentia em vida: o templo.

Deu um *"bom dia"* à Luiza e sentou-se à mesa para tomar café com ela, a qual também estava pronta para sair. Estava cantando baixinho enquanto passava manteiga em uma torrada.

– Fazia tempo que eu não o via animado assim. O que foi? Um beija-flor apareceu na janela do seu quarto?

– Minha filha, eu tive uma ideia que vai ajudar a nossa congregação crescer muito mais.

– Sério? – perguntou Luiza.

– Vamos fazer um encontro de pastores da cidade. É, na verdade, um seminário para falarmos da Bíblia de forma mais didática e ensinarmos ao povo a palavra de deus.

– Legal, pai. Os pastores convidados podem trazer suas congregações para participarem e, assim, faremos um grande evento.

– Ótima ideia, filha. Vou me reunir com o Jorge, daqui a pouco, lá no meu gabinete para organizarmos isso o quanto antes.

Apressado, mal engoliu a última torrada. Despediu-se de Luiza e foi direto para o carro.

Ao bater a porta, Charles puxou o cinto de segurança e logo viu um papel dobrado no banco ao seu lado, onde Elisa costumava sentar. Abriu para lê-lo.

"Você procura tantas respostas, mas não as encontrará enquanto estiver apegado".

– O que é isso? – perguntou Charles. – De onde veio esse papel?

Ainda surpreso com o recado, olhou para todos os lados a fim de encontrar alguém com comportamentos suspeitos. Desceu imediatamente do carro e entrou novamente em sua casa, a caminho do quarto de Theo.

Seu rosto vermelho mostrava o quão colérico estava. Com passos apressados, em segundos ele chegou com tudo.

– Garoto, foi você que colocou esse papel no banco do carro? Me diz logo, isso não tem graça.

– Do que o senhor está falando? Pirou de vez, foi? – respondeu Theo, tirando o fone dos ouvidos, mas continuou sentado em sua cadeira de escritório, segurando seu violão no colo, de frente para algumas folhas de papel que se encontravam em cima de sua mesa.

– Olha como tu fala comigo, rapaz! Estou me cansando dessa tua rebeldia.

– Mas eu não sei do que o senhor está falando. O senhor entra aqui desesperado, sem bater na porta e quer que eu resolva os seus problemas? Quer saber... Dá licença que eu estou passando meu repertório de hoje à noite. – Theo se levantou e fechou a porta a fim de não ser mais incomodado.

Charles, sem saber lidar com o confrontamento de seu filho, desistiu de bater à porta do quarto, pois viu que qualquer questionamento iria provocar uma discussão. Então, resolveu voltar para o carro. Amassou o papel e jogou em um reservatório próximo à marcha, onde também estava sua Bíblia.

Charles seguiu o seu percurso e tentou não dar tanta importância para o mistério. Ligou o som e foi cantando uma bela música gospel.

Chegou ao templo e chamou Jorge para contar-lhe o seu pensamento. Seu companheiro de gabinete não costumava se animar tão fácil, mas reconheceu que um evento como aquele poderia trazer novos ares à congregação, que já estava tendo uma queda na frequência dos fiéis.

– Podemos convidar a vizinhança também. O que o senhor acha? – perguntou Jorge.

– Isso é um evento para crente. Acho que não é bom misturarmos as coisas.

– Verdade, pastor. Qual a data mais viável?

– Para um evento grande como esse, precisaremos de um bom tempo para tudo sair perfeito – disse Charles.

– Que tal em dezembro, pastor?

– Sendo antes do Natal, acho excelente.

– Fechado.

– Então, vamos organizar tudo. Veja o que precisamos comprar para um evento como esse.

– Falando em comprar, a impressora está sem papel porque as resmas acabaram – disse Jorge.

O fiel servidor de Charles tinha o costume de ir à papelaria comprar o que precisasse para o gabinete. Mas, dessa vez, o próprio fez questão de ir pessoalmente. Queria aproveitar o bom humor e o estado de paz em que estava ele naquele momento. Talvez, sair da mesmice lhe fizesse bem. Quem sabe até falar com outras pessoas que não fossem do seu convívio (apesar dessa possibilidade ser pequena), além de poder refletir um pouco mais em sua vida – ainda que da forma ortodoxa que sempre fez.

Jorge se ofereceu para ir, já que esse era o costume, mas Charles logo retrucou.

– Será que eu já estou tão velho assim para não conseguir ir sozinho à papelaria? – Os dois riram juntos.

Antes de ir, Charles pegou seu cafezinho rotineiro que Jorge preparava e deixava sempre fresquinho. Ele já estava tão acostumado com essa rotina que já tomava mais café que água, durante o dia. Ao levar sua xícara à boca, um pouco de café caiu em sua camisa vermelha, deixando nela uma visível mancha, o suficiente para irritá-lo.

– Droga! – murmurou ele limpando a sua boca com um lenço.

Pegou a chave e seguiu até o carro. Ao entrar, desacelerou seu ritmo por cinco segundos e respirou fundo. Lembrou-se do bilhete que havia encontrado. Pegou-o, desamassou e leu em voz alta a parte final:

"*... não as encontrará enquanto estiver apegado*".

Perguntou a si mesmo:

– O que significa essa mensagem? Isso não pode ser para mim e eu aqui preocupado com isso.

Ligou o carro e seguiu ao seu destino.

* * *

Enquanto estava na fila do caixa, Charles viu a ponta de um pedaço de papel dobrado entre as resmas de papel A4, em sua cesta. Não pensou duas vezes e pegou para logo conferir.

Desdobrou o papel e, espantosamente, era mais um bilhete misterioso.

"Um dia nós nos encontraremos e você vai descobrir a verdade".

Sem acreditar no que estava acontecendo, ele perguntou a uma mulher que estava atrás se havia deixado cair aquele papel em sua cesta, o que não aconteceu. Decidiu sair de seu lugar procurando alguém que pudesse lhe dar alguma pista, mas ninguém parecia se preocupar com a sua angústia.

– Alguém só pode estar brincando comigo – falou a si mesmo.

Logo voltou ao caixa para pagar o que havia decidido levar.

Da papelaria saiu ele inconformado, pois não era um homem do tipo que gostava de brincadeiras. Mais uma vez encontrou-se diante de uma situação que ele não podia controlar e isso já estava lhe causando náuseas.

Ao ler novamente em seu carro, percebeu que havia algo diferente no segundo bilhete. Tratava-se de uma assinatura após a mensagem: "*S. A.*".

Isso o levou ao pico da ansiedade. O suor começou a escorrer em seu pescoço, molhando a gola de sua camisa. A todo instante, atento ao movimento de fora, Charles se viu investigado por alguém misterioso, que talvez quisesse lhe fazer algum mal.

Fechou os olhos e perguntou:

– Será que estou sendo perseguido, meu deus? O que essa pessoa quer comigo? Livre-me de todo mal e proteja a minha família. Só pode ser castigo pelos meus...

Toc toc! Um garoto o interrompeu batendo em sua janela, pedindo esmola.

Batidas leves de um menino magro que, aparentemente, não comia há dias, porém o suficiente para assustar o pastor. Colocou a mão no peito de tão acelerado que o seu coração ficou. Realmente, Charles não estava bem e era necessário que aceitasse a sua condição atual.

Sem abaixar o vidro, ele fez o sinal negativo com o dedo e o gesto com a mão para a criança ir embora. O menino insistiu com um semblante duro e fechado, fixando seu olhar nos olhos de Charles, o bastante para deixá-lo intrigado. Passou a primeira marcha e arrancou dali.

CAPÍTULO 5

Para onde ir?

Na Faculdade Academia do Saber (também conhecida como FASA), a diretora Lídia Albuquerque estava passando de sala em sala para deixar um aviso importante.

Uma mulher de alta estatura, cabelo escuro e preso, pele morena clara, de olhos castanhos como um mel, usava um vestido azul-marinho e tinha alguns papéis em mãos. Ao andar, mantinha a cabeça erguida, expressando sua autoridade como uma mulher empoderada. Ela era vista pelos alunos como uma diretora liberal, pois demonstrava ser pouco burocrática diante das situações, além de prezar pela liberdade de os professores estimularem seus aprendizes com as formas mais lúdicas possíveis. Costumava sorrir e fazia questão de ser simpática com todos. No entanto, não o suficiente para evitar conflitos com alunos, como o Robson Wilson.

Pediu à professora Glória que distribuísse os panfletos a todos.

– Bom dia, queridos. Estou aqui para lembrar vocês que no próximo mês comemoraremos o Dia Nacional das Artes. Como podem ver nesse material que acabaram de receber, nós realizaremos a Expo-Art e vocês, que são deste curso, deverão expor suas obras autorais nas telas artísticas. Teremos convidados de fora da faculdade, então, caprichem na criatividade. – Deu um sorriso e, olhando para todos, viu Robson erguendo a mão. – Pois não?

– Podemos criar algo sobre qualquer tema? – falou ele jogando a caneta de uma mão para a outra.

– Sim, mas evite ser polêmico desta vez, querido. – Risos tímidos da turma.

– Como assim? Se eu posso escolher qualquer tema, por que devo me preocupar com o que os outros vão pensar?

– Você ouviu o que eu acabei de dizer, Robson? Teremos convidados de fora. Falo de autoridades, também. Por favor, não comece com suas resistências. – Lídia pegou o restante que sobrou dos panfletos das mãos de Glória.

– E daí? Por que toda essa lenga-lenga? Só porque são autoridades? Esse é o seu lado conservador falando mais alto, diretora? – Robson tirou a tampa da caneta, começou a riscar no braço da cadeira e continuou a sua ousadia: – Até quando a gente vai se rebaixar para tudo o que esse pessoal quer? Eles não estão nem aí pra pessoas como nós, essa é a verdade. Deixe a gente à vontade para criar, pode ser? – A diretora observou alguns colegas concordando com a cabeça.

– Não ligue para isso, Lídia. São garotos – disse a professora, passando sua mão no ombro direito dela, com o intuito de apaziguar.

– São garotos que estão aprendendo a pensar por si sós, Glória – disse a diretora, dando um pequeno sorriso. – Conversaremos depois sobre isso. – Despediu-se da turma e saiu.

Ao entrar no ônibus, retornando para sua casa, Robson ligou para Theo e contou-lhe a novidade. Com muito entusiasmo, falou um pouco de suas ideias que poderiam causar a polêmica que a diretora pediu que evitasse. Nada estava tão claro e definido, mas os dois riram ao telefone ao imaginarem o impacto que um manifesto polêmico poderia causar.

Theo estava acostumado com a postura agressiva e rebelde de seu amigo. Lembrava muito o tempo em que se conheceram na escola, desde o ensino fundamental, onde Robson era o que mais se destacava entre os colegas, o que mais atraía atenção e, como era de se esperar, o mais travesso, conhecido pela diretoria, que – frequentemente – tinha que intervir para evitar a desordem.

Eles não se metiam em briga, mas Theo se escondia atrás da coragem de Robson, o qual costumava intimidar os outros com suas palavras pesadas e intimidadoras, diante da necessidade de defender o amigo contra ações de zombaria.

Em geral, eles eram vistos com admiração pela maioria, obviamente que não pela personalidade do filho de pastor, mas muito por conta da extravagância e autenticidade de Robson.

No início dessa relação de amizade, Robson não frequentava o lar de Theo, pois ao pôr os olhos nele, Charles proibiu sua presença no apartamento em que a família morava, alegando que uma pessoa assim não poderia frequentar o mesmo ambiente que um sacerdote, a não ser no templo, o lugar em que a mensagem de salvação era pregada.

Uma restrição que culminou em vários conflitos entre pai e filho muito antes da morte de Elisa. As reações de Theo passaram a afrontar o pastor, o qual reagia com vigor. Cenas que só destruíam a harmonia que antes existia. Elisa tentava apaziguar, mas o caldo entornava rapidamente toda vez que o amigo indesejado era citado. Nesse estágio, os dois conseguiam transformar qualquer conversa em gritos e xingamentos e, com o tempo, qualquer assunto era difícil de abordar.

Com isso, Charles se distanciou e Theo passou a se sentir como se fosse um estranho em sua própria casa.

Contudo, Letícia tomou uma postura diferente. Por vários momentos, acolheu Robson e viu com bons olhos essa amizade. Ela pensava diferente de seu irmão. Estava ela sempre a conversar com Elisa e, muitas vezes, criticava a postura do pastor na tentativa de convencer sua cunhada a confrontar o esposo.

Com o passar dos anos, essa amizade se fortaleceu. O amigo excêntrico passou a entrar no apartamento de Theo, mesmo que por poucas horas. Mesmo percebendo a rejeição de Charles e a desconfiança por parte de Luiza, Robson não se intimidava e agia como se fosse da família, muitas vezes com a intenção de contrastar com a religiosidade que reinava naquele lugar.

A relação entre pai e filho se estremeceu de vez após a perda que tiveram, pois Theo se viu desamparado. Sua mãe era a sua segurança, a proteção que ele buscava ter. A ausência dela lhe causou um grande abalo afetivo. O rapaz que era retraído passou a ser uma "bomba-relógio", capaz de explodir em pouco tempo, bastasse qualquer faísca; e essa faísca, havia algum tempo, era o seu pai.

Considerando esse contexto, é possível compreender que qualquer ideia polêmica de Robson empolgava Theo, pois poderia ser uma nova oportunidade de provocar o pastor.

– Você topa me ajudar na criação? – perguntou Robson.

– Que bacana tudo isso! Claro que ajudo. – Theo estava terminando de se arrumar para sair.

– Ótimo. Eu quero fazer algo autêntico, mas que seja marcante para todos que forem apreciar. Vamos nos encontrar hoje à noite para eu te mostrar a ideia pessoalmente?

– Poxa, hoje não dá. Estou quase saindo para tocar no Memória's Bar com a Dany. – Theo pegou o seu violão e abriu a porta de sua casa.

– Tudo bem, tranquilo. A gente marca para outro dia. Divirta-se e manda um beijo pra Dany por mim. Qualquer dia eu vou aparecer lá e dar um susto em vocês.

– Tá bom, engraçadinho. – Deu uma risadinha. – Eu já vou porque estou em cima da hora. Tchau.

Theo tinha o seu violão como o seu melhor companheiro, pois era aquele que ouvia os desabafos sem indiretas ou desconfianças. Tocar as notas musicais nas noites de suas apresentações era o maior motivo de sua ansiedade. Dessa vez, foi no Memória's Bar, onde já eram conhecidos por apreciadores.

Bebidas e petiscos eram servidos enquanto o show acontecia. O bar estava movimentado e o clima era de descontração. Após mais uma música terminada, aplausos e assobios de pessoas sentadas que sorriam e faziam sinal de positivo com as mãos.

Dany agradeceu a sua plateia. Virou e deu um sorriso a Theo.

– Vamos para a próxima – disse a ele.

Alegrava o ambiente com seu cabelo ruivo e olhos claros, além de uma voz suave e um pouco rouca. Envolvia-se nas letras das canções e, por isso, era fácil de perceber que Dany Leal amava o que fazia nas noites com sua bela voz.

Dany, uma jovem que encantava enquanto cantava. O sorriso era uma característica marcante, pois parecia que nunca tinha problemas a resolver. Era uma pessoa querida em qualquer lugar que se apresentasse.

Gostava de curtir a noite com amigos quando não estava trabalhando. Frequentava casas de shows e bares, quase nunca os lugares onde ela atuava. No entanto, o que ela mais gostava era de cantar.

Na noite em questão, ela estava de cabelos soltos, vestindo blusa e saia pretas, ambas curtas, de couro e uma bota de cano longo, da mesma cor. Brincos não tão aparentes (mas que brilhavam de longe), um *piercing* em seu nariz e algumas pulseiras no pulso esquerdo; esses eram os acessórios que ela não deixava escapar.

Theo olhou para seu papel e, com seu violão, iniciou a próxima. Estavam agradando o público, pois faziam uma bela dupla musical.

Em algumas paredes era possível apreciar fotos que contavam a história da cidade, como também o início do Memória's Bar, orgulho do dono Alberto Vincent, descendente de portugueses. Ambiente climatizado e garçons educados no atendimento contribuíam ao crescimento daquele estabelecimento, um lugar muito aconchegante.

Ali Theo se sentia à vontade, embora ficasse um pouco escondido por trás de sua parceira, a fim de não ter que muito se expor.

Ao terminarem a última canção, ambos se levantaram para agradecer em meio a aplausos de clientes e funcionários do local. Realmente, estava sendo uma noite incrível.

Enquanto ele guardava o violão vermelho, Dany se aproximou.

– Ei, quando você vai cantar uma música comigo? – Olhou nos olhos dele, o qual desviou o olhar.

– Você sabe que essa não é a minha praia. Sou melhor com as mãos no meu violão. E acho que você ainda não viu o desastre que eu sou cantando. – Sorriu ao criticar a si mesmo.

– Já ouvi a sua voz, sim! É uma voz linda, Theo. O que te falta é coragem – disse ela se afastando para falar com um dos garçons que lhes ofereceu uma bebida à cortesia, enquanto ele puxava o zíper para fechar a capa do instrumento.

Para Theo, seu compromisso se encerrava com o término do show. Era de seu costume logo sair e não ficar nem mais um segundo. Nesse dia, Dany o convidou para ficar mais um pouco com ela e comemorar pela noite de sucesso.

Theo recusou dizendo que preferia ir. Apesar de o lugar ajudar a esquecer por algumas horas seus problemas, ele percebia que não adiantava tanto um tempo distraído se nada se resolvia. Logo, sua motivação em estar ali acabava ao guardar seu violão. Mas para onde ir se ele não tinha a mínima vontade de retornar para sua casa? Tentava a todo instante fugir do caminho de Charles para não ter que ouvir sermões com palavras que lhe doíam. Para casa de Robson? Não, pois já estava tarde e ele não apareceu no bar para prestigiá-lo.

O que restava, então? De tanto insistir, Dany o convenceu a ficar.

No balcão, o garçom perguntou qual bebida iriam escolher.

– Eu quero um chope – Dany respondeu rapidamente, ajeitando-se na cadeira.

– Para mim um suco de laranja, por favor.

– É pecado para um filho de pastor beber chope com a sua amiga? – disse ela admirando o jeito elegante com que o garçom preparava a sua bebida.

Ele riu discretamente, mas alertou: – Não comece com essa conversa. Estou bem, aqui.

– Nossa! Tão na defensiva. Só estamos conversando e eu acho que isso não tem problema... Ou tem? Quero saber uma coisa, amigo... Será que um crente como você me vê como uma pecadora por tomar álcool? Se bem que você estaria pecando também se considerarmos a sua presença neste bar, ainda mais tocando músicas... Como é mesmo que vocês falam? Músicas mundanas, né? – Esse foi o momento em que o garçom chegou com as bebidas.

– Não confunda as coisas, Dany. Foi para isso que insistiu para eu ficar? Se eu soubesse... – Ficou sério o bastante para fechar o sorriso que estava mantendo. – Eu não sou como o meu pai, Dany. O fato de eu ser filho daquele ranzinza não me faz viver como ele vive. Eu sou bem diferente dele em tudo. E sim... Vou naquela igreja e às vezes até o Robson vai comigo, mas não significa que eu queira estar lá.

– Você já disse isso ao seu pai, Theo? – disse com a voz meiga de uma amiga atenciosa e preocupada.

– Ele nunca me entenderia. Ele é tradicional demais para escutar a minha voz. Eu não tenho as características daqueles que serão salvos. – Theo fez sinal de aspas enquanto falou.

Às vezes, precisamos de alguém para nos escutar e falar com uma voz carinhosa, não é mesmo? Mas será que Theo estava querendo ouvir o que ela teria a lhe dizer?

– Será que você não está se vitimizando, amigo? Talvez a compreensão que você tanto deseja que ele tenha esteja faltando em você, também. Já pensou nisso? – Dany secou o copo com a última golada.

– Virou psicóloga agora, foi? – Riram juntos.

– Sei lá... Só me preocupo com você, amigo. Fico imaginando que não é fácil viver nesse seu contexto.

– Nem queira saber. Você que é uma sortuda. Parece que tudo dá certo e pra mim, tudo errado.

– Não se engane com isso, um rosto bonito também tem seus problemas. Sabia disso? A diferença é como cada um lida com seus sofrimentos.

Theo abaixou a cabeça, afastando o copo de si, sem terminar o seu suco.

– Eu já vou, a gente marca outro dia para ensaiar. – Despediu-se com um beijo na testa de Dany, a qual ficou ali curtindo um pouco mais da noite naquele agradável clima que eles ajudaram a fazer.

Aquela noite foi uma de várias outras em que Theo se sentiu bem, pois tocar com sua amiga era o que ele mais gostava de fazer. Ocupava boa parte do seu tempo ensaiando as músicas da próxima apresentação e o seu violão vermelho era o seu xodó, que havia ganhado de sua mãe e, por isso, tinha um grande sentimento pelo instrumento.

Embora a música proporcionasse momentos felizes, ele percebia que o tempo bom logo passava e os conflitos voltavam a atormentar a sua mente com questões que ele não conseguia responder.

Caminhando pela rua, falou a si mesmo:

– Oh, mãe, como eu queria que estivesse aqui! Só a senhora podia me compreender! Parece que meu pai não teve tempo suficiente para me enxergar. Pelo contrário, o que sabe fazer é me tornar invisível. Ele só seria meu pai se eu me envolvesse na igreja, mas o contrário, nem pareço ser filho dele! Diga uma coisa, mãe... Como eu posso viver bem se as pessoas vivem me julgando? Será que a minha vida é digna de salvação? Algum dia o meu pai vai me aceitar do jeito que eu sou? Será que estou pecando por estar no templo sem querer lá estar?

Theo buscava a felicidade plena em sua vida. Ele não entendia como seria possível viver intensamente os seus desejos tendo, em sua mente, o terror da desaprovação paterna.

Os ressentimentos moravam em seus pensamentos. Guardava tanta dor dentro de si que chegava a se envergonhar do seu próprio modo de ser; e isso era decepcionante para um rapaz que ainda estava a se conhecer. Nessa fase, não bastava encontrar alguém que o escutasse com compreensão; o que ele precisava era – primeiramente – aceitar a si próprio e superar os traumas que se permitiu ter.

CAPÍTULO 6

O paraíso é uma criação humana

Nunca houve tanta gente nos salões da FASA em um domingo pela manhã. Era o Dia Nacional das Artes, um orgulho para os alunos e professores daquela instituição. Diversas pinturas (algumas abstratas) estavam espalhadas em telas no salão cinza onde aconteceu o evento. Convidados importantes se faziam presentes, como os familiares dos artistas.

Após a diretora iniciar a Expo-Art, deu as boas-vindas a todos e cumprimentou os convidados.

Logo após, disse:

– Em nome da Faculdade Academia do Saber, eu convido para se fazer presente uma das pessoas que nos apoiaram para que o dia de hoje, 12 de agosto de 2018, se tornasse realidade: o prefeito da cidade de Montbel, excelentíssimo senhor Miguel Adranis. – Aplausos para recebê-lo. Após o discurso, iniciaram-se as apresentações.

A exposição se deu em formato de feira, onde os convidados se aproximavam e apreciavam as telas enquanto ouviam as explicações dos autores. Era possível perceber pinturas que expressavam certos sentimentos, como paixão, alegria e tristeza. Também, em algumas telas, havia artes que representavam criações regionais com objetos e cores típicos da cidade. O artesanato estava muito presente e as ideias dos alunos-artistas não tinham limites, pois a criatividade enriquecia aquele evento.

Robson estava com a sua tela na área central do salão, o que trazia visibilidade e muitas visitas à sua arte. Theo estava dando apoio, assim como os pais do artista. Charles foi convidado, mas ainda não havia aparecido.

Dany chegou atrasada, mas não perdeu muita coisa; rapidamente, Theo pediu que ajudasse nas explicações aos visitantes.

– Mas como vou explicar se eu não estou entendendo quase nada dessa pintura? – disse Dany olhando para todos os cantos da tela, tentando interpretar a mensagem de seu amigo. – Robson, eu teria que ter uma aula com você para entender a ideia dessa arte. O que posso dizer é que é um tanto confusa e polêmica; e isso é a sua cara. – Ela estava atenta aos detalhes e por isso ficou alguns minutos observando a obra autêntica de seu amigo.

A pintura de Robson estava em uma tela apoiada em um cavalete de madeira – padrão do evento. Na parte inferior da tela estava a sua assinatura "Robson Wilson". A arte estava dividida em dois lados (superior e inferior). Dois pensamentos do autor, sendo um oposto do outro.

– Olha quem chegou, Theo – disse Dany quando viu Charles caminhando pelo salão.

– Que venha. Talvez o colorido do evento o ajude a ver que a vida não é feita de preto e branco. – Sorriso de canto com uma das sobrancelhas levantada.

Charles passou por umas três exposições antes de chegar ao lugar em que seu filho estava. Cumprimentou a Theo e Dany e disse: – Me atrasei porque estava em um compromisso.

– E aí, seu Charles, o que está achando da exposição? – perguntou a animada Dany.

– Seu Charles, não, menina... Pastor Charles – respondeu imediatamente. Ele não aceitava ser chamado apenas pelo nome ou por um pronome. O título de pastor evangélico era o que lhe dava mais orgulho.

– Tudo bem, pastor. Não tive a intenção de desrespeitá-lo – disse um pouco constrangida.

– Não liga, Dany. Ele só está...

– O que isso significa? – Charles interrompeu Theo falando em alto volume, olhando para a tela.

– Oi, pastor. Que bom que veio apreciar a minha arte. – Robson estava realmente contente com tudo o que estava acontecendo, pois era o seu momento de brilhar e ele não iria deixar passar nenhuma oportunidade para expor seus pensamentos e sentimentos.

Charles foi surpreendido com uma bonita pintura, mas que precisava ser explicada.

No lado superior azul, havia algumas manchinhas brancas que representavam nuvens. No canto esquerdo, estava escrito, na cor branca, "Paraíso". Espalhadas entre as nuvens tinham uns rabiscos pretos que formavam três palavras: "Escravidão", "Homem" e "Preconceito". O lado inferior, na cor marrom, era como uma pintura rupestre, mas que continha o mesmo padrão do outro lado. No canto esquerdo estava escrito "Mundo" e as três palavras: "Liberdade", "Deus" e "Natureza". Uma obra autêntica, mas que iria render polêmica... Como rendeu.

– Por que as palavras "escravidão" e "preconceito" estão na parte que você chama de paraíso e as palavras "liberdade" e "Deus" estão no lado do mundo, como se o homem tivesse o poder de criar algo que só deus pode criar? – Charles queria entender essa aparente troca de valor.

– A explicação é simples, pastor. No paraíso...

– Olha, não precisa explicar o que está óbvio. Você colocar o homem superior a deus é demais! – esbravejou o pastor. – Isso é uma grande heresia, meu jovem! Se você conhecesse o verdadeiro evangelho, jamais criaria um negócio como esse. Onde já se viu haver escravidão e preconceito no paraíso? – Charles franziu a testa e falou mais alto, olhando para outros jovens ali presentes: – Sabe o que acontece? Vocês, que são mais novos, pensam que entendem da vida, mas vocês só têm merda na cabeça. Ele se vingará de todos os que zombarem dele! Podem esperar que um dia deus vai se vingar de todos os que zombam dele.

Algumas pessoas que estavam por perto fixaram seus olhares no que estava acontecendo, todas com semblantes assustados.

Lídia se aproximou porque a confusão estava tomando todo o salão.

– Olá, senhor, me chamo Lídia Albuquerque, diretora da FASA. – Se apresentou a Charles.

– Eu sou o pastor Charles Nascimento.

– Certo, pastor. Mas eu não sei o que está acontecendo aqui. De qualquer forma, resolvam-se depois. Nós temos convidados importantes aqui, então, comportem-se – disse Lídia olhando para os dois.

Charles se afastou um pouco e ela falou:

– Eu disse para evitar polêmica, Robson. – Apontou para a obra.

– Ué, a polêmica não veio de mim. Ninguém se irritou com isso, só aquele senhor ali.

– Quem é esse senhor? – perguntou ela.

– É um lobo que caça as ovelhas! É o pai do Theo, diretora. Ele é pastor de uma igreja – disse ele com tom sarcástico.

– Nossa! Sabendo disso e olhando para a sua tela, entendo agora o porquê desse atrito. Pelo jeito, a sua vida não vai ser nada fácil, hein, rapaz! Enfim, mais uma vez, comporte-se. – Robson concordou com a cabeça.

O movimento foi voltando ao normal com os cochichos diminuindo.

Glória apareceu com uma mulher – também professora – ao seu lado. Surpresas com a situação, elas observaram a obra de Robson, o qual parece não ter se abalado com o que acabara de acontecer.

– Oi, minhas lindas! Que bom que você também veio. – Robson se referiu à amiga ao lado.

– Ah, vocês se conhecem?

– Nem tanto assim – respondeu ele com um leve e irônico sorriso.

Glória ficou curiosa ao olhar para os dois.

– Realmente parece polêmico e para um pastor então... – disse ela.

– É eu sei disso – comentou o autor.

– Mas, afinal, qual a sua explicação sobre esta obra?

– Bom, senhoras, permitam-me uma apresentação à minha vista. Aproximem-se.

– De você eu posso esperar qualquer coisa – disse Glória.

– Trata-se de uma obra que traz uma ironia sobre o que nos ensinam desde criança. Eu sempre escutei que estamos em uma luta em busca de sermos aprovados aqui para irmos, quem sabe, ao paraíso. Esse lugar é para os salvos que vivem segundo a vontade de deus, não é? Mas eu duvido dessa ideia constantemente e há algum tempo eu tenho pensado nisso. Posso dizer que, em nossa sociedade, somos todos criadores de uma vida perfeita, a qual serve como alvo para que haja um propósito. Afinal, que graça tem vivermos por viver? Pergunto às senhoras: O que há além desta vida se não crenças que dão sentido ao tempo pelo qual vivemos? Eu sei que o meu jeito de ser é fora demais das tradições que formaram os padrões sociais de onde nós vivemos. A cultura cristã é a detentora do privilégio de conhecer deus melhor que eu, pois os cristãos são os herdeiros da verdade ou, pelo menos, assim é como eles mesmos se veem. Porém, professoras, por estar distante dessa realidade – e justamente por isso – é que eu tenho o direito de desafiar esse deus. Sei também que, para muitos, eu não sou a pessoa ideal para tratar dos conceitos divinos e nem tenho a pretensão de entendê-los. Estou no lado extremo desses padrões que trazem teses programadas por meio de um contexto criado segundo a conveniência de certos saberes. Mesmo assim eu trago a seguinte questão: o paraíso tão desejado não pode ser uma parte da criação contextual? O cenário é bonito demais e a proposta da recompensa é o que atrairia qualquer ser humano. Então, dizem que o mundo é um local de teste para separar os servos de deus dos amigos do diabo. Será que é isso, mesmo?

Era possível e interessante ver como Glória estava admirada com tanta criatividade nos pensamentos de seu aluno, enquanto sua amiga ao lado estava penetrantemente fixada nos olhos de Robson. Glória, cativada e orgulhosa pelo raciocínio de seu aluno, pediu para que continuasse.

– Eis a descrição da minha obra: o lado superior é o paraíso e no lado oposto está o mundo. Porém, essa parte de cima nós não conhecemos porque nunca fomos lá. É pura criação humana e os humanos são preconceituosos uns com os outros e se permitem ser escravos daquilo que os beneficia. Por isso, as palavras *"escravidão"*, *"preconceito"* e *"homem"*. Em minha opinião, não tem como haver um paraíso se ele foi criado por quem já nasceu no inferno, assim como nós. Já a parte de baixo representa o que foi de fato criado e se realmente Deus existe, podemos crer Nele através do que vemos, pois, para criar tudo o que nós tocamos, foi preciso liberdade e um grande toque de arte. Por esse motivo temos aqui as palavras *"liberdade"*, *"natureza"* e, logicamente, *"Deus"*. Nós jamais saberíamos criar uma realidade como a nossa, mas criaríamos um lugar imaginário que se opõe ao lugar em que vivemos. Um paraíso que não tem dificuldades, mas que possui toda a pureza existente. Esse mundo, sim, nós somos capazes de criar para nos servir de alento em oposto à nossa vida. Pode ser um equívoco? Sim, pode. Mas como saber se o que sabemos não passa de uma minúscula parte do que não sabemos?

– Hum... Muito boa a sua explicação. É polêmico, mas também é reflexivo. Creio que um olhar conservador à tradição cristã sempre verá essa pintura como uma heresia. Se estivéssemos no tempo da Santa Inquisição, você teria assinado a sua própria sentença de morte – disse Glória sorrindo.

– É verdade, professora. Mas essa obra é a minha filha intelectual e tenho o imenso prazer em explicá-la para quem quiser viajar um pouco pelos meus malucos pensamentos.

– E essa obra, feita por seus pensamentos malucos, tem nome?

– Nem pensei ainda nisso, sabia?

– Pois pense, Robson. Uma obra autêntica precisa ter a sua própria identidade.

– Será a minha lição de casa, professora.

– Agora... Por que não explicou isso para aquele senhor?

– E ele deixou, por um acaso? – riram os três.

Theo foi ver onde o seu pai estava, até que o encontrou saindo do banheiro. Não pensou duas vezes e foi tirar satisfações.

– Pai, o que o senhor pensa que está fazendo? O senhor se acha no direito de chegar e estragar um evento que não tem nada a ver com a sua igreja. Pra que essa arrogância toda? – disse isso segurando o braço de Charles.

Sentindo-se afrontado, o sacerdote recolheu o braço e falou duramente ao seu filho para que entendesse que seu dever consistia em alertar o perigo de uma heresia. Charles se convencia, mais uma vez, de que seu filho estava em um caminho de valores pervertidos e que, para salvá-lo, não sabia mais o que fazer.

– Ah, para! Eu não vou ficar aqui discutindo. O senhor vai acabar sozinho e rejeitado pelas pessoas. – Theo saiu com muita raiva.

– Ei, não vire as costas para mim, Theo! Você acha que está falando com quem? – Apesar de ter chamado a atenção, seu filho o ignorou e seguiu.

Charles resolveu ir embora. Porém, antes de chegar à porta, uma moça se aproximou, se abaixou diante dele e pegou um papel do chão.

– Com licença senhor, esse papel caiu do seu bolso.

Sem reconhecer o objeto, pegou e abriu. Lá estava mais uma mensagem para perturbá-lo:

"E se a heresia estiver em você? S. A.".

– Pelo amor de deus, que audácia! Quem ousa me atormentar? – disse a si mesmo e imediatamente olhou de longe para Theo, o qual estava ocupado com o movimento do evento. Embolou o papel e o jogou na lixeira que se encontrava na saída.

Charles estava travando uma guerra dentro de si. Não sabia no que pensar, pois as amizades de seu filho eram tão incompreendidas quanto as mensagens misteriosas que estava recebendo. Óbvio que ele tentava relacionar as duas situações, pois seria uma grande coincidência os bilhetes não partirem daqueles que estavam envolvidos na vida de Theo.

Não conseguir controlar seu filho era uma realidade que ele estava resistindo a aceitar. Ele precisava reencontrar o caminho do relacionamento feliz que tinha com Theo no passado, pois estava vendo a si próprio como um pai rejeitado por alguém que ele tanto amava e cujo amor já era pouco percebido. Um drama que o destruía por dentro lentamente.

Charles parou o carro na Praça João Filho, uma das mais movimentadas da cidade. Pegou a Bíblia que ficava sempre próximo à marcha e foi sentar-se em um banco. Sua ideia era escutar uma voz que o ajudasse a encontrar respostas.

Folheou algumas páginas, leu algumas passagens das escrituras, fez uma oração expondo suas inquietações, mas nada... Nenhuma voz ouviu. Nenhuma resposta, nenhuma inspiração, apenas os pensamentos explodindo em sua mente, remexendo os ressentimentos memorizados por um passado recente de dor.

Tudo parecia estar desabando em suas costas e ele estava com a sensação de que não aguentaria tanta amargura. Sua família nunca esteve tão desarmonizada e ele mesmo não havia se sentido tão enfraquecido como nessa fase da vida. Suas lágrimas estavam congeladas e o seu corpo anestesiado. Ele estava sendo levado pela osmose sem que pudesse decidir por si só.

Para completar, o mistério dos bilhetes o perturbava quase a todo instante. Quem estaria brincando de recadinho com um homem experiente, como o pastor Charles? O que ele precisava ainda aprender que já não tivesse visto nessa vida? Tudo acontecendo ao mesmo tempo, o que fazia ele se sentir constantemente na beira do abismo.

Charles queria evitar a pergunta que qualquer crente em deus, estando em grande sofrimento, se faz: *"Será que deus me abandonou?"*. Embora questionasse em seus pensamentos onde deus se escondeu, sentindo-se sozinho e – sim – abandonado, ele estava se esforçando para não questionar suas convicções, pois assim estaria ele em um caminho sem volta, um caminho que ele sempre tentou evitar... O caminho da dúvida.

O pastor não poderia se permitir a esse risco, pois tinha uma rotina a cumprir e uma congregação que o aguardava, pois era domingo e ele logo lembrou que havia de se preparar para o culto da noite. Então, retirou-se para a sua casa.

* * *

Tão perto de sair rumo ao templo, Charles recebe uma ligação. Era Letícia, sua irmã.

Não se tratava de uma ligação qualquer e já que sua irmã não costumava ligar naquele horário, não poderia ser qualquer notícia.

Ela ligou para informar o grave acidente que Sabino teve. Essa notícia bateu forte no peito de Charles e, sem pensar muito, logo decidiu ir ver o velho amigo. No caminho do hospital, pediu para que sua irmã ajudasse Jorge a preparar o culto que logo ele estaria por lá.

Ao chegar, a esposa de Sabino abraçou o pastor, molhando o terno com suas lágrimas.

– Ah, pastor, estávamos tentando atravessar a rua. Eu apressei os passos para chamar o ônibus, quando ouvi um barulho muito grande. Olhei para trás e me dei conta de que ele foi atropelado. Vi ele caído no chão desmaiado. Foi horrível! – disse ela desesperada, chorando muito.

Sabino Castro era muito querido pela família Nascimento e convivia próximo quando Elisa ainda estava viva. Era ele um dos membros mais antigos, pois estava com Charles desde a fundação do templo. Um parceiro que sempre incluía o seu amigo pastor em suas orações.

Vivia do comércio que abriu em sua casa. Era casado com Ilda Castro. Ambos não tiveram estudo e vinham de famílias conturbadas. Por isso, lutavam para sustentar seus quatro filhos com muitas dificuldades, os quais eram estimulados a estudar até se formarem para que não terminassem analfabetos, como os pais.

Apesar dos muitos transtornos, Sabino não tirava o sorriso do rosto e suas frases incentivavam a oração e a comunhão entre os irmãos congregacionais. Um homem especial para todos que o conheciam.

– Ele vai ficar bem, irmã Ilda. Deus vai tirar o irmão Sabino dessa situação – disse o pastor como de costume em uma situação como aquela.

Naquele momento, Sabino estava em coma e Ilda nada poderia fazer a não ser aguardar um novo parecer médico.

Charles olhou para seu relógio, já eram sete horas da noite. O culto estava para começar e ele precisava estar lá. Logo se levantou da cadeira para se despedir da esposa que estava em sofrimento.

– Eu tenho que ir, irmã. O nosso culto lá já vai começar.

– O senhor não pode ficar aqui comigo, pastor? Eu vou precisar de ajuda.

– Não posso, irmã. Eu tenho uma responsabilidade lá e por isso eu tenho que ir, agora. Mas, como eu disse, fique tranquila que vai dar tudo certo, porque deus está com vocês. Ele não vai abandoná-los. Lá no culto, nós vamos fazer uma corrente de oração pelo irmão Sabino e deus vai responder no tempo certo – disse ele apressado para sair dali.

Ela apenas concordou com a cabeça, pois nada tinha a dizer naquele momento. Sentou-se e, sem olhar para seu pastor, estendeu o braço com um papel na mão.

– Pegue este papel, pastor. Alguém pediu que eu lhe entregasse.

– Mais um papel?

– O que o senhor disse?

– Nada, nada. Falei comigo mesmo – disse ele abrindo o recado.

Era o quarto bilhete misterioso e este último foi bem mais claro. Charles não estava esperando uma direta provocação que fosse de encontro com a sua fé. No entanto, assim dizia a mensagem:

"Há necessidade de um pastor no mundo? Quem é você, Charles? S.A.".

Agora, o recado continha o seu nome. Que surpresa! Será que alguém estava querendo deixá-lo louco? Por que tanto mistério por trás das palavras? Quem poderia estar fazendo esse tipo de jogo?

Estava notória a desestabilização em seu semblante. Que conflito! Um minuto atrás a sua vontade era estar no templo com seu rebanho, mas o que ele mais queria naquele momento era descobrir a autoria das mensagens que quase o fizeram arrancar os próprios cabelos.

– Irmã Ilda, quem lhe deu esse recado?

– Pastor, foi uma criança. Mas eu não conheço. Ela disse que uma pessoa pediu para que esse bilhete chegasse a suas mãos.

– Essa criança não disse mais nada? Por favor, faça um esforço para lembrar, é importante!

– Pediu apenas que eu entregasse para o senhor ainda hoje. Aí, não falou mais nada. Pastor foi só isso. Só fiz o que a criança me pediu.

Olhando para todos os lados do hospital, só via outros acompanhantes de pacientes e trabalhadores do recinto; ninguém se importando com a sua situação. Lembrou que precisava ir e se despediu mais uma vez de Ilda. Amassou o papel e o guardou no bolso.

Ao andar pelo corredor, em direção à porta de saída, uma ligação de Letícia o fez parar.

– Como está o nosso irmão Sabino? – perguntou ela.

– Estou saindo daqui agora. Logo estarei aí.

– Ei... Você não vai ficar aí com eles?

– Claro que não, Letícia. Eu não posso abrir mão de estar aí com o meu povo – disse ele já indignado com a pergunta.

– Sinceramente, eu não entendo você. A irmã Ilda precisa mais de você neste momento que o povo que você diz ser seu.

– Letícia, eu não estou precisando dos seus sermões agora! Tem tanta coisa acontecendo que você não iria compreender. Parece que tudo está me sufocando. Eu preciso respirar! Vou desligar porque tenho que descobrir uma coisa para voltar a ter paz em minha vida. Depois disso, eu vou chegar por aí. Ah, e peça para Jorge iniciar o culto.

Enquanto falava ao telefone, Charles avistou uma mulher andando em sua direção, encarando-o constantemente. Ele desconfiou de sua intenção. Parou, estranhando a situação enquanto sua irmã o chamava ao telefone sem parar. Estático ficou e sem nenhuma ação, apenas encerrou rapidamente a ligação.

Era uma mulher de cor preta com uma blusa azul-claro de tecido fino, com uma calça colada no corpo, de crepe alfaiataria no estilo cenoura e cor alaranjada, com saltos altos que marcavam as lajotas com o barulho de cada pisada. Ela tinha pernas longas que lhe davam uma estatura elevada, cabelos crespos e curtos e, ainda, apresentava um rosto liso com uma pele sedosa, apesar de ser da mesma faixa etária de Charles.

Parecia determinada a dizer algo ao pastor e sua encarada era como a de uma caçadora.

– Aconteceu alguma coisa, senhora? – perguntou ele.

– Chegou o momento de nós conversarmos, Charles.

– Peraí, você me conhece?

– Mais do que você possa imaginar.

– Perdão, mas eu preciso ir. Não costumo perder meu tempo com bobagens. Com licença, senhora. Passar bem.

Passou por ela e apressou os passos em direção à porta de saída do hospital. Ele não sabia para onde ir, mas seu protocolo não o permitia conversar com alguém que fosse tão desenquadrado aos critérios determinantes de seus conceitos de ética e moral. Ela parecia ser convicta demais para ele.

– Como é possível algumas palavras misteriosas conseguirem instaurar o caos em alguém que não se sustenta em seus próprios arquétipos? – perguntou a mulher, passando pela porta do hospital, antes de o pastor adentrar em seu veículo.

O susto foi grande. Charles bateu a porta do carro e voltou rapidamente ao encontro dela com o objetivo de alguma satisfação.

– Então, é você que está querendo brincar de cartinhas comigo, não é? Diga de uma vez... Quem é você?

– Tem certeza de que essa é a pergunta mais importante, pastor Charles?

– O que quer de mim? Diga logo ou eu vou chamar a polícia!

– Se quer mesmo saber, me encontre amanhã em um lugar chamado Dianoia. Fica bem perto de sua casa.

– Como sabe onde eu moro? Você pode me dizer o que está acontecendo?

– Eu ainda posso duvidar de que você conseguirá fazer as perguntas certas. Vou te esperar lá. Não ouse faltar, *chaménos*[1].

Ela seguiu andando em direção à esquina, deixando Charles espantado com sua presença. Nada mais tomava conta de sua atenção a não ser a singularidade presente no olhar da autora dos bilhetes que tanto perturbaram o sacerdote.

– Ei... Do que você me chamou? – gritou para ela, mas já estava distante.

A mulher olhou de onde estava, deu um simpático sorriso e dobrou a esquina desaparecendo da vista de Charles. Ele correu atrás dela, mas quando dobrou, já não viu mais ninguém. Deu uma olhada panorâmica sem conseguir avistá-la. Balançou a cabeça e retornou ao carro.

Ele estava trêmulo. Não se lembrava de ter passado por um imprevisto tão enigmático assim. Agora, a sua cabeça estava borbulhando com tantas perguntas não respondidas. A noite foi de grandes surpresas.

Em casa, ele não percebeu a presença de seus filhos e seguiu logo ao seu quarto. De tanto pensar, passou a madrugada em claro, mais uma vez.

[1] De origem grega (ΧΑΜΕΝΟΣ). Lê-se "*ramenos*".

CAPÍTULO 7

Dianoia

O dia estava chuvoso e um frio incomum tomava conta de Montbel, naquele dia. Para algumas pessoas poderia ser um dia preguiçoso, mas, para Charles, nada o impediria de sair ao encontro da mulher que o desafiou.

Antes, ligou para Ilda a fim de saber do estado de saúde de seu amigo Sabino; após três tentativas frustradas, desistiu. Imediatamente, ligou para Jorge.

– Oi, pastor – atendeu o amigo.

– Jorge, eu quero que você vá até o hospital ver como está o nosso irmão Sabino. Vou agora resolver uma questão pessoal e depois eu te ligo para saber.

– Certo. Em dez minutos eu vou sair daqui.

Charles queria deixar as outras preocupações de lado. Seu foco estava em descobrir o paradeiro daquela que havia deixado várias perguntas em sua mente.

Por que deixar bilhetes misteriosos para se comunicar? Qual intenção ela teria com um pastor que estava levando sua vida de forma osmótica, sem muitas variações? Qual relevância ele poderia ter àquela mulher? Eram questões que precisavam ser esclarecidas.

Aproximou-se do local de encontro com um terno azul-escuro, camisa branca, segurando sua Bíblia como uma arma a ser utilizada em sua defesa a qualquer momento. Com certa dosagem de ansiedade, teve dificuldade para abrir o guarda-chuva. Apressou os passos para entrar, mas logo se espantou ao ver que o lugar era uma adega.

Em frente, havia um Opala Coupé vermelho-escuro, como um vinho, não tão novo, pelo contrário, sendo possível avistar partes sem tinta e alguns riscos na lataria.

Ao entrar, molhado, viu um ambiente agradável, pessoas conversando e partilhando de bebidas de diversos tipos, além de atendentes agitados circulando pelo recinto. Tudo bem estruturado e funcionando conforme as necessidades dos clientes. A decoração rústica convidava os clientes a relaxarem e como a chuva estava a cair pelos vidros entoando notas musicais, o tempo ali era o que menos importava.

Charles percebeu que todas as mesas estavam ocupadas, mas nenhuma delas continha o rosto que ele estava procurando. Olhando para o balcão, ele viu uma mulher com vestido vermelho que se estendia até o meio de suas coxas e que combinava com seu salto alto; suas pernas estavam trançadas e serviam para apoiar uma bolsa preta.

Dirigiu-se ele ao balcão sentindo a presença marcante da mulher que tomava o ambiente com seu jeito atrevido. Foi aí que ele concluiu: “É ela”.

Sentou-se ao lado e antes que dissesse algo – era de se esperar que ele estourasse todas as perguntas de uma só vez – ela perguntou com um tom de ironia:

– O que você vai beber? Um whisky, um drink ou um bom vinho argentino?

– Se me conhecesse tanto deveria saber que eu não bebo nada alcoólico. E acho até que você sabe e está querendo tirar sarro com a minha cara. Essas pessoas que aqui se entregam a esses vícios não sabem o que estão levando para si mesmas; são cegas que não sabem onde vai dar o próximo passo. Aliás, se eu soubesse que o lugar de encontro era este, eu não teria nem vindo, pois não é um lugar para pessoas como eu.

– Este lugar é uma ameaça a você? – perguntou ela após tomar um pouco mais de sua bebida.

– Ameaça? Claro que não. Apenas sei que eu não devo fazer tudo o que me aparenta ser agradável, mas o que é edificável à minha vida. Estar em um lugar que em suas prateleiras existem produtos que vão me levar a espoliar-me a consciência e que a tudo se adora, menos a deus, é algo que eu abomino; e como sigo a palavra dele – apontou para a Bíblia que tinha em suas mãos – eu procuro me afastar daquilo que me faz desobedecer-lhe.

– Esse livro que está em seu colo é o que constrói o seu mundo?

– Por que não?! É aqui que eu encontro todas as respostas de que preciso. Qualquer outra leitura é confirmada ou refutada por esta – disse ele orgulhosamente de sua convicção.

Ela sorriu com certo sarcasmo, tirou o copo do balcão e o ergueu.

– E tudo isso só porque eu lhe ofereci uma bebida.

– Isso pode ser parte do seu mundo. Mas, sendo eu um cristão, rejeito tudo aquilo que é mundano.

– Mas o que há de mal nisso? Anda... Escolha uma bebida que eu pago. Pode ser uma daquelas que são bem fortes para fazer assepsia em sua mente – disse ela rindo de Charles.

– Você me chamou aqui para me provocar?

– Eu não chamei você, Charles. Chamei? Creio que suas pernas vieram aqui sozinhas. Já eu estou frequentemente neste lugar e hoje dei sorte de tê-lo aqui para me fazer companhia e, quem sabe, conversarmos sobre perspectivas.

– O que você quer, afinal? – Ele foi direto ao ponto.

– Veja uma coisa... Já reparou o nome da adega em que estamos? Dianoia... É uma palavra grega que significa "pensamento". Essa mesma palavra foi utilizada por Platão, um filósofo grego que viveu...

– Eu sei quem foi Platão, não se preocupe.

– Para ele, o conhecimento era resultado dos pensamentos discursivos, aqueles que partem de diálogos abrangentes, sem limites para a criatividade intelectual. Que tal, você aceita essa proposta?

– Certo. Então comece me explicando como conseguiu colocar o primeiro bilhete dentro do meu carro.

– Você tem certeza de que a sua curiosidade é para ver apenas esse pequeno detalhe? Do que adianta uma pergunta se ela não nos faz questionar o motivo pelo qual foi formulada? O que você quer saber, na verdade, Charles Nascimento, não está na forma que eu uso para chamar a sua atenção. A capacidade em manter o olhar para pontos prescindíveis costuma levar pessoas à beira do abismo, sabia?

– Ah, tá! Você invade a minha privacidade, me envia vários recados misteriosos, me causa perturbação e se vê no direito de não me dar explicações? Saiba que eu não tenho tempo pra isso – disse ele levantando-se da cadeira para ir embora. – Passar bem – despediu-se.

– Eu já estou bem. Mas... E você que anda com o luto na testa por conta da morte de Elisa? – disse a mulher que nem sequer se mexeu de seu lugar, mas sabia ela que tal situação iria perturbá-lo mais uma vez.

Charles voltou imediatamente.

– Ei! O que você sabe de mim? Quem lhe contou sobre a minha vida particular? Lembro-me de que me disse ter chegado o momento de nós conversarmos. O que você quis dizer com isso? Por que eu precisaria conversar com você?

– Quantas perguntas desnecessárias, pastor. Parece estar perdido sem saber para onde ir. Sim, eu disse isso e realmente precisamos conversar porque essa é uma das minhas missões. Não vai demorar muito para perceber que as suas convicções distanciaram você de Elisa antes da morte e fizeram você perder os melhores momentos ao lado dela por, simplesmente, estar dedicado a um dogma que o cegou.

– Então, você era amiga da minha esposa? O que vocês tinham em comum? – Charles estava inquieto.

– Muitas coisas, entre elas o desapego.

– Desapego? E isso é tão importante assim? Ora, creio que todos nós nos apegamos a algo e nem sempre isso deve ser visto como um mal.

– De acordo, embora o apego nos faça estar estacionados quando deveríamos estar em movimento. Talvez você não concorde, mas a sua religião estimula o apego às tradições e aos rituais.

– Sério? – perguntou ele ironicamente. – Então, diz aí... Qual é a sua religião?

– Por que eu tenho que ter uma religião? Seria isso uma condição para a sabedoria?

– Sabedoria, senhora? Faça-me o favor! Você querendo falar disso comigo?! A sabedoria vem de deus e o temor a ele é o princípio para alcançá-la.

– E você vê a si mesmo como o filho da sabedoria, mesmo evitando se aproximar de pessoas que não seguem a sua doutrina?

– Eu apenas sigo o que a palavra de deus manda e isso não é negociável.

– Um argumento sintético, a meu ver, eclesiástico.

– O seu modo de ver não muda essa verdade, querida.

Nesse momento, ela apontou para uma janela pedindo ao pastor que observasse algo.

– Veja, Charles... Veja as gotas da chuva escorrendo pelos vidros das janelas. Percebe que aqui estamos protegidos? Este abrigo nos protege da chuva ao mesmo tempo que nos tira o contato com ela. Creio que assim somos todos nós. Criamos ou adotamos bolhas conceituais para termos contatos com as pessoas que se identificam com o nosso estilo de vida. Sorrimos, cumprimentamos e até dialogamos; mas somos indiferentes com aquelas que não se acostumam dentro de nossas bolhas. Sentimo-nos protegidos dentro delas e lutamos com muita força para não nos expormos ao lado de fora. Sentimos medo do impacto e, por isso, preferimos permanecer. Mas de onde vem esse impacto senão das diferentes formas de viver? Há muita gente do lado de fora, mas nós não as percebemos. Tudo porque somos todos segregadores. Somos assim... Egoístas ao ponto de querermos os outros submissos às nossas teses. Eu sou assim e você também é. Então, pastor, qual é a bolha que impede você de se aproximar daqueles que não compartilham da mesma fé?

Charles parou alguns segundos para imaginar a analogia que acabara de escutar. Parecia algo irreal o que estava acontecendo. Como pode uma mulher com características nada ortodoxas trazer questionamentos sobre o modo que se pode viver?

Aparentemente mais calmo, ele perguntou:

– Certo, qual é o seu nome?

– Sophia Assunção. Satisfação – disse ela com um sorriso contagiante.

– O que você faz na vida?

– Hum... Apenas sigo o fluxo da vida. Muitas vezes eu e me deparo com pessoas que me transformam. Muitas me chamam de filósofa.

– Filósofa? Os filósofos que eu conheço são todos maconheiros. Não me surpreenderia saber que você também fuma um baseado.

– É a isso que você relaciona a Filosofia? – retrucou ela com um sorriso de canto. – Você já sabe meu nome. Caso queira saber a minha idade também, sou mais nova que você. Dois anos a menos, para ser específica.

– Você parece mais velha que eu – disse ele dando o primeiro sorriso em meio ao diálogo.

– Como você vê a sua família, Charles? – Trouxe um pouco de seriedade.

– A minha família é abençoada. Posso não estar vivendo a melhor fase da minha vida, mas eu amo meus filhos e minha esposa.

– Disso eu não tenho dúvida – disse ela encostando a mão no ombro de Charles.

Imediatamente, ele tirou a mão de seu ombro. Charles viu esse contato como um ato de escândalo aos que ali estavam. Na verdade, foi um escândalo, mas na mente do pastor. Para ele, as pessoas o observavam a todo instante com o intuito de encontrarem – nele – um ato característico de difamação. Ah, Charles... E se você olhasse a si mesmo do lado de fora?

– Não faça isso de novo. Eu sou um líder espiritual e preciso evitar motivos para falatórios. – Estava ele preocupado, olhando para algumas pessoas.

– Espere um instante. Você acredita que aqui as pessoas estão a vigiar o que você faz para terem o que falar? Olhe para elas, sacerdote. Elas não percebem a sua presença, não se importam com a sua reputação. Para elas, você é invisível. Aqui você é insignificante, mas, em contrapartida, aqui você pode ficar sem culpa alguma. Neste lugar você tira qualquer capa para ser quem é, de fato.

– Eu agradeço a sua tentativa em me rebaixar, mas o estilo mundano de ser não embasa a minha vida, porque um verdadeiro servo de deus não pode se misturar com os ímpios. Nem à roda dos escarnecedores devemos estar. Então, me desculpe, mas eu somente sigo a verdade e contra ela nada se mantém.

– De que verdade você está falado, caro cristão? Por um acaso ela está nesse livro que você segura?

– Isso não é um simples livro com outro qualquer. É um erro tratar a Bíblia dessa forma. Você precisa ler e, quando lê-la, vai conhecer a verdade e ela libertará você da vida pecaminosa, pode acreditar.

– Hum... – Ela tomou mais um gole. – O que a palavra de deus conta, então, pastor?

– Ora, como filósofa você deveria saber que as maiores questões levantadas no passado serviram para confirmar o que está escrito aqui. A Bíblia tem registrado tudo o que deus intencionou ao seu povo. A Bíblia é a obra que apresenta a essência de seu amor ao homem e que, sem esse amor, nada existiria neste mundo. Ela nos conta como tudo começou e como tudo vai terminar. Ela é o nosso guia para a vida. Aqui está tudo o que o mundo precisa conhecer.

– Posso segurar a sua Bíblia, Charles?

– Sim, claro. É necessário, fique à vontade.

– Gostei da capa. É bonita assim como as histórias que lemos dentro dela, cheias de inspirações e criatividade – disse ela folheando as páginas rapidamente.

– Você fala da Bíblia como se fosse um livro de alegorias. Mas digo a você que esse livro é a própria revelação dos céus.

– E qual é o epicentro desta literatura misteriosa? Você pode me dizer, pastor?

– Sem dúvida alguma, é Jesus Cristo, o nosso salvador.

– É nele que se baseia o Cristianismo. Correto?

– Corretíssimo. Falando nisso, o que você acha de nos fazer uma visita? Lá, você entenderá mais detalhadamente.

Ao ouvi-lo atentamente, Sophia fez algo surpreendente. Folheou a Bíblia até encontrar o início do livro de Mateus. Segurou com uma das mãos e com a outra folheou até encontrar o final do livro de Lucas. Juntou todas as folhas dos três livros chamados "canônicos" e as arrancou brutalmente. Logo em seguida, atirou a Bíblia de Charles na lixeira, ficando com as folhas que arrancara nas mãos.

– Pronto, está feito – disse ela.

– Você está louca! – gritou ele pegando sua Bíblia da lixeira. – O que você pensa que está fazendo? Você ainda vai se arrepender por essa blasfêmia! Que deus tenha misericórdia de sua vida.

Tão alto ele falou que chamou a atenção dos que estavam presentes no local. Parecia ele estar arrependido de ter aceitado o diálogo com a mulher misteriosa, que, além de confrontá-lo com tal atitude inesperada, deixou de explicar o motivo dos incômodos bilhetes.

Ao ver Charles se retirar do ambiente, Sophia riu e permaneceu ali, pedindo mais uma bebida.

* * *

Enquanto dirigia rumo ao templo, Charles pensava a todo instante no que aconteceu. Indignado estava ele por estar na presença de uma pessoa que não possuía a graça de deus. Intolerável seria para ele voltar a ter qualquer contato com aquela que o deixou escandalizado por algumas páginas arrancadas.

Chegando ao templo, encontrou Letícia e Gerson. Com um semblante nada amigável, sua irmã o procurava em busca de uma satisfação do ocorrido no hospital e do seu sumiço, já que não aparecera ao culto após tanto discutir e dizer que precisaria estar junto aos seus fiéis. Assim que ele desceu do carro, ela chegou.

– O que houve, Charles? Por onde você andou? Você some e aparece só agora, às dez horas da manhã?

– Surgiu um imprevisto. Está tudo bem. Não tem motivo para tanta preocupação – disse ele passando rapidamente, rumo ao seu gabinete.

– Ei! – Segurou ela o seu braço. – Eu jamais vou colocar uma venda nos meus olhos e fingir que nada está acontecendo. Meu irmão, eu quero estar mais perto, mas você se afastou de todos nós. Parece estar vivendo em outro mundo, um mundo seu que não aceita nada nem ninguém, a não ser os seus próprios pensamentos. Eu sei que não tem passado bem, mesmo assim você não se abre com ninguém. Se abra comigo, meu irmão, eu estou aqui – disse Letícia olhando nos olhos dele como quem tenta decifrar um estado emocional pela íris.

– Agradeço a preocupação do casal, mas posso cuidar da minha vida e resolver sozinho os meus problemas. Não acha?

– Você me parece uma criança órfã que não sabe as decisões que deve tomar. Totalmente perdido.

– Não fale do que você não sabe, Letícia. Não seja injusta comigo.

– Você não parece nada com a pessoa que cresceu junto comigo. Nós brincávamos e estudávamos juntos. Você era um irmão responsável e procurava cuidar de todos ao seu redor. Eu lembro que você me ensinava, me aconselhava e sempre mostrava o lado bom das situações. Agora, não reconheço mais o meu irmão desde a morte de Elisa.

– Você não sabe o que é perder uma pessoa que te acompanhou por toda uma vida e que torceu por você em todas as suas decisões, mesmo quando havia discordância. Se eu estou tão diferente assim é porque deus nos molda de acordo com sua vontade.

– Por favor, deus não tem nada a ver com isso, Charles; e você deveria saber disso. Ele não é culpado por sua decadência. Você está se afundando sozinho e a sua família sente o seu fracasso. Você mudou, admita. Aquele irmão que eu tive um dia jamais deixaria um amigo como o irmão Sabino e sua esposa sozinhos.

– Não me julgue, Letícia! Me respeite! Eu tenho um dever perante esta congregação e respondo por cada ovelha que me segue. A obra de deus requer sacrifícios que muitas vezes não entendemos. Tudo está nas mãos dele e, por isso, o irmão Sabino vai ser curado porque deus não vai deixar ele...

Interrompendo a discussão, Jorge chega aflito.

– Gente, algo horrível aconteceu. O irmão Sabino acabou de falecer.

– O quê?! – surpreendeu-se Charles.

A notícia ruiu a fé do homem que parecia não acreditar no que havia acabado de ouvir. Para o pastor, era uma certeza que deus não iria deixar isso acontecer. Mas tal frustração o fez duvidar do impossível desamparo de deus a um servo, como assim era visto o senhor Sabino.

CAPÍTULO 8

O estranho silêncio

No velório, com alguns lugares vazios no templo, os irmãos da congregação estavam em pranto. O local estava triste e o sol parecia perceber o luto, pois as nuvens o cobriram, escurecendo o céu naquele momento.

A viúva, de tanto chorar, desmaiou e, após ser socorrida, foi levada a uma sala. Antes, havia ela dito algumas palavras aos amigos que estavam presentes. Nada tão sofisticado, mas muito sincero ao relembrar momentos de uma vida comprometida a um casamento que durou até o fim.

Charles também estava abatido, com algumas lágrimas caindo em seu rosto. Próximo do caixão, ele cumprimentou algumas pessoas com um raso sorriso, mostrando simpatia aos convidados. Embora estivesse dando atenção às pessoas, estivera a refletir sobre as perdas de pessoas amadas. Assim, o sofrimento era inevitável.

Luiza se aproximou com uma voz meiga, pegando no cabelo de seu pai.

– Todos estão esperando o senhor dizer algo para finalizarmos a cerimônia. Vamos, fale alguma coisa.

– Tá bom – disse ele após dar um beijo na testa de sua filha.

Aproximou-se do caixão e esperou alguns segundos para, então, começar a falar.

– Eu poderia dizer algumas palavras clichês de velório, dizer o quanto ele é importante para mim e o quanto ele se dedicou a fazer a obra. Mas a verdade é que eu nem sei o que dizer neste momento. Tento entender por que as pessoas são tiradas assim tão de repente de nossas vidas... Em um dia, estamos conversando, mas amanhã tudo pode acabar em desastre. Eu perdi minha esposa três anos atrás e parece que foi ontem. Ainda ouço a voz dela ecoando pelo meu quarto como se estivesse ali pertinho de mim. Ah, como é sofrido o ser humano. Vamos vivendo...

Charles se estendeu um pouco mais em seu discurso falando de sua aflição e o quanto a morte pode afetar quem tenta sobreviver em meio a lágrimas. Enquanto falava e olhava para as pessoas que o ouviam, percebeu a presença de Sophia ao lado de Luiza. Estranho? Para ele com certeza.

Ao terminar, todos aplaudiram em memória do falecido, como de costume em um luto de alguém da irmandade, e encerraram a cerimônia.

Luiza saiu para falar com outras pessoas e ele aproveitou para se aproximar de Sophia.

– O que você está fazendo? Como pode ver, não servem bebidas aqui – disse ele, não encontrando motivo algum para aquela presença indesejável.

– Aqui é o seu território, não é, pastor Charles? Você me vê como uma intrusa em seu templo?

– Não, querida, este templo é aberto a todas as pessoas, inclusive você com todo esse seu abuso.

– Você me rotula em vez de conhecer como realmente sou.

– Ora, não se faça de sonsa. Você zomba de deus como se fosse normal.

– Tá bom, pastor. Não me faça rir porque não estamos em um lugar propício. Mas você fala cada coisa engraçada – disse Sophia querendo rir.

– Pare com essa cena e me diga logo o que quer aqui?

– É sério que eu devo dar satisfação a você?

– Não, claro que não. Mas aqui...

– Aqui é um lugar que eu preciso estar neste momento – disse ela interrompendo Charles.

– Tudo bem, fique à vontade. Afinal, não há lugar melhor para estar. Aproveite e confesse a deus os seus pecados misteriosos.

– Os segredos que cada um carrega expõem a beleza que cada vida possui. Você não acha?

Charles balançou a cabeça e saiu para falar com outras pessoas. Já Sophia permaneceu por mais alguns minutos e se retirou.

Letícia, no intuito de tornar o clima menos pesado, convidou Charles para ir a uma sorveteria. Assim, poderiam descontrair um pouco. Ele logo aceitou.

– Chame Luiza e Theo, também. Vai ser legal, meu irmão – disse ela.

– Tá certo, vamos.

* * *

O local era descontraído, com vozes e sorrisos. Um lugar com famílias se encontrando. O delicioso sorvete era um grande pretexto. Sabores regionais eram os que mais atraíam visitantes, inclusive turistas que adoravam apreciar o bom gosto montbelense.

Letícia escolheu de amendoim, assim como Gerson. Luiza pegou um de graviola com uma colherzinha para não correr o risco de o sorvete cair. Charles chegou ao caixa e disse à Letícia que não precisava se preocupar que ele pagaria o dela e de seu marido. Não aceitou no primeiro momento, mas, com a insistência do irmão, acabou aceitando.

Theo escolheu o sabor tapioca, assim como seu pai. Aliás, esse era o sabor preferido dos dois. Ao pegar seu sorvete, olhou para seu pai e se esforçou para evitar um sorriso, mas Charles o percebeu.

Ao se sentarem ao lado um do outro, seu pai perguntou:

– Você se lembra de quando começou a gostar de sorvete de tapioca, filho?

– Sim, eu me lembro. O senhor me buscava na escola e sempre a gente parava aqui.

– Isso mesmo. Parece que esse sorvete melhora a cada ano. Você só escolhia de chocolate, mas depois que provou esse nunca mais quis saber de outro sabor. Momentos bons aqueles... – O pastor olhou para seu filho com aquela admiração de tempos atrás. Seus olhos brilharam e a vontade de abraçá-lo era grande, mas o receio de ser rejeitado foi maior, o que fez Charles permanecer onde estava.

Os sorrisos não foram suficientes para manter o clima de paz que pairou por alguns minutos entre eles. Contudo, talvez fosse melhor se Charles tivesse superado esse receio de se aproximar.

– Momentos que não podem mais ser vividos, não é, pai?

– Não podem porque você não faz questão de vivê-los. Não é, filho?

– Ei, já vão começar? Podem, pelo menos, respeitar a memória do irmão Sabino? Também acho que a proposta de virmos aqui foi para termos um momento de paz. Então, podemos dar uma trégua, por favor?! – disse Luiza, chamando a atenção dos dois.

– Isso mesmo, Luiza. Charles esse não é o momento para falarmos das nossas desavenças. Não vamos falar de problemas. Pode ser? – disse Letícia.

– Certo... Vocês estão certas – concordou Charles.

– Foi muito triste o que aconteceu com o irmão Sabino. Nossa... Foi tudo tão de repente que ainda não me caiu a ficha de que isso aconteceu de verdade. – Luiza lamentou segurando a mão de Theo.

– Ele era um homem bom e dedicado na igreja. A gente podia contar com ele em tudo que precisássemos – comentou Letícia olhando para todos.

– Verdade. Era muito prestativo, desde sempre. Ele esteve comigo no início da obra. Os tijolos da nossa igreja têm a história dele, também. Sempre buscou resolver as coisas de maneira calma e serena. Aprendi muito com ele, podem ter certeza – assim disse Charles orgulhosamente.

– A mamãe gostava muito dele, apesar de ele ter sido um homem de muitas falhas. – Luiza olhou para Theo, o qual abaixou sua cabeça.

– Sim, minha filha, todos nós temos falhas e delas não podemos nos orgulhar. O irmão Sabino era um amigo da família há muito tempo, antes mesmo de vocês nascerem. Não sei se lembram, mas ele morou conosco durante um tempo. Sempre esteve ao nosso lado quando precisávamos. Ele e a irmã Ilda ajudaram Elisa a cuidar do Theo logo que nasceu.

– Foi mesmo? Disso eu não lembro – disse Letícia.

– Por isso, eu agradeço a deus por ter enviado esse anjo até nós e pelo tempo que ele esteve conosco.

Theo era o único que estava calado e assim ficou enquanto falavam de Sabino. Embora a conversa estivesse amistosa, ele olhou várias vezes para o seu pai como se algo vindo dele o incomodasse. Porém, como sempre, preferiu manter-se assim mais uma vez.

– Bora ali? – disse ele à Luiza, que aceitou e foi com ele andar um pouco pela calçada.

– Amor, vá lá com eles – pediu Letícia ao seu marido. – Vou ficar um pouco aqui com Charles. – Assim Gerson fez.

– Meu irmão, como você está neste momento?

– Eu deveria ter te escutado, Lê. Eu tinha que ter ficado no hospital com a irmã Ilda. Como eu pude fazer isso? Eu sou um...

– Ei, você vai trazer para si mais esse fardo?

– Letícia, eu nem me despedi dele.

– Eu sei disso, mas não sofra por isso. Tente lembrar apenas dos bons momentos que você teve com ele.

– Sabe, Lê, eu queria saber por que deus tira as melhores pessoas das nossas vidas. Tanta gente ruim nesse mundo fazendo coisas absurdas que parecem não morrer tão fácil assim.

– Isso só ele que sabe. Ninguém sabe quando vai partir desta vida para a eternidade. Por isso que a igreja tem um papel fundamental de mostrar a palavra de deus.

– Sim, verdade. Vamos fazer outros estudos sobre a morte com deus e a morte sem deus – disse o pastor.

– Talvez seja o momento de você descansar. – Letícia acariciou a mão de seu irmão.

– Não posso porque não podemos parar no meio da luta. O diabo nunca descansa, não é mesmo?

Ambos riram e depois se levantaram para ir embora.

– Vamos, pessoal – disse ele aos filhos, esticando seu braço para colocá-lo no ombro de Luiza. Virou-se à Letícia e disse: – Isso aqui, pra mim, é tão importante quanto raro. Eu estava até me esquecendo de como é bom curtir um sorvete com a minha família.

– Depende só de você curtir mais momentos como esse. Se é que vale como conselho, não espere a aproximação das pessoas. Tem que partir de você – disse ela baixinho.

Apesar do luto pela morte de Sabino, o dia terminou agradável para Charles como há tempos não acontecia. O momento foi tão bom e incomum que ele não percebeu o estranho silêncio de seu filho.

CAPÍTULO 9

O ódio deixa marcas

Robson não costumava prestar atenção no que poderia existir de consequências pelas suas escolhas, que eram, na maioria das vezes, ousadas e incomuns. Seu jeito de ser polêmico e extravagante o ajudava a se destacar em meio ao ambiente em que estivesse. Ele falava o que geralmente seus aliados queriam falar, mas não tinham coragem.

Sua maneira de agir (e reagir) era o principal obstáculo no seu relacionamento com Theo, o qual era mais sensível. Movido muitas vezes por impulso, ele magoava sem saber e, quando desapontado, logo se afastava. Aparentemente, era um meio para não se prender ao que as outras pessoas faziam contra ele. Se tivesse uma briga em que ele se sentisse ferido de alguma forma, logo esquecia e voltava como se nada tivesse acontecido.

Vindo de uma família conservadora, seus conflitos nunca tiveram espaço para compreensão de seus pais. Na adolescência, ele começou a mostrar quão excêntrico seria no decorrer de sua vida.

Sua escolha por Artes foi uma contrariedade ao desejo da família, que carregava a advocacia como profissão hereditária.

Na faculdade, ele era provocador, e debochado, e astuto em suas opiniões. Não se dobrava a qualquer comando que trouxesse subversão à sua autenticidade, pois não aceitava ser conduzido por quem quer que propusesse tirar o seu direito de fala. Robson era rebelde e fazia questão de ser ouvido. Suas questões eram quase sempre voltadas à religião, já que era ateu assumido e, por isso, inflamava discussões com os colegas de sala que eram cristãos.

Lá estava ele em uma conversa com seus colegas sobre preconceito religioso. As falas estavam acaloradas, mas longe da possibilidade de alguma agressão física. Diante do argumento de que todas as pessoas são bem-vindas nas igrejas protestantes e que a acepção de pessoas é condenada pelo Cristianismo, Robson não se conteve.

– Tudo isso seria bonito se fosse verdade. A verdade não é bem essa, meu querido. Você fala isso por seguir o padrão perfeito que a sua religião criou. Para vocês, toda pessoa que tiver uma aparência diferente desse padrão será tratada como intrusa.

– Você está completamente enganado, Robson. Se você passou por isso em algum lugar, sinto muito. Mas em minha igreja você não seria tratado assim, pois lá nós acolhemos porque deus aceita todas as pessoas. Quem transforma não é o ser humano, mas o espírito santo – disse o colega cristão.

– Essa é a teoria, mas a prática é bem diferente. Sei que você vai querer me convidar para visitar a sua boiada, mas não quero nem me esforçar pra me certificar de que você fala, fala e tudo acontece ao contrário.

– Já vi que você tem um preconceito com as igrejas, Robson.

– Eu que tenho preconceito? – Robson foi surpreendido.

– Sim. Você já se ouviu falando? Prestou atenção nas coisas que acabou de dizer?

– Se há algum tipo de preconceito no que eu disse é na forma de resposta a tudo o que vocês, cristãos, fazem com gente que nem eu.

– Não, Robson. Você está errado. A igreja que segue verdadeiramente a palavra de deus não pode tratar ninguém com indiferença, pois seria totalmente contra seus próprios princípios. A igreja do senhor Jesus vê que você é igual a mim. Somos todos iguais perante deus.

– Ah, tá. Você acha que um ateu é aceito facilmente dentro dessas igrejas? E quanto a um gay? Será que estendem um tapete vermelho como fazem quando um político visita o gado? Faça-me o favor, meu caro. Em que mundo você vive? Você acha que não existem homofóbicos enrustidos em seu chiqueiro que deixam escapar a intolerância pelos olhares, pelos gestos e pelas opiniões? Você acha que um seguidor do ateísmo seria convidado pelo seu pastor para um jantar? Claro que não! Então, não me venha com essa de que somos todos iguais perante o seu deus!

– Bom... Se essas situações acontecem, não me cabe julgar. Eu só digo que...

– Não cabe a você julgar, mas assiste passivamente tudo isso acontecer? Olha, se você vê a maldade acontecer, mas cruza os braços para o mal prevalecer e ainda fecha os olhos para o preconceito subsistir, é tão cruel quanto aquele que o fez.

– Robson, o seu julgamento a meu respeito só mostra o quão traumatizado você está; e isso é triste demais. Traumatizado não por ser ateu, mas por ter sofrido um desprezo de pessoas que não te compreenderam, e, por isso, acha que todos os cristãos vão fazer o mesmo. Meu amigo, basta enxergar com outros olhos. Aqui ninguém quer te condenar.

– Então, me diga: quão preparada a sua igreja está para aceitar a convivência com alguém que se porta fora de seus padrões?

– É... – Diminuiu o tom de voz. – Nisso eu tenho que concordar com você, Robson. As igrejas precisam evoluir para aprenderem a socializar com as diferenças.

Nesse momento, a professora Glória entrou na sala e interrompeu a discussão. Todos voltaram aos seus lugares e a aula foi iniciada.

– Tive uma ideia – disse Robson em voz baixa.

Ele ficou pensativo e disperso durante a aula inteira. Sua ideia foi ganhando forma em sua cabeça e a primeira pessoa com quem pensou em dividi-la foi Theo. Rapidamente ele enviou uma mensagem, de tanta ansiedade que estava naquele momento, pedindo para que se encontrassem após sua aula.

– Você acha que o meu pai vai aceitar essa sua ideia maluca?

– Sei lá... A gente só vai saber falando com ele – respondeu Robson.

– Sei não. Acho difícil ele querer ouvir alguma coisa de você. Mas se isso acontecer, dirá que é uma das piores ideias que já ouviu. É capaz de ele proibir a nossa entrada na igreja. Ele vai colocar uma foto nossa na entrada para nos identificarem.

– Para, Theo! Deixa de ser dramático. Não custa nada tentar. Vai... Vamos falar com ele?

– Você é chato demais. Eras... Vamos lá, mas tem que ser rápido porque eu ainda tenho que passar as músicas de hoje.

– Tá bom. Bem rápido, prometo.

– Sei...

Os dois riram juntos e Theo aceitou falar com seu pai mesmo correndo risco de ver seu amigo ser escorraçado.

Era duas horas da tarde quando eles chegaram. Abrindo a porta de seu apartamento, Theo encontrou Luiza sentada no sofá assistindo TV. Uma cena muito incomum, pois costumava chegar à noite do trabalho. Dessa vez, ela tinha tirado a tarde de folga e estava tranquila para descansar e se distrair com algum entretenimento, já que à noite não teria evento na igreja.

Ainda estava com a calça do trabalho, tendo trocado apenas a blusa. Descalça, com os pés no sofá, apoiava sua cabeça na almofada demonstrando o cansaço do dia corrido.

– Cadê o papai? – perguntou Theo.

– Deve estar na igreja – respondeu ela.

– Tá vendo? Ele não está.

– E daí? Vamos aguardar – disse Robson.

– Tá, vem. Vamos aguardar na sacada.

– Chegou cedo hoje, Luiza? – Perguntou Robson.

– Sim. Uma folguinha. – Ambos sorriram.

Na sacada, Theo puxou uma cadeira para seu amigo sentar enquanto ele se sentou na cadeira de seu pai.

Robson estava com uma camisa de cor alaranjada. Seu cabelo solto chamava atenção de qualquer pessoa que o avistasse. Talvez não fosse essa a intenção dele, embora percebesse quando estava sendo observado por alguém na rua, por exemplo.

Theo vestia a sua camisa verde de botão com as mangas enroladas até o cotovelo; o de costume. Mesmo sentado, uma das pernas não parava de balançar. A ansiedade era grande pela preocupação em falar sobre um assunto que seu pai não fosse – talvez – querer ouvir.

– Relaxa, Theo. Por que tanta agonia? – perguntou Robson.

– Depois daquela cena que ele causou na faculdade por causa da sua pintura, não sei muito bem como ele vai reagir ao ver você aqui.

– Nada a ver. Aquilo já passou.

– Depois eu fiquei pensando no quanto você é doido de fazer um desenho daquele. Só você, mesmo.

– Aquilo não é um simples desenho, Theo. É uma arte. Pela arte, o artista expõe sua inspiração livremente. Tentar limitar a criação é desperdício de tempo, porque eu jamais vou me privar de materializar o que penso.

– Oi, pai – disse Luiza a Charles, o qual fechou a porta. Era visível o seu cansaço após uma manhã de compromissos entre atendimentos na igreja e consulta médica.

– Oi, filha. Que surpresa você aqui cedo – falou ele com um sorriso.

Levantou Theo e, junto com Robson, foi para a sala.

– Olá, pastor Charles – cumprimentou Robson.

– Você aqui? – questionou Charles surpreso com a presença de Robson. Encontrá-lo em sua casa foi o suficiente para tirar o sorriso do rosto.

Somente Luiza ficou sentada, pois também queria saber qual o motivo de Robson estar ali, sabendo que seu pai não aprovava que ele visitasse a sua privacidade.

– Pai, o Robson tem uma...

– Deixa que eu falo. Pode deixar – interrompeu Robson.

– Eita! Falem logo de uma vez – falou Luiza.

– Pastor, eu passei uma ideia para o Theo que eu tive em uma conversa na faculdade. É uma ideia que vocês podem realizar com brilhantismo e generosidade. Se o senhor aceitar, a sua igreja será a pioneira em nossa cidade e eu acredito que vai incentivar outras a fazerem o mesmo.

– Sim. Do que se trata?

– Uma palestra de conscientização sobre preconceito. É fato que as igrejas não estão preparadas para lidar com pessoas marginalizadas e excluídas de nossa sociedade – apontou para ele mesmo e para o Theo – e, por isso, vejo que poderá ser uma oportunidade para...

– Ei, ei... Pode parar, pode parar. Nem continue, rapaz. Eu já sei aonde você quer chegar. Eu já imaginava que de você não poderia vir algo sério.

– Como assim, pastor? O senhor não acha esse assunto sério?

– Meu jovem, a coisa é bem simples. Você anda num caminho que só te leva para a perdição e esse é o caminho que o diabo usa para enganar os fracos espirituais. Assunto sério é falar dos desígnios de deus, rapaz!

– Charles estava começando a se estressar, apontando para uma Bíblia que se encontrava próximo à TV.

– Pastor, é por esse tipo de atitude, como essa sua de agora, que as igrejas não conseguem olhar para as pessoas sem preconceito. O senhor saberia do que eu estou falando se conversasse mais com seu filho.

– O quê?! – Charles foi em direção a Robson, sendo impedido por Theo. – Como você tem coragem de vir na minha casa falar isso para mim? Com quem você pensa que está falando, seu fedelho? Tá vendo, Luiza? É isso que o diabo quer. Plantar esse ser estranho aqui para destruir a minha família com ideias diabólicas!

– Pastor, eu não tenho interesse algum em destruir a sua família, porque o senhor está cuidando de fazer isso sozinho! – Robson também alterou a sua voz.

– Saia já da minha casa agora antes que eu faça uma besteira!

– O que o senhor vai fazer, pastor? Por um acaso vai me bater?

As vozes estavam alteradas. Charles já não suportava ouvir a voz de Robson. Este, por sua vez, estava adorando ver o *"circo pegar fogo"* na casa de um pastor que – a cada minuto – mostrava um desequilíbrio inesperado, apesar de lutar com todas as suas forças para defender seus princípios. Luiza se levantou para ajudar Theo a impedir o pior. Theo, quase desesperado, com seus olhos quase saltando para fora, não sabia mais o que fazer. Mas ele estava certo de que precisava se posicionar. Sem pensar mais, ele agiu.

– Pai, pare com isso! – gritou. – Você é um estúpido que não sabe ouvir ninguém. Fica dando sermões na igreja, fala do amor de deus, mas o seu coração é cheio de ódio. Hipócrita! Eu tenho vergonha do senhor.

Não aguentando mais ouvir o filho gritar, Charles deu um tapa violento no rosto de Theo, o qual caiu no chão a chorar.

– Quê isso, pai! – exclamou Luiza.

– Me respeita, moleque! – gritou Charles.

O golpe foi forte e deixou a marca da mão de Charles no rosto de seu filho. Luiza e Robson ajudaram-no a se levantar e o levaram para o sofá.

– Pai, o que o senhor fez? – perguntou a filha indignada.

Vendo o que havia feito com o seu próprio filho, Charles se retirou.

Robson foi rapidamente até a cozinha e pegou um copo d'água. Aos poucos, Theo foi parando de chorar.

– Não estou acreditando no que aconteceu aqui – disse Luiza ainda inconformada.

– É, minha irmã... Esse é o pastor que vai para o céu e nós é que vamos para o inferno.

– Nossa! A marca ficou em seu rosto, meu mano.

– A marca em um rosto nunca será maior que uma marca deixada no coração – disse Theo.

– Acalme-se, Theo. Fique bem – disse Robson pegando a chave de sua moto.

– Ei, aonde você vai? – Theo tentou segurar o amigo que não estava com uma cara boa.

– Vou fazer o que tem de ser feito. Isso não pode ficar assim!

– Não, espere...

Robson não deu ouvido e saiu apressado. Bateu a porta, deixando os dois apreensivos.

– O que ele vai fazer, Luiza?

– Não sei. Só espero que não faça nenhuma bobagem. Mas, agora, você precisa ficar bem.

– Estou bem. Só não entendo por que o nosso pai não me ama mais.

– Não fala isso, Theo. É claro que ele te ama. Mas você sabe como ele é impulsivo. Deve estar arrependido, pode ter certeza disso.

– Duvido. Ele sabia muito bem o que estava fazendo e disso eu nunca vou esquecer.

– Sinto muito, Theo – disse Luiza após colocá-lo em seu colo.

A tarde foi um tanto drástica para a família Nascimento, pois ela parecia estar sem rumo e Charles cada vez mais desorientado. Quis ele se refugiar em seu gabinete, no templo, pois precisava refletir no que fez. O remorso tomou conta de si, mas logo iria se surpreender, pois Robson estava indo ao seu encontro.

* * *

Chegando ao templo, ele pediu a Jorge que não fosse incomodado. Andando apressadamente, logo entrou em seu gabinete. Sentou-se em sua cadeira, passou as mãos na cabeça e ficou assim por alguns segundos pensando no que acabara de fazer.

Charles jamais havia batido em Theo, assim como nunca triscou um dedo em Luiza. O respeito prevaleceu por um longo tempo na família, pois ele e Elisa perseveravam no diálogo para que, assim, os problemas fossem resolvidos. No entanto, ouvir já não era uma prática preservada há três anos e Theo, mergulhado em seus conflitos, acumulava ressentimentos dessa atual versão de seu pai, o qual parecia ter se transformado em uma pessoa intolerante e difícil de conviver.

Naquele momento, triste estava ele. Não por ter dado um tapa em Theo, simplesmente, mas porque isso havia mostrado o quanto ele estava perdendo o controle que tanto buscou ter de sua família.

Confuso, fechou os olhos para orar.

“Santo deus, eu sei que o senhor está me ouvindo. Responda-me. Será que a minha família está se perdendo? Por que o senhor tem deixado essas coisas acontecerem comigo? Eu te sirvo e sou fiel ao senhor. Isso não conta? A tua palavra diz que o seu fardo é leve e é disso que eu estou precisando neste momento, do seu fardo. Eu não sei mais o que eu faço, por isso eu entrego tudo em suas...”.

Jorge entrou sem bater e interrompeu a oração para dizer que Robson estava insistindo em querer entrar.

– Jorge, eu disse a você que eu não queria ser incomodado por nada e nem por ninguém. Então, resolva e diga que, se ele quiser, depois eu falo com ele.

– Eu não vou esperar, pastor Charles – disse Robson entrando sem cerimônia alguma no gabinete do pastor.

– O que você quer, rapaz? Não basta o que você causou em minha casa?

– O que causou aquilo foi a sua estupidez. O senhor se esconde atrás dessa arrogância, fingindo ser um homem espiritual que cuida das pessoas e que ama a todos! Como, pastor? Diga-me como pode cuidar de outras pessoas se nem da sua família o senhor consegue cuidar? – Robson estava furioso e disposto a falar tudo o que estava pensando naquele momento.

– Estou me cansando de suas afrontas, seu abusado! Não ouse me atacar aqui na casa de deus!

– Essa casa aqui? Kakaka... – gargalhou Robson. – Que deus? Se deus existisse, ele precisaria de uma casa? Ele precisaria do seu dinheiro para construir essa droga de templo?

– Lave a sua boca para falar deste templo, seu herege! Isso é uma ofensa a deus!

– Ora, ora, ora... Esse seu deus ainda precisa que o senhor o defenda?

– Não, ele não precisa porque é deus, rapaz!

– Um deus que existe na sua cabeça! – falou ele gritando.

– Você é um menino idiota que fica falando do que não entende!

– Eu que não entendo? O senhor é tão estúpido que não consegue escutar o próprio filho!

– Olha... Eu não tenho que escutar nada, nem dele e muito menos de uma pessoa como você. Todo mundo vê que o demônio está usando sua vida para acabar com a do meu filho. Mas eu te repreendo, demônio, em nome de...

– Quer repreender algum a coisa, então repreenda o seu ódio que acabou de deixar uma marca no rosto de Theo!

Jorge estava atordoado sem saber o porquê de tudo aquilo. Por várias vezes, tentou impedir seu líder diante da confusão, mas sem sucesso.

– Eu sou o pai dele e repreendê-lo é um dever que eu tenho! – disse Charles bastante exaltado.

– Aquilo não veio de um pai, mas de um hipócrita achando ser santo! Acho que esse deus se esqueceu de ensinar como se deve tratar as pessoas e, em vez disso, lhe deixou sozinho, sofrendo amargurado sem ninguém para amá-lo, porque ninguém que é bom de verdade suporta conviver com gente como o senhor!

– Olha aqui, seu idiota! Eu vou arrancar essa sua língua demoníaca e vou te ensinar uma lição que nunca mais vais esquecer!

– Faça isso, pastor. Faça isso para mostrar o seu caráter!

Jorge se meteu no meio dos dois, levou Charles para trás e pediu que ele se acalmasse.

– Olha, eu não vou mais perder meu tempo com você. Eu ordeno que você se afaste de Theo! – disse Charles se movendo para trás de sua mesa, passando a mexer nos papéis que ali estavam.

– Isso não é o senhor que decide, pastor.

– Vai embora. Eu já dei o recado. Se afaste do Theo. Não destrua a minha família, rapazinho.

– Sabe de uma coisa? Eu tenho pena do Theo, sinceramente. Ele não merece o que o senhor faz com ele, ninguém merece ter um pai assim.

– Por favor, Robson, vai embora – disse Jorge e o jovem revoltado saiu.

Observando se Robson realmente foi embora, fechou a porta do gabinete.

– O que houve aqui, pastor? – perguntou ele a Charles, ainda assustado.

– Essa geração de hoje não quer saber de deus, Jorge, e, infelizmente, o mal entrou em minha casa. Mas deus está do meu lado nessa luta e tenho certeza de que vamos vencer. A minha família vai se reerguer, pode acreditar. – Charles sentou e pediu que lhe desse um copo d'água.

CAPÍTULO 10

A decisão de Theo

Deitado em sua cama, embrulhado dos pés à cabeça, não queria falar com ninguém, apenas chorava pela tristeza que doía em seu peito.

Um som de notificação em seu celular e ele apenas esticou o braço para pegar e levá-lo para baixo do cobertor. Esperava que fosse Robson, pois havia enviado mais de dez mensagens para saber o que havia conversado com Charles. Mas, para o seu espanto, era Dany perguntando se ele poderia chegar um pouco mais cedo no Memória's Bar, a fim de ajudá-la a conectar os equipamentos, pois o seu ajudante – funcionário do bar – não estaria lá naquela noite.

A tarde estava findando e ele tinha que se levantar. O problema era que dessa vez não havia ensaiado nada, além da indisposição que estava controlando o seu corpo depois de um dia difícil.

"Está tudo certo. Daqui a pouco estarei por lá". Escreveu ele.

"Certo. Não se atrase". Mensagem de Dany.

Ao se olhar pelo espelho, relembrou cena por cena da confusão que ocorrera mais cedo. Passou a mão esquerda em seu rosto, ressentindo a dor de outrora. Balançou a cabeça e logo reprovou o que estava a pensar.

Inevitável foi lembrar-se de sua mãe, que, frequentemente, o visitava em seu quarto para uma conversa franca. Sempre tomava uma lição que o ajudava a lidar com suas indecisões. Para ele, ela era a única em quem poderia confiar, pois – ao falar-lhe – não se sentia discriminado. Isso era tudo o que ele buscava em outras pessoas, mas o seu pai era o primeiro obstáculo que encontrava.

Após esse momento de lamentação, com muito esforço, ele foi para o banho.

* * *

Chegou no horário combinado com Dany. Meio tímido, ele encostou o seu material em uma cadeira e foi organizar os equipamentos que Dany mencionara na mensagem.

Ela já havia chegado, mas estava a falar com o dono sobre os detalhes da apresentação daquela noite. Vendo que Theo havia chegado, foi lá falar com ele.

– Oi, ainda bem que você chegou. – Deu um beijo em cada bochecha.

Theo respondeu apenas com um sorriso e continuou a cumprir com sua tarefa.

– Você está bem, amigo? – perguntou ela.

– Sim, estou.

– Não parece.

– Só estou um pouco na minha, mas estou tranquilo.

– Meu deus! O que é isso no seu rosto, amigo?

– Nada, é só uma irritação na pele.

– Estranho... Então, tá. Olha, nós vamos manter basicamente o repertório da última noite que estivemos aqui, mas quero acrescentar essas três músicas – disse ela mostrando os nomes das músicas em um papel. – Sei que faz tempo que não tocamos essas, mas você se lembra, né?

– Sim, claro – respondeu ele.

– Você é fera! – Sorriso descontraído.

O público começou a chegar para consumir e ouvir a bela voz de Dany mais uma vez. Visível era o semblante de alegria do dono quando a música ao vivo era com eles. Os clientes também curtiam e faziam um pequeno coral com a dupla.

Começaram tocando *"Na rua, na chuva, na fazenda"* – na versão da banda Kid Abelha – e, com essa música, ela fez as pessoas cantarem juntamente o refrão:

"Jogue suas mãos para o céu e agradeça se acaso tiver um alguém que você gostaria que estivesse sempre com você na rua, na chuva, na fazenda ou numa casinha de sapê".

A noite começou muito bem com todos interagindo em um clima agradável. Porém Theo continuava fechado apenas para tocar e nada mais.

Ele estava ali com o corpo, mas sua mente estava turbulenta com vários pensamentos acelerados. Ele queria notícias de Robson, que, até então, não havia dado sinal algum. Com poucos sorrisos e nenhuma palavra, ele seguiu tocando as músicas seguintes.

Ao final de uma música, ele olhou para o repertório e viu que a próxima era uma das "novas" que Dany pedira.

Desconcentrado, Theo errou na introdução. Dany se virou e olhou com seus olhos arregalados. Ele não costumava errar as notas, pois sempre chegava com o repertório ensaiado, o que não foi o caso.

Seguiu a música com mais alguns erros. Os clientes também perceberam e estranharam o momento desastroso do violonista.

Ao terminar, a constrangida Dany avisou que eles fariam um intervalo e que logo voltariam.

– O que está acontecendo, Theo? – Ela estava bem séria.

– Ué, você nunca errou?

– Claro que já, amigo. Mas hoje você me parece distraído demais.

– É apenas uma impressão sua. Vou tomar uma água e depois eu volto – disse ele ao deixar seu violão deitado no chão, em cima da capa do instrumento.

Pediu sua água ao barman e preferiu ficar um tempo no balcão.

– Perdoe a minha intromissão, é que eu estou um pouco ansiosa para saber. Posso lhe pedir uma música? Não sei se está em seu repertório do dia, mas acho que você sabe tocar.

– É só dizer qual é a música?

– Lugar ao Sol.

– É Charlie Brown Jr.?

– Isso. Conhece a letra?

– Não sou eu que canto, senhora. Isso é com a minha parceira.

– Hum... Entendi. Como sempre você com poucas palavras.

– Eu nunca toquei essa música. Mas pode ser que a senhora goste das que eu sei tocar.

– Não tenho dúvida. Espero que hoje você toque alguma animada porque triste já está o seu semblante.

– Nem todos os dias são bons, né?

– No seu caso, eu acho que não se trata apenas do dia. Aliás, dependendo do que carregamos dentro de nós, podemos estar duvidosos sobre nós mesmos. Aí, só restará o medo de descobrirmos quem somos de verdade.

Embora intrigado, Theo abaixou a cabeça diante das afirmações que ouvira. A conversa poderia terminar ali, mas uma revelação o fez soltar a língua.

– Eu conheci a sua mãe Elisa, Theo, e sei quem é o seu pai.

– É sério que conheceu a minha mãe? – Levantou a cabeça rapidamente. – Quem é a senhora, então?

– Prazer, Sophia.

– A senhora é da igreja do meu pai?

– Não. Se eu frequentasse lá, o seu pai já tinha me expulsado. – Riram os dois.

– Verdade, não parece nada adequada para os critérios dele.

– Aí é que está... Eu não me importo com os critérios morais. Não me permito submeter a padrões que queiram me moldar e me distanciar de quem eu sou.

– Eu também penso assim, só não tenho coragem para defender o que eu penso. Às vezes, eu quero ser como um amigo que eu tenho. Ele é ousado e não liga para a opinião dos outros. Pelo jeito a senhora é assim, também.

– Eu sou quem sou. E você, quem é?

– Sei lá... Acho que sou uma pessoa que nasceu sem vida – falou sorrindo. – Estou confuso. Mas isso não lhe interessa.

– Vamos, amigo. Está na hora de voltar. – Dany chegou com o braço apoiado no ombro de Theo.

– Foi bom o papo. Tenho que ir – disse ele.

– Fique à vontade. Eu vou ficar por aqui e assistir um pouco vocês – respondeu Sophia se ajeitando na cadeira em que estava.

Theo seguiu com Dany e recomeçaram o show.

Ao terminarem, eles agradeceram e se despediram do público presente, que aplaudiu a dupla, reconhecendo a grande apresentação que fizeram naquela noite. O ambiente estava contagiante e embora tudo parecesse estar a favor de uma noite memorável, ele não aparentava estar à vontade, afinal ainda era possível sentir a mão pesada de seu pai em seu rosto.

Foram ao balcão para beberem alguma coisa. Ali, Theo procurou por Sophia, mas sem sucesso. A filósofa já não estava.

Tomado pela ansiedade, abriu o aplicativo de mensagens e viu que Robson havia respondido há trinta minutos. Sua mão bateu em sua perna impulsivamente por não ter visto a mensagem logo que chegou.

– Droga! Por que eu não vi essa mensagem logo? – disse a si mesmo.

Ao clicar, leu a seguinte mensagem:

"Oi. Conversar com o seu pai me causa náuseas, mas estou bem. Onde estás?".

Theo tão logo se apressou para responder.

"Acabei de sair do Memória's Bar. E você, onde está agora?".

Robson estava off-line, para a frustração de Theo, que caminhava rumo à sua casa, apesar de que sua vontade era ir a qualquer lugar que não fosse lá.

– Ei! – gritou Dany, que correu até alcançá-lo. – Para onde você está indo? Para casa?

– Sim. Aonde mais eu iria? – respondeu ele.

– Quem era aquela mulher que falou com você lá no bar?

– Sei lá... Ela disse que conhecia a minha mãe e sabia até o meu nome. Acredita?

– Estranho. E de onde ela conhece vocês?

– Isso que eu queria saber.

– Ué... Por que não perguntou isso para ela?

– E deu tempo? Você chegou me chamando para ir tocar. Lembra?

– E daí? Era só perguntar, Theo – disse Dany balançando os ombros.

– O que eu sei é que ela é muito estranha. De qualquer forma, não conversamos nada demais. Ela deve ser apenas uma pessoa que coincidentemente apareceu ali no mesmo lugar em que eu estava. Só isso.

– Certo. E o Robson, cadê ele?

– Deve estar na casa dele. Falou comigo enquanto tocávamos, mas eu só vi a mensagem agora. Estou esperando-o responder, mas agora nem me atende.

Enquanto Theo falava, ouviu um toque em seu celular. Pegou rapidamente o aparelho. Era uma mensagem de Robson.

– Falando nele... – disse com um sorriso no rosto.

– Pronto! A sua agonia já vai passar, amigo. Eu já vou indo. Beijo – despediu-se Dany.

Ele encostou-se a um muro e deixou seu violão ao lado para ler.

"Eu estou aqui na Estação Principal". – Um ponto turístico que atrai muitos visitantes de diversos lugares do país.

"Você está com alguém aí?", digitou Theo.

"Estou sozinho. Vem aqui comigo".

"Agora?".

"Não, amanhã. Claro que é agora! Ou você tem algum compromisso?"

"Para de graça! Espera que eu tô chegando aí".

Theo apressou os passos para logo chegar. Embora a cidade não fosse um bom modelo de segurança pública, às dez horas da noite ainda era possível ver as ruas movimentadas. Por isso, caminhar cinco quarteirões não era obstáculo para quem estava ansioso naquele momento.

Ele chegou cansado e ofegante, sem perceber o quanto caminhou. Enviou uma mensagem para saber onde Robson estava, mas não teve resposta. Decidiu ele procurar.

A Estação Principal estava falante como sempre. À beira do rio Sojapat, seus faróis iluminavam a noite e a culinária típica revelava o famoso sabor regional. Algumas famílias apreciavam os restaurantes com uma ótima música ambiente e outras passeavam com variados tipos de sorvete. Um belo lugar para qualquer pessoa curtir, refletir ou se alimentar.

Robson queria relaxar e se distrair junto com seu amigo Theo, mas este – apesar de todo clima convidativo – não estava pensando em se distrair com nada. Sua agonia estava em saber o que aconteceu após Robson ter saído apressadamente de seu apartamento para falar com Charles.

Theo encontrou Robson sentado em uma das cadeiras disponíveis ao ar livre e sentou-se ao lado.

– Chegou rápido! – disse Robson.

– Vim o mais rápido que eu pude.

– Quer um sorvete?

– Não, obrigado.

– E lá com a Dany, foi tudo bem?

– Sim. Olha... Me fala logo como foi lá com meu pai. O que você foi dizer a ele?

– Eu só disse a verdade. Nada mais que isso.

– Que verdade, Robson?

– Theo, eu só quero saber de uma coisa. Quando você vai realmente viver a sua vida e parar de viver em função das opiniões das outras pessoas a seu respeito?

– É... Eu não sei para onde a minha vida está indo – disse Theo com um apático tom de voz.

– Não sabe simplesmente porque você se humilha para o seu pai. Você não se conhece porque parece que tudo o que você faz é para fugir de si mesmo. Você não acha que já está na hora de encarar a vida com mais coragem?

– Não sei, Robson. A minha vida está muito conturbada.

– Eu sei disso e é justamente por isso que você tem que decidir se vai continuar vivendo nessa condição.

– O que você quer que eu faça? Quer que eu enfrente o meu pai?

– Por que não? Me diz. Quantas tapas na cara você ainda vai levar para poder tomar coragem e lutar pela tua liberdade? Theo, o seu pai só se preocupa com a imagem de pastor que tem. Aquela igreja é a vida dele. Vocês, filhos, ficaram em segundo plano. Ainda não percebeu isso?

– É... Talvez você tenha razão.

– É duro aceitar isso, mas é a realidade que vive a sua família – disse Robson relaxando o corpo com o estresse diminuído.

Nesse momento, o celular de Theo tocou. Era Luiza. Ele pensou um pouco até que resolveu atender.

– Oi, Lu – respondeu ele.

– Estou preocupada. Você não deu notícias depois da confusão. Por onde você anda?

– Qualquer buraco é melhor que aí em casa, pode ter certeza.

– Como você está, mano?

– Estou bem. Longe dele tudo fica suportável.

– Não fala isso. Sei que ele foi longe demais, mas nosso pai te ama e você sabe disso.

– Se me amasse, ele me escutaria também. Quer saber, mana? Estou cansado de me submeter às regras do papai. Ele não entende o que se passa em minha vida, na verdade ele nem se preocupa com o que acontece ou deixa de acontecer comigo. Não dá mais para eu viver assim desse jeito.

– Calma, mano. Você está chateado, eu sei. Mas pense bem no que você vai fazer. Tá bom?

– Eu já pensei, Luiza. Já pensei o suficiente.

– Então, vem logo para casa. Eu vou fazer aquela lasanha que você gosta. Vem...

– Vou dar um tempo aqui e depois eu vou, porque não quero dar de cara com ele.

– Certo. Só não demora que eu estou te esperando.

– Tá bom. Beijos. Tchau! – Desligou o celular.

Estando aparentemente mais calmo, ele disse a Robson que não queria mais falar naquele momento sobre seu pai, pois estava a fim de curtir o momento como se tudo estivesse bem. A noite estava estrelada com um relativo frio de vinte e três graus de temperatura ambiente.

Ele percebeu famílias ao redor conversando, se divertindo e tirando fotos com risos de felicidade. Foi impossível não comparar com a situação em que estava vivendo, pois a felicidade parecia ter abandonado a sua casa.

– O que foi? – perguntou Robson.

– Nada. Acho que agora eu vou aceitar aquele sorvete.

Ambos sorriram e, após o sorvete, ficaram mais alguns minutos por ali.

As luzes estavam todas apagadas, tendo apenas a sala um pouco iluminada pela TV. Luiza estava esperando por seu irmão. Estava preocupada, pois já passava da meia-noite.

O dia fora agitado para a família Nascimento, porém nada como uma noite tranquila para acalmar os ânimos e tudo se resolver. Será?

Theo foi chegando meio desconfiado pelo horário e no elevador ele já não segurava os próprios dedos que insistiam em se cruzar. A ansiedade estava a lhe tomar. Passar pela porta e se deparar com seu pai era tudo o que ele não queria naquele momento.

– Oi, mana.

– Oi, Theo, até que enfim. – Luiza se levantou do sofá para abraçá-lo.

– Cadê ele? – Perguntou Theo.

– Deve estar dormindo. Não vamos falar disso agora. Olha, a lasanha está na mesa. Já está um pouco fria, mas ainda gostosa.

– Opa... Vou tomar um banho e depois vou logo comer porque estou faminto – disse ele sorrindo para sua irmã.

Estava a pensar em tudo o que ocorrera durante o dia, mas – ao entrar em casa – não se deparar com seu pai foi um alívio. Algumas horas com Robson o fizeram se alegrar em meio a tantas complicações em sua casa, já que em sua percepção nada mais lhe tirava a paz que os discursos moralistas que – costumeiramente – ouvia do pastor.

Tomar um banho e se sentar no sofá da sala com a lasanha feita pela irmã era o que mais queria naquele momento. Contudo, ao entrar em seu quarto, viu Charles sentado à sua cama segurando o porta-retratos que ficava em destaque na cômoda de Theo. Nele continha uma foto de toda a família, incluindo Elisa.

– Ah, não! O que faz aqui? Por favor, saia do meu quarto – disse Theo deixando a porta aberta.

– Lembro-me de quando éramos tão felizes, filho. Fazíamos tudo juntos e com muita alegria. Essa casa já foi feliz um dia. Mas eu me pergunto sobre o que aconteceu para essa casa virar do avesso.

– Pai, eu vou dizer mais uma vez. Saia daqui!

– Por quê, filho? Por que você não entende o caminho que eu quero te mostrar? Por que você virou as costas para a lei de deus?

– Não, pai... Eu não dei as costas até porque eu tenho certeza de que deus me entende. Já o senhor só sabe me julgar.

– Eu não estou julgando você, Theo. Estou apenas falando a verdade e, como seu pai, é meu dever alertar sobre o mal que há nessa vida mundana.

– O senhor é um descontrolado, isso sim. Nunca vai me compreender. O senhor não sabe pelo que passei e a cada dia eu me convenço que aqui nessa casa ninguém está disposto a me tolerar.

– Isso não é verdade, meu filho. Nós somos a sua família. – Charles se aproximou. – Tudo o que eu digo é para o seu bem. Talvez você não saiba do quão perigoso é esse mundo e eu entendo isso porque és muito jovem. E é isso que eu estou tentando fazer: ajudar você a se afastar desse mundo que só traz ideias pecaminosas porque tudo isso que você tem vivido faz parte de uma heresia que ilude as pessoas com palavras bonitas e convincentes. Mas não posso ver o meu filho sendo ludibriado por mentiras desse tipo. Isso seria demais para mim.

– Nada a ver, pai – disse Theo se afastando. – Eu não vejo nenhum problema em minha vida. E acho até que estou melhor assim, sabia? – Um olhar sarcástico.

– Sabe de uma coisa? Um dia você vai perceber que é um escolhido para fazer a obra de deus e talvez seja da forma mais dolorosa. Aí, vais perceber que o que estou dizendo é a mais pura verdade. Então, volte, meu filho. Ainda há tempo. Arrependa-se que deus vai te perdoar.

– Se tem alguém que precisa se arrepender é o senhor pelo que fez hoje comigo.

– Filho, eu sinto muito. Não me orgulho do que fiz, mas você não deve levar em consideração porque eu fiz aquilo apenas para te corrigir. O problema maior não é esse, Theo. Eu fico muito mal com tudo isso, mas a palavra de deus é bastante clara quanto ao fim do caminho que você está trilhando; e não é nada bom.

– Sai, pai. Sai do meu quarto, eu já disse. Eu não quero mais ouvir a sua voz. Sai daqui! – Theo empurrou levemente seu pai para fora do seu quarto e após trancar a porta, abaixou-se até sentar-se no chão e ali começou a chorar.

Luiza apareceu perguntando para Charles o que havia acontecido, mas seu pai foi para o seu quarto em silêncio.

Luiza bateu na porta do quarto de seu irmão, chamando-o para que falasse com ela.

– Eu quero ficar sozinho agora. Me deixe, por favor.

– Tá bom – disse Luiza, que deu uma olhada para o quarto de Charles e voltou para a sala preocupada com o caos de sua família.

E assim seguiu mais uma noite conturbada e, como há tempos vinha acontecendo, a paz dormiu do lado de fora.

* * *

A manhã seguinte não estava tão clara, pois ainda carregava o peso da noite anterior. Charles sentou-se à mesa para seu tradicional café da manhã. Luiza havia preparado a mesa, como de costume.

Os dois juntos não trocavam uma palavra até que ela soltou:

– Até quando nós vamos viver assim, hein?!

– A tempestade sempre passa, Luiza, e deus vai tirar o mal dessa casa. Ele nunca abandona aqueles que o servem.

– Você está dizendo que Theo é o mal desta casa? Que história é essa, pai?

– Luiza, não banque a sonsa quando você mesma é completamente contra a postura herege de seu irmão. Você sabe muito bem o que a Bíblia aprova ou condena e é nela que devemos nos basear para fazermos as nossas escolhas. A questão é que deus não tolera pessoas que zombam dele e você sabe muito bem disso, mocinha. Ou vai negar isso também?

Ela calada ficou, pois não tinha nada a responder a não ser concordar com seu pai naquele momento. Antes que a discussão continuasse, ele perguntou por Theo com um tom mais brando. Luiza disse que ainda não tinha saído do quarto e que, por tudo o que aconteceu, talvez não saísse tão cedo de lá.

– Esses jovens de hoje... Vocês fogem dos problemas em vez de encará-los – disse ele.

Luiza reclamou sobre o quanto estava difícil conviver entre eles, pois toda semana era uma confusão que se criava e isso a estava afetando, também. Afirmou que ele tinha a maior responsabilidade na decadência em que estavam vivendo e que ele deveria dar o primeiro passo para se entenderem.

Charles retrucou, mas ela foi persistente ao pedir que ele procurasse o filho para terem uma conversa. Ele deu a última golada no café e se levantou, indo em direção ao quarto de Theo.

– Theo! – Bateu três vezes à porta sem ter nenhuma resposta. Percebeu que a porta não estava trancada e resolveu abri-la. Para sua surpresa, o quarto estava limpo. Theo não morava mais ali.

O pastor nervoso ficou e chamou Luiza para que visse tal vazio que ali seu filho deixara. Charles não esperava tamanho baque em seu peito, pois entender que seu filho saiu de casa o derrubou emocionalmente.

– Era esse o mal que deus iria tirar de casa? – Luiza saiu e foi para o seu quarto.

Charles foi para a sua sacada. Apoiou os braços no batente e olhou para baixo na expectativa de enxergar o desaparecido. Ali sofreu e torturou a si mesmo com palavras agressivas.

Era demais para o homem que viu o seu lar desmoronar. Ele não fez nada mais que chorar naquele momento.

CAPÍTULO 11

Manicômio

Algumas noites se passaram e a tristeza parecia não mais uma hóspede na residência de Charles, mas uma governanta com autoridade plena, deixando o ambiente familiar insustentável. Luiza e Charles quase não se encontravam mais e o silêncio passou a ser a voz que mais se ouvia.

A notícia correu rápido aos ouvidos dos membros da igreja, que perguntavam frequentemente sobre o paradeiro de Theo. Charles tentava escapar dessas perguntas e, por isso, pediu a Jorge que dirigisse alguns cultos para evitar a pressão dos fiéis.

Assim sendo, o pastor passou a frequentar menos os cultos para se refugiar em seu gabinete, o local mais seguro durante essa fase. O acesso a ele ficou restrito a agendamentos com datas e horários marcados, o que nunca havia acontecido antes. Aqueles que queriam falar com o pastor deveriam informar de qual assunto iriam tratar e logo eram informados que assuntos particulares – principalmente de sua família, especificamente sobre sua situação com Theo – estavam proibidos. Se insistissem, o agendamento era descartado.

A partir desse cenário, o relacionamento de Charles com os membros da igreja esteve cada vez mais formal e, assim, pouco era ele visto no templo.

O resultado foi o pior possível: falatórios irônicos de que ele havia se tornado uma celebridade e que não conseguia mais cuidar de sua própria família. Rumores sobre as diversas confusões com Theo também eram um dos assuntos mais comentados pela congregação. Tudo isso caracterizou uma crise também na igreja, que o pastor – antes tão cuidadoso com a reputação de sua instituição – não conseguiu evitar.

Charles ficava enclausurado – por vontade própria – em seu gabinete até próximo de meio-dia e aproveitava o templo vazio para sair e retornar pela tarde, cumprindo com suas obrigações institucionais.

Em uma de suas escapadas, entrou no carro e enviou uma mensagem a Theo. Era uma de centenas que já havia enviado sem retorno algum. Ligava, mas a ligação era interrompida com apenas um clique. Charles nunca se encontrou tão ignorado. Já não sabia mais o que fazer.

Antes de ligar o carro, enviou uma mensagem à Letícia.

"Tente falar com Theo porque eu não tenho mais notícias dele."

Deixou o celular no banco ao lado e partiu. Dirigindo pela cidade, ele já não se irritava com o congestionamento nem com as fechadas que outros motoristas costumavam lhe dar. Seria uma nova versão de Charles ou será que tudo ao seu redor havia perdido a importância de outrora?

No caminho da rua em que ele morava, avistou Dianoia e o mesmo Opala vermelho estacionado em frente; logo pensou em Sophia e, claro, no quanto foi estressante aquele encontro. Lembrou que ainda tinha os bilhetes que ela misteriosamente enviou. Estavam no porta-luvas de seu carro.

Ao parar em um semáforo, ele os pegou e os releu. Algo parecia impulsioná-lo para entrar novamente naquela adega. Logicamente, ele tentou resistir a essa ideia. No entanto, não foi preciso nem o tempo de o semáforo findar para que resolvesse estacionar e tentar a sorte... Ou o azar.

Desceu do carro e, timidamente, entrou. Olhou panoramicamente para avistá-la, mas a encontrou no mesmo lugar do primeiro diálogo: no balcão.

Sentou-se ao lado sem olhá-la, como se fosse um cliente.

– Bom dia.

– Olha só quem apareceu.

Ela estava com um vestido preto que se estendia até seus joelhos. Havia alguns livros ao lado e seu cotovelo apoiava-os para que eles não caíssem dali. Em uma de suas mãos tinha uma bebida, como era de se esperar.

– Sei que está surpresa com minha vinda aqui – disse ele.

– Na verdade, achei que não fosse demorar mais que dois dias para voltar – disse Sophia com um sorriso maroto.

– Voltar em um lugar como este... Onde eu estava com a cabeça? Eu não sei nem o que estou fazendo aqui. Olha, me desculpe. Preciso ir.

– Acalme-se *chaménos*, acalme-se. Sente-se aqui. Esfrie essa cabeça um pouco.

Após alguns segundos de resistência, Charles resolveu sentar-se ao lado e colocou seus braços no balcão.

– Tome um drink, pastor – ironizou ela.

– Você não se cansa de me tentar, né?

– Estou apenas sendo gentil.

– Me diz uma coisa. – Charles se ajeitou na cadeira.

– Sim. O quê?

– É a segunda vez que você me chama de um nome estranho.

– *Chaménos*?

– Acho que sim. O que significa isso?

– É um termo que se usa para o que está perdido. – Sophia balançou o copo batendo os gelos antes do último gole.

– E quem é você para dizer que eu estou perdido? – Uma reação repentina de quem está se segurando para não dizer alguns desaforos.

– Não sei. Para você, quem eu sou?

– No mínimo, uma abusada beberrona que vê a vida como um palco de piadas.

– Interessante, Charles. Estou gostando do divã.

– Eu lido com pessoas há muitos anos; e saiba que, de tanta experiência, aprendi a identificar uma viciada de longe.

– Pelo visto você é esperto para analisar os outros. Deveria usar essa valência que tem para enxergar a si próprio, *chaménos*. – Ela deu uma curta gargalhada e enquanto ria, Charles disse:

– Um homem pode estar passando por uma crise, mas não significa que esteja perdido.

– Ah, não? Então, o que faz aqui, pastor? Veio olhar para as minhas pernas? – Sophia parou de rir e o olhou sério.

Charles ficou estático por um instante, relaxando os ombros para frente.

– Se você sabe tanto sobre minha família, deve estar sabendo que o Theo saiu de casa.

– Sim, Charles, eu sei. E como você está?

– O que você acha? Por um acaso eu estou com a cara de alguém feliz? Aquele menino vai se arrepender pelo que fez, mas para isso precisará sofrer até se encontrar com a verdade. Ele vai passar um tempo fora, mas logo vai voltar acabado porque o mundo não perdoa ninguém.

– Sim, não perdoa mesmo.

– Sinceramente, eu não sei o que deu errado com ele no percurso até aqui. Sempre mostrei o caminho certo para os meus filhos. Ambos receberam os mesmos ensinamentos. Luiza aprendeu e se tornou uma mulher de deus, mas Theo... – Decidiu não concluir o pensamento.

– Continue... O que tem o Theo?

– Você sabe. Ele faz de tudo para mostrar que é o oposto daquilo que esperamos dele. Ele fala como alguém que é dono de si, mas não passa de um jovem desorientado que apenas criou uma aversão ao que eu ensinei. Será que ele não percebe que o certo não dialoga com aquilo que é corruptível?

– E o que seria o certo para você, Charles?

– A lei de deus, minha cara! Ela é implacável e justa. Já esse mundo é sujo e nos corrompe aos poucos até nos destruir por inteiro.

– O mundo é sujo? Que surpreendente!

– Logicamente você não entende por que vive dominada pelas ideologias mundanas que te cegam.

– E você seria a pessoa que desvendaria os meus olhos?

– Poderia ser, mas pela palavra de deus. Essa é a minha missão na terra. Aliás, não vejo coincidência em nós estarmos aqui, sabia? Há sempre um propósito por trás de tudo o que acontece.

– E por onde você começaria? Mudando as minhas roupas ou tirando as minhas bebidas? – perguntou ela largando o copo no balcão.

– Não, querida. Eu não tiraria nada porque essa tarefa não cabe a mim. Eu começaria levando você à nossa congregação. Lá, aceitamos as pessoas como elas estão independentemente de seus vícios.

– Hum... Você fala de uma comunidade empática, então?

– Sim, afinal somos todos falhos. Mas deus trabalha na vida dos seus escolhidos e as mudanças acontecem naturalmente. Assim, você se tornaria outra pessoa, uma nova criatura.

– Que lindo, Charles. As pessoas que frequentam a sua igreja devem ter muito orgulho de um pastor assim, preocupado e determinado. Mas pra que essa mudança? Para que aconteça comigo o mesmo que aconteceu com aquelas que estão debaixo de sua mão?

– Isso é conversão. As pessoas vivem na miséria e sofrem todo tipo de tormento, mas encontram alento em nosso meio quando aceitam a palavra de deus. Essa é a nossa missão! Ou você não sabe que Jesus disse aos seus discípulos para andarem por todo o mundo pregando o evangelho a todas as pessoas? Essa ordem ainda é repassada por gerações.

– E quais são as mudanças que você busca encontrar em alguém como eu?

– Aí, sim, chegaríamos ao que você falou anteriormente. Sua forma de vestir, as bebidas, o linguajar, seus hábitos, ou seja, você se distanciaria da vida pecaminosa.

– E como saber se eu, de fato, estou me afastando dessa lista de pecados, pastor?

– Ora, nada como um discipulado para revelar essas mudanças a todos da congregação. Deixa-me te explicar melhor. Fazer parte de uma igreja é como fazer parte do corpo de Cristo, um organismo vivo. E como todo corpo, os membros precisam estar interligados. Se um membro for retirado, já não fará mais parte do corpo; e estando isolado, ele morrerá.

– Talvez seja possível saber que alguns dos membros dessa congregação pecam entre si. O que você faz com esses que badernam o convento?

– É... Existem os membros que dão muito trabalho, verdade – disse ele com um leve sorriso. – Esses são os duros de coração, que insistem na subversão. A esses a igreja alerta até chegarmos às punições como forma de correção. Afinal, a própria Bíblia nos recomenda que repreendamos uns aos outros.

– E caso as punições não resultem naquilo que você espera...

– A igreja não expulsa ninguém, querida, se é isso que está querendo dizer. Os incrédulos se retiram por não se adequarem às normas congregacionais.

– Você está me mostrando um modelo pronto para lidar com aqueles que aceitam se submeter. Isso?

– Digamos que sim – respondeu ele.

– E você espera que Theo se encaixe nesse molde? Ora, Charles... Ele não duraria uma semana dentro desse cenário perfeito que você montou. Não percebe que Theo não corresponde ao seu mundo?

– Não se encaixa porque ele não permite a obra completa em sua vida. Ele está confiando em si mesmo sem ouvir a voz do espírito que consola e direciona. Essa é a questão. Todas as pessoas podem ser salvas e a igreja é somente o ponto de encontro definitivo entre deus e o pecador.

– Realmente, faz sentido a sua igreja querer mudar alguém que desatenda aos seus critérios, disso eu não duvido. Mas essa mudança, de uma velha criatura para uma nova criatura, você chama de salvação. Correto?

– Sim, correto.

– Por isso que existe aquela frase recepcionista na entrada do seu templo?

– De qual frase você está falando?

– "Seja bem-vindo ao hospital espiritual. Aqui nós vamos cuidar de você".

– Então você já nos visitou?

– Não há nada de mal em visitar um templo religioso. Afinal, não há lugar ruim, ou há?

– Hum... Sei.

– E quanto à frase? – perguntou ela.

– Essa frase foi criada no dia de inauguração do nosso templo. É uma frase linda que só reflete o objetivo principal: tratar das pessoas que precisam de nós.

– É preciso alguém tão menos sensato para aceitar essa ridícula e enganosa frase.

– Enganosa por quê? Por um acaso é um erro querer cuidar das pessoas que precisam de deus?

– Não, óbvio que não, partindo do princípio de que você acredita nessa verdade.

– Mas esta é a verdade: deus cura aquele que o conhece e que se arrepende. Nós somos apenas os seus servos, usados para que os doentes cheguem a ele.

– Observe uma coisa, Charles. Um tratamento não pressupõe controle permanente ao tratado, a não ser que seja um caso irreversível, pois o paciente que adoece por uma doença incurável jamais acordará livre da presença incômoda do tratador, o qual o lembrará diariamente dos impiedosos medicamentos que serão seus acompanhantes pelos dias restantes. Mas não é disso que você está falando, ou é? Você oferece cura a qualquer pessoa, independentemente do grau problemático, não é? Nesse caso, eliminamos deste diálogo o fator incurável.

– Mas para deus nada é impossível. Se quiser, ele nos cura de qualquer doença seja ela mental ou física.

– Tudo bem, faz sentido esse pensamento, mas isso me parece não simetrizar com o exercício de sua igreja.

– Como não?

– Na frase que recepciona as pessoas, você compara a congregação com um hospital.

– O que de mal há nisso?

– Apenas pense comigo: quando uma pessoa está doente, a primeira atitude é se deslocar a um hospital para ser diagnosticada e devidamente tratada. Até então, esse cenário inicial é análogo com a sua teoria.

– Sim. Mas é justamente isso que estou falando.

– Calma, pastor. O problema surge agora. Por isso, eu pergunto: o que a pessoa doente mais deseja após ser atendida senão ser tratada e sair do hospital o mais rápido possível? E o profissional de saúde que a atendeu? O que ele mais quer não é vê-la em condições de receber alta médica? Perceba, Charles, que o hospital não tem como proposta a permanência de seus pacientes, mas o objetivo maior é promover a boa condição de saúde para que os mesmos retornem às suas rotinas. Contudo, o que acontece em sua igreja, como na maioria, senão em todos os outros templos cristãos, é a aplicação da força na contramão a essa realidade. Parece-me que você luta para que as pessoas que adentram em seu convento permaneçam fielmente ali, sendo a frequência obrigatória e o cumprimento dos rituais uma condição para a cura espiritual acontecer; e isso nada tem a ver com um hospital.

– Mas de maneira alguma nós forçamos alguém a permanecer em nosso meio. As pessoas são livres, não são? Nós apenas ensinamos a verdade, e participar dos cultos é a maior oportunidade para que se tenha as revelações divinas. Sinto muito, filósofa, mas o seu argumento não refuta as nossas diretrizes.

– Você acha que estou aqui para refutar a sua ideia? Logicamente que não. Minha intenção é apenas refletir por uma perspectiva que, talvez, você ainda não tenha tido.

– Mas a palavra de deus não requer perspectivas. Ela é objetiva e, por isso, não existem variações nas interpretações.

– Ah, não? Então, qual adjetivo você imputa àquela pessoa que esteve integrada nas atividades de sua instituição religiosa, mas que sumiu dos cultos sem dar explicações?

– A chamamos de desviada, porque é isso que acontece. A partir do momento que se afasta de deus, ela se aproxima do mundo, ou seja, passa a estar desviada do caminho divino.

– Então, você considera que uma pessoa que se mantém frequente em sua congregação está no caminho de deus. É isso?

– Sim, sem dúvida.

– Baseado em que você faz essa afirmação? – perguntou Sophia.

– Se você estudasse a Bíblia em vez de rasgá-la, certamente saberia responder a sua própria pergunta.

Ela aproveitou o momento de descontração para pedir um drink não tão forte. Sorriu para Charles e mais uma vez ofereceu-lhe, mas logo ele balançou a cabeça negando o seu convite.

– Você não cansa de viver assim, à base de álcool? – perguntou ele.

– Talvez a questão não seja cansar, mas por que continuar.

– Vício.

– Sim, esse é o meu vício. Mas responda a minha pergunta.

– Você quer saber no que eu me baseio para dizer que as pessoas têm de frequentar a igreja?

– Sim.

– A Bíblia responde fatalmente. O livro de Hebreus diz que nós não devemos deixar de congregar para que repreendamos uns aos outros. Isso é zelo pela obra e amor pelas pessoas.

– Interessante. Quem disse tais palavras?

– Ah, dizem que não há precisão sobre o autor desse livro.

– Que irônico você acreditar em algo dito por alguém que nem sequer sabemos sobre sua existência.

– Querida, estamos falando da palavra verdadeira. Ela é viva e eficaz. Os homens que escreveram as palavras contidas na Bíblia foram apenas instrumentos usados. Portanto, não importa quem a escreveu, mas de onde vem, o seu propósito e o seu significado.

– Certo. Consideremos a sua convicção. Partindo do princípio de que o dito nesse livro é uma verdade absoluta, o que você acabou de citar a mim se trata de uma ordenança ou uma orientação?

– Uma orientação.

– Já que é isso, então, não podemos alegar que aquele que decide não seguir a essa orientação está pecando contra o seu deus. Para que isso acontecesse, seria preciso transformar a orientação em uma ordem de lei, pois, assim sendo, o ato de não a seguir, não seria uma opção, mas uma infração. Porém, pelo jeito, não é o que me parece, a não ser que o Cristianismo a faça parecer assim para seus próprios interesses.

– Sim, estou de acordo. Mas isso não tira a importância de frequentarmos a casa de deus e fazermos a sua obra, pregando a sua palavra aos perdidos nesse mundo.

– Ser importante não significa ser compulsório, pastor. Logo, se você considera importante a presença de seus membros em seu templo, não pode considerar a constância uma condição para definir quem é ou não é aprovado pelo seu deus.

– Sim, mas eu também disse a você que não forçamos ninguém a estar lá conosco.

– Certo. Mas por que, então, muita gente se sente pressionada para frequentar uma instituição como a sua? Parece-me contraditório ouvir que não forçam ninguém a estar lá, já que os membros receiam por uma pena se não forem a um culto dominical. Vejo que, embora diga o contrário, você acredita que pode impedi-los de fazerem uma visitinha ao inferno. Não é assim que você vê? A sua igrejinha não é o terreiro dos anjos?

– Você é louca? Fumou maconha antes de vim para cá?

– Até que não, mas se o pastor quiser experimentar...

– Não, obrigado. Isso é para pessoas como você. Deixa-me te dizer uma coisa. É claro que o ato de frequentar uma igreja não é critério de salvação e eu nunca disse isso; é claro que as paredes do templo não salvam ninguém. Porém não vou permitir o seu tom pejorativo querendo comparar um templo, que foi consagrado pelo próprio deus, a um terreiro de macumba. Veja bem o que você está dizendo.

– Tudo bem. Perdoe-me por isso, apesar de que uma comparação como essa não devesse ofendê-lo. Mas você acredita que temos de estar lá frequentemente. Concorda?

– Isso é óbvio. Temos que estar em comunhão para fortalecermos uns aos outros como em qualquer outra comunidade e, com isso, fazermos parte do corpo de Cristo. – Ajeitou-se em seu lugar.

– Você não está se ouvindo, Charles. Preste atenção em suas palavras. A expressão "ter que" revela uma necessidade. Vou lhe dar um exemplo. Imagine alguém se aproximando a este balcão para pedir uma bebida como esta e, ao consumi-la, afirmar ao atendente que não irá pagar. Estaria ele sendo imoral?

– Sim, com certeza. É preciso pagar para beber esse veneno.

– Exatamente. Estaria pelo fato de ter que pagar porque é necessário, é uma condição, uma regra. Para consumir algo aqui é obrigatório pagar. Assim é para vários momentos de nossas vidas. Quase tudo que queremos requer um "ter que". Logo, se algo não é obrigatório, isenta-se do verbo "ter".

– O grande rei Davi, minha querida, disse "Alegrei-me quando me disseram: Vamos à casa do Senhor" – rebateu Charles.

– Isso é lindo e não tenho dúvida que estar em um lugar que propõe conforto e comunhão com um ser chamado deus provoque uma sensação maravilhosa, porém, mais uma vez, não estamos falando de uma necessidade. Segundo o que acabou de dizer, esse rei disse que se alegra por estar em um lugar, não que isso seja impreterível.

– Impreterível não é.

– Então, você não acha estranho afirmar que a salvação não se alcança pela comunhão em seu templo e, ao mesmo tempo, acreditar que a mesma salvação é perdida por deixar de frequentá-lo religiosamente?

– Você quer me convencer que estou em uma contradição?

– E não está?

– Talvez, mas não pense que eu...

– Agora... – interrompeu Sophia. – Por que o autor de Hebreus orientou que não deixassem de congregar? Você pode me dizer?

– É certo que disse isso porque o ensinamento precisa ser repassado por meio da comunhão e que o templo é o lugar ideal para isso.

– Se isso é verdade, a qual ensinamento você está se referindo?

– Da palavra de deus. É o que estamos falando desde o início. Não é?

– A Bíblia? – perguntou ela.

– Sim.

– Lembro-me de que, em nosso primeiro encontro, você disse que o cerne da Bíblia é Jesus Cristo, não foi?

– Como eu poderia esquecer aquele dia? – disse ele, referindo-se às folhas arrancadas.

– Considerando que esteja certo, se ele é o epicentro do livro que você segue, então, ele é o personagem principal. Certo?

– Para você, não é?

– Sendo assim, eu lhe pergunto: Jesus passou essa orientação aos discípulos que o acompanhavam? Completando a pergunta... Ele tornaria essa orientação em uma ordenança?

Alguns segundos a pensar.

– De modo algum – respondeu Charles constrangido.

– Ele nem em templos permanecia, não é mesmo? Suas palavras mais marcantes foram ditas a céu aberto, sem ponto fixo ou destino de descanso. Estou errada?

– Não, não está errada, embora ele tenha pregado também em sinagogas e sua presença nelas foi também marcante.

– Sim, mas parece-me que ele adentrava para refutar as barbaridades que estavam sendo ensinadas nos conventos. Indo além, ele até parecia se enfurecer cada vez que via homens travestidos de autoridades falando o que era conveniente. Mas, agora, responda pastor: Jesus não queria libertar as pessoas para mostrar um novo olhar à vida e não queria, também, mostrar que nenhuma daquelas penitências seria necessária? Não é verdade que ele se metia no meio do templo para mostrar o quanto o povo estava sendo enganado?

Charles desacelerou diante de tantos argumentos de Sophia. Logo percebeu que contrariá-la apenas com suas frases programadas não seria nada fácil.

– É... Confesso a você que estou surpreso com seu conhecimento bíblico. Para quem ousa rasgar o livro sagrado, nada mal.

– Só para constar, as suas páginas estão aqui comigo. – Sorriu ela.

– Ainda voltaremos a falar daquela sua estupidez – devolveu ele.

Sophia organizou seus livros que estavam a cair.

– Agora, me responda outra coisa, Charles.

– O quê?

– A quem você prefere seguir: o escritor anônimo do livro de Hebreus ou o seu salvador Jesus?

Alguns segundos de silêncio. Era perceptível a admiração de Charles por ela. Porém, sua posição ortodoxa o impedia de reconhecer tão facilmente seus equívocos e – principalmente – aceitar ser conduzido a um novo entendimento por alguém à margem de suas tradições.

Após os segundos terem passado, ela soltou:

– Percebe a contradição que você sustenta? Com tudo isso, Charles, talvez Jesus não se identificasse com a sua igreja.

– Por que você diz isso?

– Porque ela não funciona como um hospital. Você deseja que as pessoas se mantenham à sua vista para saber o que elas fazem e qual a condição de vida econômica elas possuem. Você não quer tratá-las porque não quer dar alta para viverem suas vidas como humanos comuns. Você rotula seus membros com um carimbo na testa de cada um e põe um alvo nas costas deles para que se sintam ameaçados. Assim, quando não quiserem ir ao culto, vão sentir culpa por pensarem estar negando o próprio Deus. Não, Charles... Você não quer libertá-las. Você quer subjugá-las. Você tem sede de controle e, no fim de tudo, a sua igreja não é um hospital... É um legítimo manicômio.

Arregalados ficaram seus olhos. Inquieto na cadeira, confuso com a verdade nua e crua, ele curvou um pouco a cabeça para o lado.

– Eu não quero controlar ninguém. Isso não é verdade!

– Se não deseja ter o controle dos seus membros, então, veja se consegue ignorar os adjetivos perversos que você atribui aos que saíram de sua igreja.

– Eu acho que o seu desejo é que a minha igreja acabe, mas sinto decepcioná-la.

– Quanta certeza em sua cabeça, Charles.

– Você pensa que os fiéis são fiéis a mim, mas são à igreja. É certo que eles não seriam bem-sucedidos caso saíssem para longe dali.

– Eis a revelação do seu real interesse. Não seria outra contradição ao que o seu salvador evangelizou?

– Qual contradição?

– Segundo o seu próprio conceito, Charles, o amor deve ser compreendido à base do medo. Eu tenho a plena convicção de que você concordaria se eu afirmasse que o evangelho de Jesus tem como base a compaixão, a qual é inexistente sem o amor. – Charles balançou a cabeça concordando. – Porém, seria o medo o pressuposto do compadecer-se? Claro que não. Eu vejo um claro distanciamento entre o seu objetivo e o evangelho de Jesus, apesar de você comandar um templo denominado como evangélico.

Após pensar por segundos, ele disse:

– Fico imaginando você com esse poder argumentativo fazendo a obra de deus.

– Estou bem, Charles. – Ela sorriu. – Não preciso de rótulos para seguir a minha vida.

– É... Já percebi que você tem uma forte personalidade. – Foi possível ver um sorriso contagiante do pastor, algo que era raro desde a morte de Elisa.

– Tenho ouvido isso desde a minha adolescência – disse Sophia com um singelo sorriso como de alguém seguro de si mesmo.

– Falando nisso, não sei nada sobre você nem como conheceu minha esposa. Conte um pouco sobre a sua vinda até aqui.

CAPÍTULO 12

O passado de Sophia

O casal Assunção era devoto ao catolicismo. Uma família que não era rica, mas o que faltava de riqueza sobrava em esperança de ser abençoado com um filho. No entanto, após várias tentativas sem sucesso, Érika descobriu sua esterilidade; uma notícia que trouxe um grande desânimo, embora o marido pensasse em aproveitar a vida a dois.

Após oito meses, em uma conversa no interior de uma das paróquias da cidade, o padre Salomão sugeriu a adoção de uma criança, pois assim a tristeza poderia dar lugar à alegria que o casal estava buscando.

– É... Por que não? Vamos pensar a respeito, padre – disse Érika.

Passaram-se alguns meses até que o casal decidiu ir ao centro de adoção da cidade em que moravam. O desejo era ter um menino, na verdade, um sonho de Érika; e foram na alta expectativa, imaginando a alegria que teria na casa com ele chorando e gritando durante os primeiros meses, correndo pela casa e ajudando o pai no trabalho.

Contudo, para a decepção, só puderam adotar uma menina. Érika não sabia o que dizer. O carinho reservado era para o sonhado menino. Por isso, seus olhos não brilharam ao ver a menina que, a partir de então, seria sua filha. Resistiu para não levar, mas seu esposo não abriu mão, dizendo que ambos aprenderiam a amá-la com o tempo.

Olhou para a criança. Abandonada, sem nome, com um olhar fixado como se quisesse já dizer algo aos seus novos pais. Possuía um olhar diferente que chamou a atenção da futura mãe, a qual ficou indecisa. Mas, após uma longa conversa com a diretora do local, ela aceitou levá-la.

Uma semana se passou. Tempo suficiente para a menina conquistar o carinho antes rejeitado. Érika estava se apegando e descobrindo que poderia, sim, amar a nova filha. A relação melhorou e o cuidado passou a existir.

Com muita alegria, apresentaram-na aos familiares em um jantar comemorativo. Diversas perguntas foram feitas naquela noite, mas uma pergunta principal ainda faltava ser respondida: *Qual será o nome dela?*

As opções foram muitas: Jennifer, Maria, Mel, Giovanna, Ester, Lorena... A decisão estava difícil até que o sobrinho mais novo de Érika gritou:

– Sophia!

– Sophia? – questionou sua mãe.

– Ué, acho bonito esse nome que ouvi da minha professora na escola. – Todos riram.

– Hum... Sophia... Acho que temos um nome, gente – disse Érika, entusiasmada, com sua filha no colo.

A partir de então, a festa começou e aquela noite foi um divisor na vida do casal Assunção.

Alguns anos se passaram e o crescimento da menina era admirado não somente pelo tamanho, mas pelo intelecto. Com cinco anos, ela questionou a existência de Deus ao seu pai, já que ouvia esse nome toda semana no templo. O pai explicou reforçando o que o padre sempre dizia em seus sermões, porém o que ele não contava era com a inquietação da menina que não se contentava com os argumentos.

– Essa menina tem algo especial – disse ele.

O desenvolvimento pessoal estava acelerado e, com oito anos, as conversas com o padre passaram a ser frequentes, impressionando o líder religioso a cada pergunta feita. Seria ela capaz de entender os mistérios divinos com tão pouca idade?

Tudo estava indo bem para ela, mas Érika já não estava tão animada havia meses. As variações repentinas de humor, as constantes críticas à Sophia e os desentendimentos com o marido davam um sinal de que algo estava errado. A família se arrastou por conflitos por mais dois meses até Érika admitir que – simplesmente – não conseguiu nutrir amor por Sophia.

Apesar de muito esforço para amá-la, à medida que Sophia crescia, ela se distanciou da criança. Todo aquele carinho de antes, na verdade, era uma tentativa que fracassava dia após dia. A lembrança de um sonho não realizado passou a perturbar sua cabeça e isso passou a ser o motivo de uma nova rejeição.

Sua vontade era devolver a menina para voltar a ter a vida de antes.

– Eu era mais feliz! – Uma confissão ao marido, carregada de pesar.

De tanto o pai insistir, foi decidido continuar com ela, mas estava óbvio que a alegria (mencionada pelo padre no início) já havia pulado a janela.

Enquanto compartilhava sua história, Sophia bebia seu drink preferido, balançando o copo a cada vez que mencionava Érika.

– Quer dizer que você é adotada... – disse Charles.

– Calma que o pior vem agora – disse ela. – Aos oito anos, eu já não me lembrava de quando havia experimentado um abraço carinhoso dela pela última vez. Minha vida era como a de uma órfã materna, mas não o suficiente para me calar diante de tantas perguntas que me surgiam, a fim de saber o porquê de tanto desprezo. Eu era uma perturbadora infantil que sonhava em ter uma mãe amiga e companheira. Porém, quando saíamos, ela simplesmente me evitava, mandando-me ficar distante para não sermos vistas juntas, tamanho era a vergonha que ela sentia de mim. Mesmo assim, com a tristeza sufocando o peito, eu tentava manter o bom humor na presença dos meus amigos. E foi quando um fato drástico virou a família do avesso por inteiro.

– O que aconteceu? – Charles estava curioso para saber o curso dessa história.

– Um amigo do meu pai invadiu a casa no momento em que eu estava sozinha e, depois de muito esforço, ele me estuprou.

– Meu deus! – disse Charles.

– Meus gritos foram calados pelo enforcamento e pelos socos que senti no abdômen, deixando-me desmaiada por um tempo. O criminoso fugiu e só foi encontrado semanas depois, pela polícia.

– Que tragédia! – murmurou Charles com uma voz carregada de compaixão.

– Foi um dia de muita comoção na minha família, Charles. Para mim, restaram apenas lembranças traumatizantes. Diante das tantas perguntas que me faziam, eu não consegui falar, olhava apenas para o vazio enquanto as minhas mãos ainda tremiam. Lembro como se fosse hoje.

– É difícil até de imaginar – lamentou o pastor.

– Meu pai só pensava em encontrar o malfeitor. Meus parentes lotaram a residência, mas nada foi mais angustiante que a dor da minha mãe. Ela desabou em choro ao me abraçar. E sim, ela me chamou de filha mais uma vez, algo que não acontecia há muito tempo. Ali estava uma mãe retornando ao lar – falou Sophia com lágrimas nos olhos. – Ela pedia desculpas a todo instante, sentindo-se culpada por se distanciar de mim sempre que eu tentava me aproximar. É claro que todos em volta sofriam juntamente com ela, pedindo para que não se sentisse assim. Mas, apesar de todo o desastre, esse foi o momento para ela ser a mãe que eu tanto precisava. – Respirou fundo. – Com o passar do tempo, a convivência entre nós duas mudou. Passei a ter não só uma mãe, mas uma grande amiga; e, assim, eu fui recuperando a vontade de viver, graças à ajuda dela e de mais ninguém.

– Sinto muito por tudo o que aconteceu! Deve ser muito difícil guardar toda essa história aí dentro. Mas deus é poderoso para curar você de toda essa ferida em sua alma – disse Charles.

– Você acha que eu estou ferida por dentro? – disse ela passando os dedos nos olhos. Nesse momento, Sophia mexeu os cabelos enquanto corrigia sua postura. Estava tentando recompor-se.

– Ué! Uma pessoa que passa por tudo isso sem deus vive uma vida perdidamente. Ainda mais você que cresceu em um lar cheio de imagens e rituais de idolatria.

– Me diga uma coisa: se a minha família fosse protestante, deus teria me curado?

– Certamente que sim, disso eu não tenho dúvida.

– É Charles... Acho que estupraram a sua mente em algum momento da sua vida. Pegaram esse estuprador? – ironizou Sophia.

– Não, querida. Eu sou lavado e purificado pelo sangue de Jesus. Não há nada que resista ao sangue do filho de deus.

– Tá bom. Se você está dizendo...

– Continue, mulher misteriosa. Onde você conheceu Elisa?

– Aqui mesmo, curioso.

– Aqui?

– Sim. Certas cenas se repetem com outros atores. Você está sentado no mesmo lugar em que ela estava quando eu a conheci.

– Isso é verdade? O que ela veio fazer aqui?

– Ué, pastor! Você se espanta por ver agora que a sua atenção sempre foi mais direcionada ao seu templo que à sua família?

– Você trouxe a minha mulher para este lugar? O que dava para ela beber, senhorita?

– Kakaka... – gargalhou ela.

– Você é uma alcoólatra. É lógico que trouxe a Elisa para cá. Como eu não pude desconfiar? – indignou-se Charles.

Sophia parou de rir e segurou forte nos braços dele e, olhando diretamente em seus olhos, disse:

– Charles, pare de fazer as perguntas erradas. A sua vida não é mais aquela de três anos atrás. Fale com a Luiza, sua filha, porque ela tem algo para entregar a você.

– Como assim? O que ela vai me entregar? O que vocês estão escondendo de mim? – Ele cruzou os braços, intrigado e já um tanto perturbado com o tom misterioso de sua interlocutora.

– Nada do que você já não deveria estar sabendo, sacerdote. O que ela tem em mãos é algo que vai doer muito em você, mas também vai ajudá-lo a enxergar o mundo pelos olhos de Elisa. A sua esposa vai conversar com você mais uma vez, caro *chaménos*.

– Como assim? Eu não estou entendendo nada!

– Não fui eu que encontrei Elisa, foi o contrário. Ela me ensinou a viver e repensar sobre o que eu pensava; ajudou-me a rever minhas próprias crenças sem me dar nenhum sermão; apenas convivência, que foi curta, por sinal, mas o suficiente para causar um estrago em minha vida; estrago esse que me contorceu por dentro. Compartilhamos casos que não contaríamos a mais ninguém. O nosso papo sempre foi aberto, sem restrições; nada melhor que a sinceridade para aproximar duas pessoas, não é? – Virou o seu corpo para Charles com um olhar penetrante. – Foi o que de mais marcante aconteceu comigo e tenho gratidão eterna por isso. Hoje eu percebo que ela foi a minha perturbadora. – Uma lágrima escorreu no rosto da filósofa.

– Você a ama... Eu não sabia disso. – Charles ficou surpreso com o carinho de Sophia por sua esposa.

– Talvez esteja chegando a hora de você rever as suas verdades também, pastor, e esse momento vai lhe colocar do lado de fora do seu templo.

– E o que você espera de mim?

– Eu não espero nada. Quem espera algo acontecer se torna escravo da frustração. A responsabilidade é sua, Charles.

Mesmo em dúvida diante de tudo o que ouviu de Sophia, Charles sentiu uma leve esperança que o fazia pensar na possibilidade de que algo em sua vida poderia mudar. Estando momentaneamente abalado, ele resolveu se abrir.

– Eu fiz uma enorme besteira dois dias atrás lá na igreja e o meu filho nunca vai me perdoar por mais essa decepção.

– Seria justo de sua parte subestimar as pessoas que você ama? – perguntou ela.

Charles ficou a pensar diante da pergunta. Ela concluiu:

– Vá agora. Vá se encontrar com Luiza.

Ele saiu rapidamente, sem se despedir, se chocando com algumas cadeiras e mesas pelo caminho até sair pela porta. Sophia respirou profundamente, apoiou o cotovelo direito na mesa com sua mão no queixo e, como de costume, pediu mais uma bebida.

CAPÍTULO 13

Não há como continuar

48 horas antes.

Em seu gabinete, Charles se preparava para o culto. Era um domingo de casa cheia, o único dia da semana que o pastor comparecia para passar uma mensagem às pessoas que ali buscavam algo para suas vidas.

Frequentemente, fazia uma singela oração para se preparar, antes de deixar o seu refúgio. Dessa vez, ele não segurou e falou o quanto gostaria que seu filho estivesse presente; e em sua oração, este foi o seu pedido:

– Senhor, traga o meu filho de volta.

Apesar do sofrimento, Charles tentou se estabilizar, mas era inegável a sua sensibilização. Após sua oração, resolveu enviar uma curta mensagem.

"Saudade, filho."

Guardou o celular em seu bolso e se levantou. Ao caminhar, ouviu o som de notificação e logo pegou o dispositivo. Era um áudio de Theo. Jorge apareceu e o chamou, dizendo que o culto estava a começar.

– Pode ir, Jorge, que eu vou atrás.

Ele fechou a porta do gabinete e clicou para ouvir.

"Essa é a última vez que eu vou receber uma mensagem sua porque eu vou bloquear o seu número. Viva a sua vida, pastor Charles, porque da minha vida cuido eu. Outra coisa... Não me chame mais de filho porque não é esse tipo de pai que eu pensei que fosse ter nessa vida. Não se preocupe mais comigo e vê se me esquece!"

Que golpe no peito recebeu Charles! Ele não sabia mais o que fazer para conseguir se aproximar de seu filho, o qual estava irredutível. Uma mistura de sentimentos o confundia entre pensamentos de culpa e raiva. Apesar de decepcionado, ele se viu desrespeitado e insultado por alguém que julgava ser incapaz de entender a vida.

Para Charles, Theo não passava de um jovem confuso que estava passando dos limites para apenas chamar a sua atenção. Acreditou ter feito sua parte e o que restava em si, nesse momento, era a raiva que o tomou.

O pastor estava a sofrer como todo pai sofreria nessa situação, mas suas convicções religiosas eram importantes demais e, por isso, viu que não adiantaria lutar contra a posição de seu filho.

– Se vira então, moleque! Eu não vou mais fazer nada por ti!

A fase era uma das piores, mas o culto havia começado e ele precisava esquecer por algumas horas essa situação e manter a boa imagem enquanto estivesse em seu ofício.

Entregaram-lhe o microfone e assim falou Charles:

– Meus irmãos, peguem suas Bíblias e abram no livro de Lucas, capítulo quin... – Lembrou que as páginas do livro Lucas, assim como de outros livros, haviam sido rasgadas de sua Bíblia. – Jorge, me empreste a sua Bíblia, por favor – pediu ele.

Tentou desfaçar perante seu público, mas estava visivelmente irritado. Continuou, mesmo assim.

– Todos nós conhecemos a parábola do filho pródigo, dita por Jesus. Um filho que exigiu seus bens antecipadamente e que foi conhecer o mundo para satisfazer suas vontades. Eu posso imaginar a postura desse filho que contrariava os costumes de sua família; posso ouvir os xingamentos que disse ao seu pai e posso ver o quanto o sacerdote daquele lar ficou machucado, pois sempre há uma dor que permanece após uma decepção. Ele saiu da casa de seu pai e foi viver uma vida esbanjadora. Ficava satisfeito, mas a sua herança estava a acabar rapidamente e ele nem percebeu. Gastou tudo o que tinha em um passe de mágica. Nos dias de hoje, essa compulsão pelo consumismo é tratada como uma doença chamada de oneomania. Mas não é sob essa ótica que eu quero me expressar. Os dias de hoje estão marcados por uma sensibilidade que desmonta o conceito familiar, onde um pai é desrespeitado mesmo quando ele dá tudo de si por um filho. A rebeldia prevalece nesse caso e o modelo de uma família perfeita é manchado por maldizeres populares. Aqui, em Lucas, Jesus contou essa parábola no sentido de mostrar a reunião entre um pai e um filho, mas esse filho alcançou a escala da miserabilidade que jamais conheceria se tivesse ficado. De repente, ele se viu sem nada para comer, precisou se juntar com os porcos. Depois de sofrer na pior fase de sua vida, resolveu voltar e foi recebido por seu pai que o aguardava de braços abertos, não levando em consideração as ofensas que ouviu antes da partida do insurgente. O pai chamou seus servos e fez uma grande festa pelo retorno do filho, mesmo que não merecesse.

Gerson e Letícia se olharam com um olhar de espanto, pois aquela mensagem estava estranha para um culto de gratidão, como assim era chamado o culto de domingo pelos membros da igreja.

– O que há com você, Charles? – disse Letícia em voz baixa.

Charles continuou:

– Toda essa cena de reconciliação contada é linda, mas é apenas uma alegoria e, por isso, nem sempre isso acontece. Tem filhos que negam a sua família não só por uma ganância financeira, como na história do filho pródigo, mas também por uma libertinagem implantada em suas mentes para buscarem viver independentemente do propósito de deus. São jovens que viram as costas para a igreja; envergonham o sobrenome por acharem que podem viver a vida com pecados como se não houvesse consequência alguma. Esses filhos são manipulados pelo diabo e não se dão conta de que a Bíblia os condena. Eu me enojo disso e mesmo que seja o meu filho ou o seu filho, meu dever é mostrar a verdade conforme a palavra de deus.

Alterou-se nesse momento, o que ocasionou um impulso sem volta.

– Vocês conhecem o Theo. Muitos sabem o que ele fez comigo de uns tempos para cá. Ele se virou contra a vontade divina, sem falar na completa rebelião que ele provocou em meu lar. Não sei se ele vai voltar um dia, mas hoje ele disse que não me considera mais como pai. Isso me machucou? Certamente, mas ele está bem crescidinho para entender o que quer de sua vida. Ignorar meus ensinamentos e tudo o que está neste livro – levantou a Bíblia – é um risco que ele decidiu correr sozinho. Portanto, se é assim que ele quer... Que assim seja.

– O que você fez? – Letícia perguntou.

– Meus irmãos, eu não posso forçá-lo a seguir a verdade, mas como sacerdote desta congregação eu preciso fazer algo. Por isso, eu peço que todos me escutem: a partir de hoje, enquanto não retornar arrependido, Theo não me terá como pai e eu não o terei como filho. Assim é a lei do nosso deus; assim os servos dele devem proceder.

Um grande tom de murmuração se ouviu no templo. A mensagem polêmica do pastor afetou a todos. Estava difícil acreditar em uma só palavra. "Como pode o pastor rejeitar o próprio filho?" – Era o que se ouvia no momento.

A congregação estava abalada, diretamente, pelos casos mal resolvidos do pastor e, com isso, alguns fiéis, não suportando o ódio desabrochado do púlpito, levantaram-se e saíram do templo.

Charles, após entregar o microfone a Jorge, seguiu para seu gabinete.

– Ele passou dos limites, Letícia. Está na hora de alguém fazer alguma coisa porque não tem condições de estar à frente desta igreja, ainda mais debaixo dessa crise que o seu irmão está criando aqui dentro. Desse jeito, esta igreja vai às ruínas – disse Gerson.

Letícia ficou envergonhada naquele momento. Apenas balançou a cabeça.

Luiza estava na sala de finanças, onde cuidava dos valores que entravam por meio de dízimos, ofertas e votos dos fiéis. Estava a conversar com a irmã Judite (assim ela era chamada) e não sabia de nada do que acontecia no templo. Cumprindo com o seu papel de tesoureira da igreja, ela repreendeu a senhora de 64 anos por não ter dado seu dízimo nos quatro últimos meses.

Ao ouvir o pequeno sermão, sem alterar o tom de voz, Judite justificou sua falta pela luta que enfrentava todos os dias para manter sua casa por meio de uma pequena renda que recebia de sua aposentadoria. Ainda disse ter ciência de seu erro, mas que fazia o que podia naquele momento.

Sem deixá-la terminar, Luiza interrompeu pela ideia de que a senhora Judite teria que dar um jeito para cumprir com a sua obrigação. Ela levou seu corpo para frente com os cotovelos sobre a mesa para continuar e, dessa vez, pegou uma Bíblia que estava em sua gaveta para embasar a sua repreensão.

– Irmã Judite, a senhora não sabe o que está escrito em Malaquias, capítulo três? Diz assim: "Roubará o homem a deus? Todavia, vós me roubais nos dízimos e nas ofertas. Com maldição sois amaldiçoados. Por isso, trazei todos os dízimos à casa do tesouro e fazei prova de mim se eu não vou abrir as janelas do céu e derramar bênçãos sobre vós". Entendeu, irmã? É para o seu bem. Devolva o dízimo porque esse valor não é seu, é de deus.

Nesse momento, Charles entrou na sala ainda agitado, a fim de saber das entradas da noite. Viu sua filha chamando a atenção de Judite e aproveitou para ratificar o apelo de Luiza.

– Olha, irmã Judite... A senhora tem anos de cristã. Antes mesmo de nós inaugurarmos este templo, a senhora já era um exemplo para nós. Então, não faz sentido uma jovem que tem idade para ser sua filha, ou até mesmo neta, lhe chamar atenção sobre isso. Por favor, conserte-se com deus e volte a ser aquela guerreira na obra que a sua vida será ainda mais abençoada.

Judite não tinha alternativa senão concordar e dizer que havia entendido. Ela saiu da sala de cabeça baixa. Essa senhora fazia parte da membresia mais necessitada daquela igreja e, segundo as tradições dogmáticas da instituição, não importava o quão pouco restaria de sua renda mensal, entregar o dízimo era uma ordem da qual ninguém poderia se tornar isento, pois estariam sujeitos a punições espirituais e materiais, vindas de deus.

Embora a maioria das pessoas sentisse na pele a dificuldade para tirar os dez por cento de sua renda mensal, a maioria se esforçava para cumprir com o mandamento pregado a partir do pastor Charles Nascimento, pois ninguém – no fim das contas – desejava ter sua vida mais difícil do que já pudesse estar.

– Conclua tudo aí o mais rápido que puder e vamos para casa – disse Charles à Luiza.

– Por que tanta pressa, pai? – perguntou ela.

– Só faz o que eu estou mandando.

Gerson avistou Charles fechando a porta da tesouraria e correu ao encontro do cunhado. O que ele tinha a dizer já estava preparado há dias, mas não havia momento melhor.

– Ei, Charles, espere.

– O que foi, Gerson?

– O que está acontecendo com você, cunhado?

– Ah, não, por favor! Estou indo para casa descansar. O dia foi cheio de emoções.

– Acontece que eu encontrei a irmã Judite no fim do corredor muito triste e ela me contou o motivo. Primeiro você dá aquela mensagem polêmica, cheia de ódio do Theo e agora trata a irmã Judite desse jeito...

– Gerson, pode parar. Foi para isso que veio atrás de mim? Poupe-me de suas palavras, que, pra mim, são inúteis.

– Não, Charles, não foi para isso que eu vim aqui. Vim dizer que Letícia e eu conversamos muito sobre o seu momento e chegamos a uma conclusão de que você não está com condições emocionais e nem espirituais para continuar à frente desta igreja.

– Ah, não me diga?! Uma coisa não tem a ver com a outra. Não misture as coisas – disse Charles ainda alterado.

– Não, não. Você confundiu quando trouxe seus problemas pessoais para cá. As pessoas percebem tudo, sabia? Qualquer dia elas vão exigir coerência e vão te afetar com isso. Precisas de um tempo fora daqui e isso você tem que admitir.

– Ah, então é isso? Vocês querem tomar essa igreja de mim? Vocês são patéticos! – O pastor virou as costas e andou apressadamente, mas logo Gerson o parou.

– Não, Charles. Não é isso. Só queremos o melhor para você e o melhor, neste momento, é você se afastar um pouco. Acho que assim vai tirar um enorme peso de suas costas para poder resolver essa crise em sua casa.

– Eu não vou fazer isso, Gerson! Sinto muito frustrar o plano que vocês estão tramando pelas minhas costas. Eu vou falar com a Letícia sobre essa loucura que tu estás me falando.

– Pare um pouco e pense, meu amigo. Você precisa de um tempo, descansar um pouco, vai te fazer bem. Sei lá... Procure um psicólogo ou um psiquiatra, sei lá... Alguém dessa área.

– Estou em uma guerra, Gerson, e em uma guerra não se descansa... Se luta! Por que estás aqui? Estás querendo poder? – Charles se aproximou e o encarou com fúria em seus olhos.

– Não é isso! Apenas vejo que você se perdeu. Quer saber a verdade? – Encarou Charles estufando o peito, postura adequada para um grande desabafo. – Esta igreja não está precisando de um pastor que nega o próprio filho!

Ânimos exaltados.

– Não fala do que você não sabe, seu imbecil! – Deu um empurrão em Gerson, o qual bateu suas costas na parede. Charles, por sua vez, recolheu os braços e caminhou para o outro lado.

– O recado está dado, Charles – alertou Gerson em alto volume à medida que o outro se distanciava. – Se você não se afastar espontaneamente, fará isso forçadamente porque nós vamos convocar uma assembleia extraordinária para que isso seja decidido diante das normas da igreja!

– Façam o que vocês quiserem. Eu tenho mais o que fazer. – Seguiu o pastor indignado em direção à saída do templo.

Realmente, Charles não esperava uma investida de Gerson para assumir a direção de sua igreja. Ele se viu traído e, mais uma vez, sozinho. O que ainda faltava acontecer em sua vida que o atormentasse ainda mais? Seria o destino resolvendo suas questões à custa do seu sofrimento?

CAPÍTULO 14

O descontrole

Vinte e quatro horas antes.

Já estava sendo apenas um meio de conseguir alguma grana para que ele se sentisse independente do pai. A música não o emocionava mais e os acordes no violão passaram a doer em suas mãos. Um jovem que estava caotizado pelos seus pensamentos.

O medo de ser rejeitado e interpelado sobre si mesmo começou a afastá-lo ainda mais das pessoas, mesmo as mais próximas. Luiza tentou algumas vezes se aproximar, mas sem sucesso. O contato estava restrito a meros cumprimentos e respostas sucintas. Ele já estava se sentindo perseguido pelas pessoas, uma paranoia de sua cabeça, obviamente.

Segurando seu violão, displicentemente, como quem havia perdido o sabor de viver, ele entrou no Memória's Bar uma hora antes do horário. Vestia a sua camisa preferida: a verde com botões. Seu instrumento parecia não transmitir a ele o sentimento de outrora e a lembrança de sua mãe já não o entusiasmava mais. O violão, que estava empoeirado de tanto que não era limpo, estava perdendo seu brilho, assim como o próprio tocador.

A situação iria ainda piorar? Sempre há tempo para piorar o que já está difícil.

Para a sua indignação, se deparou com Charles, o qual o esperava enquanto conversava com o proprietário do bar.

– Se eu fosse o senhor, não permitiria certas pessoas entrarem porque podem trazer maldição pra este lugar e inclusive para sua vida. É capaz de esse lugar falir com tanta crueldade que esse homem carrega! – Exaltou-se Theo.

Imediatamente, Charles levantou da cadeira e se dirigiu ao seu filho.

– Ei, garoto! Eu vim aqui apenas para uma coisa.

– Não perca o seu tempo comigo. Eu já disse o que tinha de dizer. Que erro de percurso foi esse que deus cometeu em me fazer ser filho de um homem que não tem escrúpulo algum?

– Eu vim aqui para lhe dar uma última chance de voltar para casa, meu filho.

– NÃO ME CHAME DE FILHO, SEU DEMÔNIO! – gritou Theo.

– Ei, Theo, o que é isso? Não grite com o seu pai – interveio Alberto.

– Não se meta que a conversa não é com o senhor. – Theo estava impulsivo e agressivo, o que causou espanto em todos os que trabalhavam ali e que o conheciam de outrora.

Deixou o violão em uma cadeira ao lado e continuou a falar em alto tom.

– O senhor passou dos limites. O que veio fazer aqui? Veio encostar a mão em mim de novo? – Theo começou a chorar de raiva, jogando para fora o seu desgosto.

– Eu fiz o que tinha de fazer, Theo, e não me culpe pela decisão que tomou. Você está bem grande para se responsabilizar pelas suas próprias atitudes.

– Sempre foi assim, né?! O senhor nunca tem culpa de nada! Nunca se preocupou com o que eu sinto; nunca quis saber dos meus desabafos, dos meus traumas porque sempre ignorou o que eu sinto. O que o senhor faz pelas pessoas daquela igreja nunca fez por mim! Na verdade, pela família inteira, porque até a minha mãe sofria pelo marido que ela nunca teve!

– ME RESPEITA, SEU MOLEQUE! Eu sempre fiz de tudo por vocês. Nunca deixei faltar nada e você sempre teve tudo o que quis. Que história é essa que estás inventando?!

– Eu sempre tive o que quis? Kakaka... – gargalhou Theo com um grande sarcasmo. – O senhor nem acompanhou o meu crescimento porque nem aparecia em casa. Eu fui criado por minha mãe. Ela, sim, se importava comigo. O pai que eu tive é um pastor que se preocupa apenas com a aparência e o *status*. Para ser sincero, eu tenho nojo do pai que o senhor foi!

– Sinceramente, não tem condições de conversar contigo. Eu não sei mais o que fazer para você cair na realidade.

– Agora é tarde, seu Charles. O mal entrou em sua casa e o pastor fez vista grossa por causa de algumas ofertas! – falou Theo.

Algumas pessoas estavam chegando, mas, ao verem a confusão, saíam do bar, causando preocupação em Alberto. Mas o que ele faria nesse momento diante da situação que um amigo precisava resolver com seu filho? O dono do recinto torcia pela reconciliação, o que era o menos provável de acontecer.

Charles ficou estático. Desistiu momentaneamente da discussão, levantou-se e se despediu de Alberto. Sem olhar mais para seu filho, ele foi embora.

O clima ficou pesado e, pela primeira vez, Alberto pensou em não abrir o bar.

Theo continuou a chorar. Apoiou-se no balcão abaixando a cabeça. Na tentativa de alertá-lo quanto a questões familiares, Alberto soltou:

– Theo, meu filho, a vida nem sempre é do jeito que a gente espera. Você faz as suas escolhas e colhe as consequências.

– Seu Alberto, não fale do que o senhor não sabe. Ninguém sabe o que eu passei.

– Mas culpar o seu pai por tudo o que aconteceu com você é demais, não acha?

– Não venha defender aquele infeliz agora não. Tá vendo esse rosto aqui? – Theo se aproximou mostrando o seu rosto que já não tinha nenhuma marca. – Aquele pastorzinho meteu a mão aqui e pode ter certeza seu Alberto... Doeu muito. E disso eu nunca vou esquecer!

– Você deve ter merecido, com certeza. Pelo que conheço seu pai, ele não iria fazer isso de graça.

– Pare de defender ele! – retrucou Theo. – Quer saber o porquê de toda essa confusão? Quer saber? Tudo porque ele não aceita quem eu sou, ignora minhas opiniões e me trata como se eu fosse um boneco que não tem vontade própria. Para ele eu sou um "zé-ninguém" e isso tem me afetado e me tirado até a vontade de viver. Satisfeito agora?

– Você acha que eu não sei disso? É visível que o seu pai tem dificuldade para compreender isso. Mas ele te decepcionou tanto quanto você decepcionou a ele, Theo. Você pode escolher o caminho que quiser, mas não espere que a sua família te encha de beijos. Talvez você precise amadurecer para entender isso. Na verdade, está na hora de você pensar e agir como gente grande, rapaz.

E o rapaz estava a ponto de explodir. Tudo parecia estar na contramão e, enfadado, já não havia nenhum rastro de paciência.

Para o espanto de todos, Theo se enfureceu. Pegou o violão e deu com tudo no balcão, partindo o instrumento ao meio. Ele jogou as duas metades no chão e, depois, chutou uma das partes.

O ódio é um sentimento feroz que nos deixa incapazes de raciocinar. O momento estava propício para explosões e Theo se aproveitou disso.

Alberto, preocupado com o descontrole do músico, pediu que se acalmasse. Theo diminuiu o tom de voz e sentou-se novamente. Bebeu um pouco de água e não disse mais nada, embora ofegante como se tivesse, ainda, o que expelir.

Faltavam ainda 40 minutos para sua apresentação começar e Dany ainda não havia chegado. Alberto se retirou para organizar os serviços junto aos seus colaboradores enquanto os clientes apareciam timidamente no bar.

Theo pediu um suco de laranja e resolveu ficar ali depois do barulho que foi o atrito com seu pai e com o dono do bar. Recolheu as partes de seu violão, observou-as fixamente como se conversasse com o instrumento. O ânimo estava afetado, seu semblante caído e a sua visão, já embaçada, passou a enxergar a vida em preto e branco.

Mesmo com o ambiente calmo, o silêncio externo não calou as diversas vozes em sua mente; dialogar parecia impossível para um jovem que se via (a cada minuto) a um passo do fundo do poço.

"Por que demoras tanto pra chegar?" – Mensagem enviada à Dany, mesmo ela tendo o costume de chegar 30 minutos antes do evento.

Um funcionário se aproximou devidamente uniformizado, com uma toalhinha no ombro, já agitado com os serviços.

– Theo.

– Oi.

– Aquela senhora deseja falar com você. – Apontou ele para Sophia, a qual estava ocupando uma das mesas.

– O que ela quer?

– Isso eu não sei. Apenas pediu que eu lhe entregasse o recado.

– Tudo bem, obrigado.

Theo se levantou não tão rápido, demonstrando estar sugado e sem energia para caminhar. Andou arrastando o tênis no chão até chegar à mesa.

– Você de novo? O que você quer?

– Pra que essa casca se ela não serve para proteger você dos traumas que guarda? Sente aí, por favor.

Ele se sentou. Explícita era a sua falta de vontade para conversar, mas era óbvio que Sophia iria insistir até tirar algumas palavras do jovem angustiado.

– Pelo jeito, a vida tem sido bem agitada para um jovem promissor como você – disse ela.

– Agitada ou não, eu estou cansado de tudo isso. Parece que todos querem me fazer de idiota. – Theo falou sem encará-la, mas demonstrou sua chateação em sua expressão facial e em seu tom de voz.

– Compreendo você.

– Como me compreende? Você não sabe de nada do que acontece comigo e finge ser a compreensiva. Por favor, não venha bancar de boa samaritana para cima de mim que não vai colar. Eu não preciso da sua pena.

– Olha só quem apareceu...

– Quem? – perguntou ele.

– O verdadeiro Theo que por muito tempo esteve escondido aí dentro enquanto a sua versão covarde tomava as decisões.

Olhou para Sophia sem saber o que dizer. Sua vontade era sair dali, mesmo que não houvesse nenhum rumo; ele queria se afastar definitivamente de todo contexto familiar. Talvez um lugar diferente [com outras pessoas, com outra cultura e outros dogmas que o aceitassem sem qualquer discriminação] o fizesse escapar dos problemas. No entanto, Theo estava sensível à curiosidade que sentira e, por esse motivo, decidiu ficar, a fim de saber o que Sophia tinha de tão importante para dizer que a levou ao seu encontro.

– O que você tem a me dizer, senhora?

– Pode me chamar de Sophia, jovem aspirante.

– Tudo bem, Sophia. Por que você tem vindo aqui?

– Você disse naquele dia que nasceu sem vida e que se sente perdido e isso é engraçado porque, ultimamente, falar com pessoas perdidas tem sido mais comum que eu pensava.

– E você é quem ajuda as pessoas a se acharem?

– Não, Theo. Esse não é o meu papel, definitivamente.

– Então, diz logo de uma vez, por que veio atrás de mim?

– Você se aceita? – Ela foi bem direta.

– O quê?!

– Como assim o quê?! É só uma pergunta. Você consegue responder?

– Veja uma coisa: eu não estou com nenhuma paciência para ouvir conselhos de uma mulher que mal me conhece e que aparece para matar suas próprias curiosidades. Procure outra pessoa para fazer essas perguntas sem sentido.

– E por que falar de você seria algo sem sentido? Não seria você a pessoa mais importante para se falar, neste momento? Será que se falássemos do seu pai, você estaria resistente assim ou a sua língua tremeria de tanta vontade de falar dele?

– Esse homem que você citou se preocupa muito mais em ser um pastor que um pai e eu sei do que estou falando. Já tem três anos que ele mora na igreja e frequenta a nossa casa.

– Impressionante como a sua boca se movimenta quando o assunto é Charles.

– Claro! O ódio que está aqui – Theo colocou uma das mãos em seu peito – me faz lembrar a todo instante o mal que ele me fez.

– O seu pai é tão importante assim que impede você de falar de si mesmo?

– Você acha que eu me importo com ele? Aquele homem pode fazer o que quiser da vida dele que eu não me importo. Se quiser, ele pode até se matar que a minha vida iria melhorar completamente.

– E por que você mesmo não o mata, já que isso lhe faria tão bem?

– Bem que poderia ser uma boa ideia!

– E o que impede você de matar o seu pai?

Theo olhou sério e ao mesmo tempo desconfiado.

– Você é muito louca, né?

– Por quê?

– Olha só para onde fomos com essa conversa idiota. Você parece querer me manipular. – Após falar, ele desviou o olhar para a porta de entrada do bar.

– Theo, olhe para mim. – Pegou ela de leve no queixo dele. – Até quando os outros vão ser mais importantes? Bastaram alguns minutos para você me julgar e segundos pra falar na morte do seu pai. E você, por onde anda? Em qual estação você está agora? O que você tem a dizer de si mesmo, jovem aspirante da própria vida?

Sophia soltou o queixo, mas sem deixar de encará-lo. Embora alguns clientes estivessem ali presentes, os dois estavam conectados nesse momento e o único som que importava para Theo eram as vozes em sua mente que haviam aumentado e seus pensamentos acelerados consideravelmente.

Dany chegou e logo viu os dois. Aproximou-se do palco e deixou ali sua mochila. Curiosa, ficou olhando sem parar para a mesa em que estava Theo, mas apenas o aguardou ali sentada.

– Por que você me faz tantas perguntas sobre mim?

– Porque não sou eu que as estou fazendo, Theo... É você mesmo.

– Você só pode estar louca.

– Estar louca aos seus olhos não é problema para mim, pois isso é uma definição sua. A questão aqui é a definição sua de si mesmo. Você tem medo de se definir do mesmo modo que os outros o definem?

– Ah, sei lá... Quando eu disse naquele dia que estava perdido, que nasci sem vida, é porque eu não sei qual rumo devo tomar. Tenho muitas dúvidas, mas penso que isso deveria me levar a verdades, e não para mais dúvidas. Não é?

– Quem é você, Theo?

– Mas porque isso interessa tanto? Pare de me perturbar, por favor. – Theo fez menção de se levantar e deixar a conversa, mas ela pegou em seu braço.

– Não se levante agora, por favor. Se eu estou perturbando é porque estou no caminho certo. Eu adoro fazer isso e se há uma perturbação é porque está se vendo na necessidade de pensar melhor e é assim que vai sair do ponto de inércia e movimentar a sua vida para a direção certa.

– E isso vai me ajudar por um acaso?

– Essa parece ser uma prerrogativa sua e não minha. Se posso dizer algo é que conhecer a si mesmo, a cada dia, é libertador.

– Libertador... – falou ele com grande deboche. – Sou novo, mas já vivi o suficiente para perceber que liberdade é uma utopia. Eu tive um exemplo dentro de casa de que vivemos sempre em função de uma escravidão não percebida e que ainda podemos ser torturados se buscarmos essa liberdade que você fala.

– Nesse caso, quem é o ser torturador?

– A tortura não vem de alguém especificamente. O torturador não tem vida, não tem gosto, cor e nem sabor. O que nos tortura são as regras que aquele rabugento nos força pela garganta.

– E essa escravidão surgiu quando ele lhe ensinou tais regras?

– Creio que não. Às vezes, penso que eu já nasci escravo do meio. Tudo o que meu pai ensinou e minha mãe consentiu, embora ela tenha mudado muito a maneira de pensar alguns anos antes de falecer, foi consolidando em mim o cativeiro no qual eu surgi.

– Interessante o seu ponto de vista.

– Não é ponto de vista, não. É uma realidade que ninguém mereceria viver. As regras que imperam em minha família já existiam antes de eu nascer. Então, o que eu poderia esperar? Que não seria forçado a aprender os livros da Bíblia? Que poderia falar com qualquer pessoa, independentemente da religião dela? Que eu poderia escolher as roupas que fosse vestir? Namorar quem eu quisesse sem o medo de olhar para a primeira boca pintada de batom? Não, senhora... Eu não vivi a minha vida durante a minha própria vida e esse tempo já está perdido para mim.

– Então, se não houvesse essas regras, já que elas são o motivo de sua infelicidade, você estaria no lado oposto ao que está. Logo, estaria livre?

– Eu não conheço o outro lado. Eu cresci tendo que recolher minhas vontades e sempre que tentava expor minhas dúvidas, o pastor Charles rapidamente puxava a Bíblia para se sobressair e mostrar que eu não poderia levantar questões sobre mim mesmo, a não ser que fosse pelo contexto dessa mesma Bíblia. Eu só precisava calar e permanecer debaixo das ordens dele que tudo voltaria ao curso normal. As regras religiosas determinam o que é certo e errado, o que salva e o que condena, e desprezá-las é o mesmo que condenar a si próprio, como um suicídio. Então, o medo de estar pecando me cercou e me obrigou a viver escravizado pelas regras dele.

Sophia descruzou as pernas, apoiou os cotovelos na mesa e colocou as duas mãos em seu queixo; e assim ficou a olhar o jovem expressando palavras que não estava acostumado a falar de forma espontânea.

– O que foi? Por que não fala nada? – perguntou ele.

– Estou estarrecida, menino! Sei lá... A sua maneira de falar me encanta. Eu acho que você tem uma força aí dentro reservada que quando for colocada para fora, vai impactar muitas pessoas.

Estava ela surpresa com a cinesia dos pensamentos do jovem provido de baixa autoestima e que não se reconhecia como um ser importante diante do mundo que o rodeava. Suas palavras a deixaram estática e a forçaram a admirar o conhecimento que estava guardado na mente de Theo.

Curiosa e cada vez mais conectada, ela continuou:

– Eu me emociono a cada encontro com alguém como você, Theo, que se apresenta como um depreciado da sociedade, mas que se permite a ideias reflexivas. São essas ideias que devem perturbar a sua paz, mas para uma boa causa. À primeira vista você parece um ser inócuo, mas logo se vê o quanto és ardiloso.

Riram timidamente os dois.

– Não tente me iludir... A minha vida não é exemplo para ninguém.

– E por que você tem que ser um exemplo? – perguntou ela.

– Querendo ou não, você é exemplo para alguém, mas não necessariamente aos seus próprios olhos. Sendo bom ou mau exemplo, haverá sempre alguém percebendo o que você faz e como você faz. Então, eu não tenho que ser ou deixar de ser algum exemplo, isso não me preocupa porque assim é independentemente de minha autopercepção. Pelo menos é assim que eu penso.

– De acordo – disse ela.

Theo estava empolgado com a oportunidade de ter alguém para ouvir o que tinha a dizer.

– Sabe... Eu tenho pensado sobre algo.

– O que, exatamente? – perguntou ela.

– É assim: duas pessoas – ilustrou com suas mãos – entram em desarmonia quando a primeira subestima a segunda quanto ao saber de si mesma. Ela se vê superior e faz da segunda uma coisa qualquer. A primeira, nesse caso, se torna a dominadora, pois vê a segunda como um ser negativo que submete a si mesma às exigências da primeira.

– Você sempre é o lado mais frágil, Theo?

– Sob a ótica do meu pai, sim. Uma vez eu li um pouco sobre a relação entre senhor e escravo. Mas, apesar de ter sido uma leitura superficial, deu para entender que a pessoa que vê a si mesma como senhor jamais vai reconhecer o escravo como um ser inegável. Para esse senhor, o escravo não é independente e, por isso, não pode pensar por si mesmo. Aí, a pessoa que se autopromove subestima a outra para ter o poder de soberania.

– Essa linha de raciocínio é irretocável?

– Creio que sim. Para você, não é?

– Sim, a menos que o senhor se torne escravo.

– Como isso seria possível?

Theo levou seu corpo para frente. A conversa estava despertando o seu interesse, mesmo não sabendo ele no que lhe seria útil em sua vida. Todavia, estava envolvido a ponto de não se preocupar com o horário de sua apresentação.

– Pela dependência do poder que ele mesmo dá ao escravo. – Sorriu Sophia.

– Como assim?

– Veja bem... – Nesse momento, ela pegou um lenço de papel de um porta-lenço presente na mesa para fazer algumas garatujas. – A consciência de si é possível pela relação com o outro. Trata-se de uma descoberta recíproca, mas com necessidades e privilégios distintos. Cada ser vê a si mesmo no outro, gerando várias sínteses que provocam novas ideias e que poderão ser questionadas mais tarde.

– O problema é quando a gente passa a acreditar nessas novas ideias como se fossem verdades absolutas, né? – disse ele.

– De acordo, Theo. Duvidar das próprias crenças é um ato muitas vezes inaceitável para nós, meros mortais. Mas continuando...

– Sim, continue.

– Nessa relação, o senhor precisa do reconhecimento para ver a si mesmo como senhor e a confirmação dessa perspectiva vem da consciência do escravo sobre ele mesmo. Ou seja, o escravo aceitando que é escravo, o qual passa a aceitar sua condição e se vê como um ser desprovido de autonomia de sua própria vida. Assim, esse escravo se submete ao senhor e este tem a confirmação do seu poder sobre o outro, isto é, a consciência de si. Perceba, Theo... O senhor salva o escravo do sofrimento e o mantém vivo, dando-lhe moradia e alimento para que não morra. Mas você pode perguntar por que o escravo não pode morrer.

– Eu já ia perguntar isso mesmo.

– É porque o senhor não é senhor sem um escravo.

– Verdade. Mas o escravo sempre será escravo, mesmo tendo uma vida melhor do que a que ele tinha quando estava em sofrimento.

– Sim, mas você viu o escravo? – Apontou ela ao desenho que representava o escravo no lenço de papel. – Ele é a consciência dependente; e a essência, para ele, está na vida do outro, ou seja, do senhor. Ele produz por temer a morte e essa condição é a que o força a negar a si mesmo. No entanto, ele descobre a sua importância justamente pelo trabalho. O que ele faz reflete o que ele é. Produzindo, o escravo transforma a matéria e, consequentemente, o mundo pelo seu conhecimento adquirido. Assim, ele convence a si mesmo de sua utilidade e se apodera da autonomia para fazer o que o senhor não é apto a fazer. O senhor, por sua vez, se afasta da matéria, do mundo que é transformado pelo escravo; e isso é superimportante. Aí, tendo a consciência de si, o escravo deixa de depender do senhor para produzir e se dá conta do poder que tem. Na verdade, ele se torna o senhor do seu trabalho e, como esse trabalho transforma o mundo, sob essa perspectiva, ele se torna o senhor do mundo em que vive. É o senhor do senhor.

Ele não tirou os olhos do desenho por nenhum um minuto enquanto Sophia explanava sobre a ilustração. Transcendeu dali e vislumbrou possibilidades de uma evolução pessoal que ainda não havia percebido.

Sophia continuou.

– Por outro lado, o senhor, que representa a consciência superior e que mantém o escravo para estar no poder, passa a depender do trabalho que ele mesmo não faz. O senhor não conhece o mundo que o escravo passou a conhecer e, por isso, não o pode transformar. Portanto, no fim das contas, frustrado por não ter o poder em suas mãos, o senhor se torna escravo do seu próprio escravo.

– Que interessante! – Theo, perplexo, pegou o papel e admirou o desenho por alguns segundos.

– Você se vê nesse papel? – perguntou ela.

– Sim. Minha vida toda está representada aqui. Me pergunto por que meu pai mantém um filho seu como escravo de suas regras?

– O que você deseja, Theo?

– O que todo escravo deseja: ser livre.

– E como isso pode ser possível se a liberdade é uma utopia? – ironizou Sophia.

– Às vezes, nós queremos aquilo que não é possível, né?

– Eu tenho uma sugestão.

– Qual? – A curiosidade o movimentou.

– Você deseja ser livre, mas isso não é o que você busca. Perceba que tanto o senhor quanto o escravo buscam o reconhecimento um do outro, pois a posição de cada um se faz pelo consentimento do outro. Minha sugestão é que você tem buscado, por anos, um reconhecimento vindo do seu pai por conta da inutilidade que atormenta a sua mente. É bem verdade que você deve ser reconhecido pelo que é, mas em sua inconsciência você ainda é um ser escravizado, frágil, apático e indiferente para o mundo de Charles. Você acredita que se houver esse reconhecimento, como consequência, haverá carinho, atenção e o cuidado que tanto espera do seu pai. Por isso, arrisco a dizer que o sofrimento veio pela frustração do não reconhecimento.

– Faz sentido. Então, você também acredita que a liberdade seja uma utopia?

– Talvez uma ideia de liberdade plena, sim. Porém, livrar-se do te que faz se sentir inferior é o que pode ser uma meta ideal.

– Eu já estou me libertando das regras da religião dele porque eu já até não estou mais morando lá.

– Isso é liberdade pra você?

– Sim. Agora eu posso ir aonde eu quiser. Isso não é estar livre? O que pode me forçar a seguir as regras do meu pai, agora?

– Realmente, nada. Mas o que lhe escravizou por anos não foram as regras, rapaz.

– Como não? Pensei que estivéssemos de acordo nisso – disse ele, incomodado com a negação da filósofa.

– Tenho outra sugestão. Você é o escravo que ainda não descobriu a sua utilidade e, por isso, não tem consciência de si. Charles é o alienador nessa relação, mas você crê que o sofrimento que ele causou em você foi por querer? Óbvio que não, né? O seu pai acredita que a posição e o título que possui foram concedidos divinamente e, por isso, ele pensa que recebeu de Deus o dever de cuidar; e o cuidar, em sua concepção, significa ensinar a liturgia e as diretrizes como um caminho moral a ser seguido. Pare e pense... Você cresceu sendo ensinado por esse caminho e passou muito tempo alheio a si mesmo e, pelo medo de estar pecando perante Deus, aceitou se submeter às regras, mesmo contra a sua vontade. Esse estado é o estado da alienação. Um ser alienado não tem consciência de si e assim não pode ser senhor, pois suas crenças o impedem de ver a si mesmo como realmente é.

– Então, eu sou escravo das minhas crenças?

– O que você acha? Por um acaso, você pode ser livre acreditando ser um escravo? Como pode alguém ser livre sem saber quem realmente é? E se souber, como pode ser livre sem aceitar quem é?

Theo, altamente frustrado, abaixou a cabeça e silenciou diante da verdade dita sobre a sua vida. O jovem estava em um choque de realidade e tentava entender seus próprios pensamentos. Não seria fácil para ele, mas Theo estava a ser convidado para avaliar suas circunstâncias por outra perspectiva e isso o perturbava, ao mesmo tempo que o emocionava.

– É frustrante essa ideia de que meu pai faz um mal sem saber o que está provocando na vida do outro. Falo isso porque ele mudou muito depois da morte da minha mãe. Eu não entendo como uma pessoa pode mudar tanto a sua forma de tratar as outras pessoas. Ele não ama ninguém, dona. Acho que ele não ama nem a si mesmo. A única coisa que ele ama de verdade é a igreja que fundou. Se para alguém se tornar livre é preciso se libertar de suas próprias crenças, eu terei de ser livre bem longe das vistas do meu pai, porque ele vai ver qualquer manifestação minha como uma rebelião – concluiu Theo.

– Preste atenção aqui, meu jovem. Enquanto o escravo não tem consciência de si, o senhor não tem medo e assim não se sente ameaçado. Mas a partir do momento em que o escravo desperta para si mesmo e percebe a sua utilidade no mundo, o senhor se sentirá ameaçado, haja vista a dependência que tem de seu próprio escravo. Charles compreende a si próprio como o representante de um deus e, consequentemente, se vê superior às outras pessoas que, em sua concepção, devem segui-lo cegamente. Para isso acontecer de forma controlada, ele precisa das diretrizes, pois elas são o medidor que mostra o quanto seus seguidores permanecem na bolha que o pastor criou. Caso alguém sinalize sair, prontamente ele se sentirá ameaçado. Logo, ele é escravo das regras, pois sem elas o poder escapará de suas mãos. Ele é existente em uma constante preocupação.

– Será isso verdade? – perguntou ele.

– Acredite, Theo... Charles está tão perdido quanto você. Ele o ama e tudo o que faz é pensando no seu bem. Ele está sofrendo também e aquele que ferido está é capaz de a alguém machucar.

– É, pode ser... Mas eu não quero ser nada do que ele pensa que eu devo ser e isso ele não aceita. – Falou com um tom de voz brando, pois ficou emotivo com a nova perspectiva trazida por Sophia. Diante disso, o ódio parecia diminuir em seu coração.

– É justamente aí que está o ponto que precisa de sua atenção. Pense comigo: para sermos julgados, basta não sermos aceitos, e, muitas vezes, os outros nos julgam mesmo quando estamos nós fazendo o que é considerado certo. Então, se o seu jeito não é aceito, obviamente será julgado e isso já é algo que você deve esperar. Nesse mesmo curso vem, de forma mais sutil ainda, a não aceitação de si mesmo.

– Como assim? – perguntou ele.

– Lembra que eu falei no início sobre sermos reflexos uns dos outros?

– Sim, lembro.

– Pois é... Você espera um reconhecimento de seu pai que só poderá vir quando ele lhe aceitar pelo que você é; e essa aceitação quem vai confirmar é você quando reconhecer que ele o aceitou. Mas como vai enxergar que ele o aceitou sem que você mesmo tenha se aceitado?

O jovem rapaz frustrou-se novamente, pegou o papel rabiscado e perguntou:

– Como eu faço para me aceitar?

– Talvez essa seja a questão mais importante da sua vida. – Ela pegou em suas mãos. – Creio que lhe seja útil o famoso aforismo grego: conhece-te a ti mesmo.

– E como fazer isso?

– E você acha que existe uma receita pronta? Não, querido. Dessa você tem que se salvar sozinho. – Ajeitou-se na cadeira, afastando-se um pouco de Theo. – Podemos dizer que compreender a si mesmo significa, talvez, desfazer as armadilhas que você mesmo montou dentro de si. Mas não há outra opção que viver a sua vida e ir se surpreendendo dia após dia. Escolha, decida, faça sem medo o que achar que deve e analise suas crenças e reconheça o que você acredita. Ah, jovem aspirante... Apaixone-se por você. Curta o seu corpo. O seu jeito de ser não deve atender a ninguém senão a si mesmo, primeiramente. Afinal, a pessoa que mais importa para o Theo deve ser o Theo; e, após essa etapa com muito amor-próprio, perceberá que a utilidade de sua vida se mostra a cada mão que você estende a quem precisa de acolhimento. Pelo autoconhecimento você se descobre e pela compaixão você se torna útil; pela utilidade, você percebe o valor que possui. Por fim, meu jovem, a equação é esta: você cuida de si para cuidar dos outros.

Uma conversa longa sem que houvesse preocupação com o avanço da hora. Contudo, foi ideal para que ele acalmasse e entendesse a importância de escutar, quando necessário.

– Você está certa, pois eu preciso me conhecer e descobrir a minha importância. Acho que foi deus quem enviou você até mim. – Um olhar surpreso de Sophia. – É... Reconheço que eu acredito em deus. – Mostrando um tímido sorriso.

– Você pode acreditar no que quiser, Theo – disse ela.

– Sei que eu sou acanhado e que me falta coragem para muita coisa, mas ao mesmo tempo sou impulsivo e preciso aprender a sossegar porque a ansiedade me faz perder o equilíbrio e, assim, eu acabo descontando minha raiva em outras pessoas, principalmente as que me amam.

Nesse momento, ela segurou as mãos de Theo.

– Deixa eu te ajudar em uma coisa. Só acompanhe o meu ritmo e siga o meu comando.

– Tá bom – disse ele um pouco desconfiado.

– Respire... Respire fundo...

Após ouvir esse comando por algumas vezes, ele fechou os olhos e começou a respirar fundo, como estava sendo pedido.

– Puxe o ar pelo seu nariz e solte suavemente pela boca. – Ele seguiu se dedicando a fazer o exercício. – Agora, segure o ar por três segundos e depois solte bem devagar. Isso, você está indo bem, garoto. Repita esse processo por quantas vezes quiser. Sinta o seu corpo e todo o fluxo do ar passando por ele. – Sua voz era suave aos ouvidos dele, o que contribuiu para o relaxamento necessário. – Respire, Theo... Respire... Respire...

Após quatro minutos, Theo abriu os olhos e encostou-se à cadeira com um novo semblante.

– Ma-ra-vi-lho-so! – exclamou compassadamente. – Eu nunca tinha vivenciado nada igual na minha vida.

– Como você se sente agora? – perguntou Sophia.

– Bem mais calmo, com certeza.

– Então, Theo, é nesse estado que você vai conseguir perceber a si mesmo, meu jovem, lembre-se disso. Só depende de você. O seu pai pode ter contribuído para o seu estado ruim, mas não foi o único responsável por isso.

– É... Estou começando a perceber o quanto eu sou importante para mim mesmo. Ai, dona Sophia, não sei como lhe agradecer. Eu ainda preciso superar uma coisa, mas eu tenho certeza que...

– Ei, amigo. Já está na hora – disse Dany, chamando-o para iniciarem a apresentação, pois o local já estava sendo ocupado por inteiro.

– Vá, Theo. Que comece o show. – Assim se despediu Sophia.

Ele se levantou, agradeceu e virou para seguir com sua amiga em direção ao palco do Memória's Bar.

Dany, a essa altura, estava muito curiosa.

– O que aconteceu aqui, menino?

– Nada que não fosse necessário, amiga. – Sorriu relaxadamente.

Theo avistou um violão substituto, já que o seu estava partido ao meio. Um instrumento preto, aparentando ser de pouco uso. Logo ficou sabendo que Alberto o providenciou junto à Dany para que o show não fosse comprometido. Sentou-se em seu banco, colocou o instrumento em uma das pernas, respirou e olhou para mesa onde ele esteve minutos atrás, mas notou que Sophia já não estava mais. Ele balançou a cabeça e deu um discreto sorriso.

– Podemos? – perguntou Dany.

– Hoje tudo começa – disse ele.

E o show começou.

CAPÍTULO 15

Theo E Charles

Doze horas antes.

Theo estava se sentindo leve, pois parecia ter tirado um piano de suas costas após o diálogo com a misteriosa Sophia. As músicas, na noite em questão, pareceram suavizar o clima de sofrimento no bar de Alberto, o qual abraçou o jovem após o show lhe desejando sucesso em sua jornada.

A missão, agora, era encontrar Charles para terem uma conversa definitiva sobre tudo o que os afastava um do outro e, com isso, iniciar uma nova fase de amizade mútua.

A expectativa era de que tudo pudesse resultar em compreensão, mesmo sabendo do risco que corria por não se submeter às diretrizes do pastor.

O músico andava com passos apressados; seu destino era a sua casa e, por isso, o calafrio se fazia constante na barriga com tanta ansiedade por fazer algo que lhe dava medo. Na verdade, Theo estava em pânico com a decisão de encarar o seu pai. Ele não queria mais sentir o ódio que o acordava todas as manhãs desde a última briga e, caso fosse possível, sua vida seria livre dos velhos costumes impostos desde a sua infância.

Ele enviou uma mensagem a Robson, mas estava *off-line*. Dessa vez ele não se abateu com o sumiço; guardou o celular no bolso e seguiu o seu percurso adiante.

Estava ele próximo à casa de Charles, faltando só atravessar a rua. O trânsito movimentado o fez perder um pouco de tempo, o suficiente para ele ser surpreendido por seu amigo que apareceu repentinamente.

– Oi, até que enfim te encontrei – disse Theo.

Ao tentar abraçá-lo, sentiu ele a frieza que emanava de Robson, o qual não estava de bom humor. Pelos braços ele evitou o abraço e do rosto de Theo o sorriso tirou.

– O que houve, Robson?

– Se você está tão feliz assim é porque ainda não sabe do que seu pai fez ontem, né?

– Olha, eu já entendi tudo o que está acontecendo. Meu pai vive pressionado desde a morte da minha mãe e isso não tem sido fácil para ele. Não sei do que você está falando, mas estou disposto a conversar com ele para resolvermos essa situação de uma vez por todas.

– Parece que você não sabe de nada, mesmo. O seu pai não merece nem a sua pena, Theo.

– Mas do que você está falando?

– Eu não queria te dizer nada. Lutei contra minha vontade pra vir aqui porque eu não quero te ver sofrer, mas a sua tia achou melhor você saber logo.

– Seja o que for, eu desejo que possamos viver em paz porque já estou cansado de...

– Ontem, aquele idiota fez um papelão na igreja e humilhou você na frente de todos – disse Robson ao interrompê-lo, passando as mãos em seu cabelo e demonstrando agonia quanto à reação de Theo.

– Como assim?

– Theo... Ele usou o microfone para dizer a todos que você não é mais filho dele; a verdade é que ele negou você. Pronto, falei!

Tais palavras impactaram Theo de uma maneira que ele não queria acreditar. Não seria fácil convencê-lo de que seu pai havia tomado a única atitude que poderia desestruturá-lo após sua determinação de acertar as contas.

– Como assim, Robson? O que você está me dizendo? – Theo já demonstrava princípio de desespero. Sua mente borbulhou, pois ele estava empenhado a fazer algo que lhe exigiu muita luta para superar o que esteve, por anos, lhe ferindo. Mas, após ouvir o que o seu amigo disse, tudo parecia estar desmoronando de vez. Já parecia tarde para um novo amanhecer na família Nascimento.

– Está todo mundo naquela igreja indignado com ele. O que ele fez não é digno de um pai. Eu não queria dizer isso, mas para ele você não é nada. É muito triste tudo isso.

– Não... Não pode ser! Não pode ser! Como ele fez isso? – Theo começou a andar de um lado para o outro com as duas mãos no peito.

– Theo, eu já te disse que você não tem culpa da família que tem. O teu pai nunca vai te aceitar e saber disso me faz sofrer também, mas eu não posso deixar essas humilhações acontecerem com você. Agora, me escute: está na hora de você viver a sua vida.

– Não, Robson. Eu tenho que conversar com ele. – Tentou se soltar dos dedos empunhados em seu braço. – Com certeza está tendo um mal-entendido nessa história. Eu preciso ir, Robson. Solta o meu braço.

Theo esbarrou em Robson e tentou sair para atravessar a rua, mas logo foi seguro pelos braços, novamente. Enquanto tentava se livrar, escutou seu celular tocar. Livrando-se das mãos de seu amigo, pôde pegar o dispositivo.

– Oi, tia – atendeu ele ofegante.

– Oi, meu filho. Creio que Robson já tenha lhe contado o absurdo que o Charles fez ontem.

– Sim, eu já estou sabendo e estou indo agora mesmo falar com meu pai porque deve ter algum mal-entendido.

– Não, Theo. Não faça isso porque só vai piorar as coisas. Não há mal-entendido algum. O seu pai simplesmente negou você em público, Theo, e ainda bem que os seus ouvidos não escutaram o que eu escutei.

– Não, tia. Isso não é possível! Eu preciso ouvir da boca dele.

– O que você quer ouvir, menino? Que ele não quer mais te ver e que você não significa nada para ele? É isso que você quer?

– Não, tia. Só penso que talvez ele tenha falado da boca para fora em um momento de raiva. Só isso – falou com a voz trêmula. Ele não aguentou segurar as lágrimas que começaram a escorrer em seu rosto.

– Não, filho, eu sei que é difícil, mas não se iluda. O seu pai mudou depois da morte de sua mãe e a única coisa que importa para ele é a igreja, nada mais que isso.

– Tia, eu não acredito, não pode ser. O que eu faço agora? – perguntou com sua voz chorosa. Estava ele começando a acreditar e quanto mais ouvia sobre a situação, mais se decepcionava.

– Meu querido... Vá com o Robson que ele vai te fazer companhia. Esqueça o seu pai e siga em frente que você tem muito o que viver. Do seu pai deixe que eu mesma cuidarei. Não sofra mais por isso, apenas olhe para frente. Viva a sua vida e foque em seus objetivos que essa tempestade vai passar.

– Tá bom, tia. Se o meu pai fez isso, acho melhor mesmo.

Ao encerrar a ligação, enxugou seu rosto, olhou para Robson e disse:

– Você sempre aparece no momento certo. Eu estava indo com a intenção de resolver o passado sem saber que estava prestes a cair no abismo.

– Nós só queremos o seu bem, Theo.

Após um abraço e Theo ter desistido de falar com Charles, ambos voltaram pelo percurso.

Na porta de entrada do templo estavam Letícia e Gerson. Após ter falado com Theo, ela apressou o seu marido.

– Pronto. Já não teremos a imaturidade de Theo tentando falar com Charles. Vamos continuar com o nosso plano.

– Sim, amor. Está tudo providenciado – disse Gerson.

– Você falou com a psiquiatra?

– Sim, inclusive ela disse que estará disponível a partir de amanhã para atendê-lo.

– Então, vamos cuidar para que Charles esteja lá, custe o que custar – afirmou Letícia.

CAPÍTULO 16

A carta

Hora atual.

Ao sair da adega, Charles dirigiu em alta velocidade em direção ao templo, pois precisava falar o quanto antes com Luiza. Sua mente estava tão congestionada de pensamentos confusos que lhe causou desatenção no trânsito, quase gerando um acidente com outro veículo. A verdade é que a conversa com Sophia fora indigesta e isso estava levando-o a reviver um passado não tão distante, mas que poderia trazer à tona algo que mudaria a sua vida por completo.

A cada segundo, as palavras da filósofa explodiam em sua cabeça como uma bomba, ao mesmo tempo que seu estômago se remexia de tanta ansiedade. Ao chegar ao templo, Charles nem percebeu como havia feito aquilo. Logo seguiu rumo à sala de sua filha. Entrou sem bater e, ofegante, se sentou.

– O que você tem a me dizer que eu ainda não saiba sobre sua mãe, minha filha?

– Como assim, pai? Não entendi.

Charles passou a mão na cabeça e demonstrou estar amplamente impaciente.

– Luiza, não me faça perguntas bobas. Hoje não é um dia bom para me fazer de idiota. Eu sei que você tem algo de sua mãe para me entregar.

– Não, pai... Não se trata de fazer o senhor de idiota ou coisa do tipo, mas de saber o momento certo para lhe entregar e parece que esse momento chegou.

– O que é, afinal, e onde está?

– Está aqui comigo, pai. – Ela abriu a pasta cinza que sempre carregava consigo, apanhou um envelope marrom e o entregou a Charles, o qual logo pôs a mão no objeto. Ela, sem soltar o envelope, disse:

– Preste atenção, pai. O que está escrito aqui vai exigir uma atitude sua. Então, leia com muita atenção. – Assim, ela soltou o envelope.

– Por um acaso, você já leu o que está escrito aqui?

– Não, não... Isso foi o que ela pediu para eu falar ao senhor quando lhe entregasse.

Charles encostou suas costas no encosto da cadeira e pensou durante alguns segundos.

– Tá bom, filha – disse ele antes de sair da sala e ir ao seu gabinete. Ao chegar, trancou a porta, sentou-se em sua poltrona, afastou objetos que estavam na mesa e, finalmente, abriu o envelope. Tratava-se de uma carta escrita por Elisa durante os últimos dias de sua angústia.

Eis a carta:

Charles,

É tão surpreendente estar aqui de volta depois *de ter passado por tantos momentos incríveis. Por um tempo eu vivi como uma ave, livre para estar em lugares de que eu nem esperava conhecer. As lutas que travei me trouxeram de volta.*

Por quê?

Posso até me arriscar a dizer que essa resposta não me pertence, mas estou a desconfiar do grandioso destino.

Pode parecer um alvoroço, mas você vai logo entender o que eu estou dizendo, meu querido.

Já se perguntou alguma vez por que adoecemos? Estive pensando nisso nesses últimos dias. Será que conseguimos encontrar um motivo concreto? Indo mais além, precisamos encontrar algum motivo? Parece que queremos explicações para tudo e a possibilidade de não entendermos o porquê dos acontecimentos nos afeta diretamente.

Será uma doença o desejo de saber de todas as coisas?

O que hoje eu sei não passa de uma convicção sobre a necessidade de aceitar os fatos como eles são, sem a expectativa de se moldarem ao que eu preciso.

Como eu me sinto? Ah, meu querido... Eu estou muito bem. Nem sempre o que as pessoas esperam de mim é o que deve me guiar, pois eu não vivo mais sob os holofotes alheios que esperam algo que, talvez, eu não possa conceder. Sinto-me livre e pronta para uma nova vida, mesmo que para esta não reste tanto tempo assim.

Querido Charles, no momento em que você ler esta carta a minha alma não estará mais neste corpo. Porém, no momento em que escrevo, eu sinto dores que me paralisam. Minhas pernas eu quase não as sinto mais e minha cabeça parece sofrer uma pressão constante que eu não consigo descrever. Contudo, *esforço-me para dizer que você foi a pessoa mais incrível que eu conheci nesta vida. Tão fácil de admirar quanto tão difícil de conviver; assim eu o descrevo.*

Lembra-se de quando nos conhecemos? Você tremia em todo o corpo. Sua voz engasgava ao tentar falar algo bonito e eu apenas calada, tentando decifrar suas intenções. Meus pais aceitaram você rapidamente porque a sua forma cuidadosa de me cuidar os conquistou com muita confiança; aliás, o que mais me encantou em você durante todos esses anos foi a sua autoconfiança e essa característica é um particular virtuoso seu.

Sobre nós... Eu penso que os nossos contrastes nos ajudaram a fortalecer o companheirismo que tanto prezávamos, mas também contribuiu para que fôssemos distanciando um do outro sem percebermos o quanto estávamos ficando em lados opostos.

Você passou a se acostumar com a solidão e isso sempre me preocupou. Já eu *aprendi a me apaixonar por pessoas. O ser humano e suas complexidades me fascinam, mas elas chegam a assustar você. E assim, passamos a andar em direções contrárias.*

Vulnerabilizei a mim mesma para escutar as pessoas que demonstravam ser o meu contraponto e, por isso, diversas culturas cruzaram o meu caminho e me impactaram com as diversidades que, de certa forma, me preencheram. Cada pessoa com sua história, muitas vezes, guardada dentro de si porque ninguém desacelerava a vida para escutá-la. Mas, muitas vezes, eu parei para conhecer suas biografias e me encantar com cada palavra de felicidade e de sofrimento que ouvia. Não por mim exatamente, mas por elas mesmas.

Você não percebeu essa minha trajetória porque, de uns anos para cá, seus olhos estiveram direcionados apenas para a igreja que construímos.

É como *um paciente que é atendido em uma terapia. Ele acredita que essa é a oportunidade de ouvir o que o profissional tem a dizer, mas, na verdade, é a grande oportunidade de ele escutar o que sai de sua própria boca. Você parou de se escutar, talvez porque as suas convicções tomaram conta da sua consciência. Parece loucura, mas escutar as nossas próprias palavras nos esvazia das convicções que nos impedem de aceitarmos a pessoa que nos tornamos. Isso é fantástico porque é como um quebra-cabeça que estamos, a todo instante, jogando as peças fora para que esse jogo não termine; e assim vamos nós... Fugindo de nós mesmos para não nos depararmos com aquilo que nos confronta.*

Creio que o ser humano seja difícil de ser explicado, mas talvez precise ser apreciado.

O que eu mais aprecio? Hoje eu observo as escolhas que a Elisa do passado fez que a de hoje, provavelmente, não faria. Não falo de estar arrependida por ter sido quem fui, mas falo da compreensão de que a mulher que vos fala é diferente agora. Esse amadurecimento (ou evolução, como eu costumo dizer) me convence de que a Elisa de antes foi importante para a Elisa de hoje existir; e isso é irretocável.

Desejamos que as pessoas amadas permaneçam conosco eternamente (não é?) e sofremos por isso não acontecer. Mas, ainda nesta vida, promovemos reencontros e nos espantamos com as mudanças na aparência e nos comportamentos de quem revemos.

Idas e vindas...

A vida não é assim? Não vivemos em mundos isolados até percebermos que estamos conectados e que, por essas conexões, a vida nos converge para encontros aparentemente casuais?

Você pode não aceitar, meu querido, mas neste momento você está conectado com as pessoas certas, no momento certo. Talvez não se trate de encontros casuais, pois pode ser o universo reservando um propósito ainda não entendido por você.

Estamos a entender esta vida, mas o problema é que quanto mais buscamos entendê-la, mais convencidos passamos ser *de nossa própria ignorância. Assim, suplico a grega sabedoria: só sei que nada sei.*

Os casos acontecem e os encontros nos amadurecem. Nesse tempo que estou aqui eu aproveito para refletir e, nessas reflexões, aprendi que evitar caminhos necessários é uma decisão que nos atrai a eles.

Assim foi entre Sophia e eu. Essa pessoa difícil de descrever me ajudou a despertar para a vida. Não que ela seja a minha salvadora, mas foi – com certeza – o estímulo que eu precisava para conseguir encarar a vida como ela é e não como eu queria que fosse.

Sei que, agora, ela está em sua vida, também. Não vou pedir que a aceite, mas peço que se esvazie de suas crenças pelo menos uma vez, pois você vai precisar desse vazio para saber lidar com o nosso filho e, principalmente, com a notícia que ele vai lhe dar. Não quero assustá-lo, mas você vai saber de algo que aconteceu há muitos anos e isso vai chocar de tal maneira que exigirá esforço para amá-lo ainda mais.

Querido, o nosso filho tem guardado essa dor por muitos anos e, por esse motivo, eu peço que compreenda seu ponto de vista e cuide dele como nunca cuidou antes, pois é disso *que ele vai precisar.*

Os meus dias estão chegando ao fim, querido. Tudo o que eu quero agora é descansar. Mas estou feliz por todas as experiências que eu tive perto e longe de você. Hoje eu estou preparada para recomeçar e entender como do outro lado se vive.

Te amarei eternamente. Até algum dia.

Com carinho,

Elisa Nascimento.

As lágrimas transbordaram desde o início da leitura. Após terminar, Charles amassou o papel que continha o texto e soluçou de tanto chorar. A saudade despertou com tudo dessa vez, tornando-o ainda mais frágil diante de uma situação que levantou várias suspeitas, mas, pelo baixo nível de racionalidade, desistiu de encontrar uma resposta que lhe trouxesse clareza. Já era tarde para tanto sofrimento, embora precisasse colocar para fora tudo o que travava sua garganta.

Sua missão agora era saber o que, de fato, aconteceu com Theo. Porém, por que as pessoas evitaram lhe revelar esse mistério? Talvez fosse melhor ter evitado a tal carta nostálgica, pois assim continuaria a sua vida confortavelmente com a sensação de que tudo estaria bem. No entanto, agora, encontrar seu filho era a maior urgência.

Ele saiu de sua sala para confrontar Luiza, mas logo viu que ela já não estava mais no templo. Charles, você está sozinho nessa missão. Apresse-se!

CAPÍTULO 17

O segredo deTheo

Óbvio estava para Theo que sua vida deveria ser sua prioridade maior, pois estar próximo à família era tóxico demais para quem ainda buscava encontrar sua vocação, a qual pudesse trazer sentido à sua existência. Mas como caminhar para frente fingindo que nada aconteceu? Como ignorar a atitude que seu pai teve de um dia para o outro? Se o objetivo era levantar a cabeça e seguir em frente, esse seria o maior desafio de sua vida, até então.

Ao se afastar, Theo iria dar foco às suas necessidades pessoais e amadurecer para saber lidar com as decepções. Talvez a atenção de Robson o ajudasse a secar suas lágrimas para sofrer cada vez menos. No entanto, isso era uma expectativa de sua tia Letícia, a qual estava decidida a afetar a relação pai-filho em posse do argumento de que Charles não estava em condições psicológicas para cuidar nem da igreja, nem de seu filho.

Contudo, esse jovem parecia não ter forças para continuar. Seu rosto não desinchava e o lençol da cama fedia de tanto abafar o suor de seu corpo. Robson estava, na verdade, abrigando um mazelado que há dois dias não saía da escuridão do quarto. E assim seguia mais um dia, o qual trazia uma triste trilha sonora, confortando a quem não queria nada além de embrulhar a sua tristeza e tornar invisível a sua dor.

Theo se via – a cada hora – sozinho e sem estímulo algum para reagir. Entretanto, ficar ali era o que o fazia sentir-se protegido, mesmo que todos os seus problemas o atormentassem constantemente.

Podemos pensar que o tempo pudesse ser um aliado e que Theo estivesse aprendendo a lidar emocionalmente com esse momento de melancolia; mas qual experiência de vida esse jovem teve para enxergar as situações por ângulos não convencionais? Óbvio é que seu estado calamitoso o deixaria vulnerável e sua consciência já não estaria mais no comando de suas ações.

Ainda que não aceitasse o regimento de Charles, ele ainda não conhecia a realidade fora das discussões litúrgicas. Bem verdade que seus gestos, seu tom de voz e sua forma de falar em nada se encaixavam nas práticas cristãs, o que contribuía para um frequente sentimento de rejeição, mas as vivências sociais de Theo nunca ultrapassaram os limites conceituais dos dogmas religiosos e sua maneira de se relacionar sempre esteve alicerçada nos ensinamentos oriundos dos sermões de seu pai, para o bem ou para o mal.

– Alô! – atendeu Robson.

– A que horas você vem? – perguntou Theo.

– Por quê? – Devolveu com um tom de voz desinteressado.

– Nossa! Que frieza. Eu só quero saber se hoje podemos assistir àquele filme que eu falei.

– Ah, Theo, desculpa. Estou muito ocupado agora fazendo um trabalho. Depois a gente se fala e acerta isso. Pode ser?

– Tá bom. Não quero te atrapalhar.

Theo desligou a ligação frustrado. Obviamente era um pretexto para driblar a solidão, mas Robson estava distante demais para compreendê-lo. Pensou em sair para dar uma volta, mas não havia ânimo nem para tomar um banho.

Charles estava angustiado e ansioso para encontrar seu filho. Acelerou o carro, mas não tinha certeza para onde estava indo. Enviou uma mensagem para Letícia perguntando sobre Theo, mas percebeu que ela visualizou a mensagem em silêncio.

– Vamos, Letícia – disse após frear em um semáforo.

Ligou para Luiza. Demorou alguns segundos até ela atender. Para Charles, esses segundos foram como horas esperando.

– Oi, pai.

– Luiza, onde eu encontro seu irmão? Me diga, rápido.

– Não sei, pai. Já está anoitecendo. O senhor tentou o Memória's Bar? Hoje é dia de ele tocar lá – disse ela.

– Tá bom! Obrigado.

Imediatamente, ele fez um retorno e seguiu rumo ao bar de Alberto.

– Ele não apareceu ontem aqui. Não sei se ele virá hoje, Charles. – Alberto estava desapontado e sem esperança de que o músico comparecesse naquela noite.

– Tudo bem, amigo – disse Charles.

Quando virou, viu Dany chegar e logo se aproximou.

– Garota, onde está o Theo?

– Calma aí! Boa noite, né? A educação faz bem para qualquer um. Sabia?

– Não tenho tempo pra besteiras agora, minha jovem. Eu estou quase desesperado procurando pelo meu filho porque preciso muito falar com ele.

– Sei... – disse ela desconfiada. – Olha, para ser sincera, eu acho que ele não vai aparecer aqui tão cedo. O seu filho está num baixo-astral que eu não quero nem chegar perto porque pode ser contagioso.

Ele estava andando (sem parar) pelos vários cantos da residência. Do quarto para a sala; da sala para a cozinha; da cozinha para o banheiro... Várias vezes, repetindo o mesmo percurso. A angústia se potencializava dentro de si. Theo estava aos nervos, a ponto de "explodir".

De repente, uma notificação em seu celular.

"Você vem hoje?".

Tratava-se de uma mensagem da Dany. Logicamente que, no estado em que se encontrava o jovem, a resposta só poderia ser negativa. Theo resmungou um pouco e respondeu com um áudio.

"Dany, você não precisa de mim. Aliás, ninguém precisa. Faça o seu show que agora vai dar tudo certo porque eu só levo azar para as pessoas. Eu *te desejo toda sorte do mundo. Beijos, eu te amo."*

Desligou o dispositivo.

Ainda que novo frente à realidade, ele estava cansado de viver. Estava pensando que o tempo passou e ele em quase nada aproveitou. Sua vida estava como um sobe-desce desenfreado; foi de um diálogo útil com Sophia a uma nova decepção pela atitude de seu pai.

Suas atitudes estavam cada vez mais estranhas e preocupantes. Já sentado no chão, ele balançava o seu corpo para frente e para trás, sem parar; sua mente estava em curto.

Levantou-se rapidamente, foi até a cozinha para pegar uma faca bem afiada e voltou à sala. O novel pensava sem raciocinar e, sem nenhum medo, resolveu brincar com o seu corpo.

Passou a faca lentamente em seu braço esquerdo, sem muita força, do pulso ao cotovelo; aos poucos, foi fincando a ponta do instrumento à pele e, sem ferir o seu braço, rabiscou alguns desenhos imaginários; e isso estava parecendo uma diversão ou, apenas, um passatempo.

A fantasia tomou o lugar da realidade e, surpreendentemente, tudo passou a fazer mais sentido para Theo.

Aplicando um pouco mais de força, escreveu o seu nome no braço. Não houve corte, mas já estava visível a marca por onde a faca passou. Aos poucos, ele foi tendo uma sensação de alívio e o sofrimento emocional pareceu ter-lhe dado uma trégua.

Logo, o seguinte pensamento veio instantaneamente:

"E seu eu for mais fundo?".

Posicionou a faca com a ponta quase perfurando, mas lhe faltava coragem para ver o sangue escorrer; sua mão começou a tremer e, um instante em que o medo passou a dominar-lhe, afastou a ponta de seu braço; seus olhos lacrimejaram e o arrependimento surgiu para trazê-lo de volta. Reagindo assustadamente, como se não soubesse o que estava fazendo, o mancebo atirou a faca para metros de distância.

– O que eu estou fazendo? – disse ele ofegante.

Passados alguns segundos, encolheu-se com seus braços sobre as pernas e encaixou sua cabeça sobre eles.

Estava só e assim queria ele ficar, mas uma batida inesperada na porta interrompeu a sua introspecção. Theo se levantou sem muita pressa. Nova batida, dessa vez mais forte e mais rápida.

– Espera um pouco! – gritou ele. – Ô gente apressada.

Ao abrir a porta, tomou o maior susto de sua vida. Para sua surpresa, era Charles.

Perplexo ele ficou. Parecia não acreditar; mas, diante da surpresa, não havia nada a fazer além de abraçar o seu pai e chorar compulsivamente; assim, Theo o fez.

Tal atitude derrubou Charles. Esperava de seu filho as "pedradas" que há anos foram prometidas por tanta incompreensão vindas do pastor. Porém a abstinência emocional gritou dentro do jovem sofredor e o forçou a sentir um abraço que pudesse lhe dar algum conforto.

– O que o senhor faz aqui? – perguntou Theo.

– Não sei bem ao certo, meu filho. Só sei que eu não posso mais viver sem a minha família. – Charles estava visivelmente abatido, mas determinado a resolver todas as pendências com seu filho.

– Não era para o senhor estar aqui. – Fechou a porta após Charles ter entrado.

– Por quê, Theo?

– Por que o senhor estaria se preocupando comigo, justamente agora?

– Filho... Sinto muito se eu cheguei tarde, mas precisamos dessa aproximação para nunca mais nada nos afastar. E eu nem sei como fazer isso, mas quero resolver tudo o que estiver pondo a gente em lados opostos. A verdade é que eu preciso de você, meu filho. Não vá mais embora, por favor.

O pastor estava em suas últimas gotas de esforço para conseguir uma faísca de atenção de seu filho. Seus olhos estavam marejados e isso ainda iria importar para Theo.

– Não sei o que deu no senhor, mas, já que está aqui, sente aí – disse Theo, pedindo para seu pai sentar-se no sofá da sala.

– Obrigado.

– Então diga... O que lhe trouxe aqui, exatamente?

– Filho, eu fiquei sabendo ainda pouco da existência desta carta – Charles tirou o documento de seu bolso e mostrou a Theo. – A sua mãe escreveu para mim antes de falecer.

– Hum... Isso aí tem a ver com a sua vinda aqui?

– Sim, totalmente.

– Não estou gostando muito disso – disse o filho, pegando a carta da mão de seu pai.

– Sua mãe, entre tantas coisas escritas aí, diz que você guarda um segredo de muitos anos. Eu nem preciso dizer o quanto isso me assusta, mas ela afirma que eu preciso saber, meu filho. Está escrito aí também que quando eu soubesse da existência dessa carta é que seria a hora certa para você me contar o que houve há muitos anos. Então, me diga... Do que ela está falando?

– Eu não acredito que a mamãe falou disso. Já faz muito tempo, pai, não tem nada a ver falarmos disso agora.

– Eu preciso saber, Theo... Ela mesma disse isso. Então, eu não vou sossegar até você falar o que aconteceu.

– Pai... O senhor não vai sossegar é quando souber. Por isso, eu acho melhor ficar do jeito que está.

– Não fuja, Theo, vá direto ao ponto e me conte logo de uma vez.

– Pai... Eu não sei nem por onde começar, faz muito tempo.

– Eu tenho o tempo que você precisar.

Theo respirou fundo após ver que não adiantaria resistir porque Charles estava determinado.

– Tudo bem. Vou ser curto nas palavras, mas vou avisando que o senhor vai ter uma grande decepção.

– Eu estou pronto para isso.

– Tudo está em minha mente como se tivesse acontecido ontem. Eu tinha oito anos de idade e lembro que minha infância era normal como de uma criança qualquer, até então. Eu tinha prazer de brincar com a Luiza e sempre estávamos juntos. O senhor lembra disso?

– Claro que sim.

– Acho difícil isso ser verdade, já que nunca foi um pai presente.

– Eu sei, Theo. Hoje, a primeira pessoa que me acusa dessa minha falha sou eu mesmo. – Charles abaixou sua cabeça por um instante. – Mas continue, por favor – pediu ele.

– Me diga uma coisa, pai... Por que vocês trouxeram aquele homem para morar em casa?

– Você está falando do irmão Sabino?

– Sim, lógico.

– Ah, meu filho... Na verdade, demos abrigo a um necessitado. Naquele momento, ele não tinha onde morar. Um desentendimento com sua esposa fez eles se separarem por um bom tempo. Então, ele saiu de casa e eu, como um pastor, agi conforme meu dever: cuidar dos necessitados.

– Ah, pai... Maldito dia aquele que o senhor abriu a porta para aquele idiota.

– Não fale assim. Não estou entendendo o porquê do seu tom de voz ao falar dele. Ele te carregou no colo e gostava muito de você, saiba disso?

– Pai, por que o senhor se afastou de sua família? – Theo começou a chorar. – Por que a igreja é mais importante que eu? Me diz, pai... Me diz...

– Claro que não, meu, meu filho. Isso não é verdade.

Charles tentou abraçar Theo, o qual se afastou.

– Fique aí porque eu ainda não acabei. O senhor quer saber o que aconteceu? Então, deixe-me contar. – O pastor percebeu que seu filho se exaltou e resolveu se acomodar no sofá.

– Tudo bem.

– O senhor abrigou o próprio diabo em sua casa, sabia? Mas o senhor não é capaz de enxergar o que acontece à sua frente porque só tem olhos para sua igreja. O senhor não via a mamãe chorar por se sentir sufocada e essa cena eu vi várias vezes. Eu chegava e pedia para ela parar de chorar porque vê-la assim me doía muito, mas ela dizia que a nossa família não ia me deixar sofrer mais por causa do que aquele diabo fez. Eu fiquei traumatizado e me assustava cada vez que um adulto se aproximava de mim. Luiza me abraçava todos os dias e procurava brincar comigo para me ajudar a esquecer da cena e eu aproveitava cada segundo com ela. Mas faltava o senhor, pai. Todos os dias... Todos os dias eu esperava ansioso pela sua chegada com a esperança de que um abraço seu pudesse me fortalecer, mas claro que era uma fantasia que eu criei para viver em uma expectativa que só me trazia decepção. O senhor chegava e logo dava para ver o estresse que o acompanhava diariamente. Mal falava com a mamãe e se recolhia no quarto. Parecia que eu não existia diante dos seus olhos. Pensando bem, eu fui uma criança que cresci sem um pai.

Charles estava com seu rosto molhado em lágrimas. Tudo o que estava sendo dito era uma verdade que ele ainda relutava para aceitar, porém o momento estava propício a verdades que nunca haviam sido ditas.

– Filho, eu não sei o que dizer.

– Pai... O seu irmão Sabino tentou abusar de mim.

Charles se levantou rapidamente: – O quê??? Do que você está falando? – O susto foi grande e o deixou agoniado sem acreditar no que ouviu. Ficou andando de um lado para o outro passando a mão na cabeça e perguntando (seguidamente) o que, exatamente, ele fez com seu filho. Cada vez que a história era confirmada, era uma dor mais forte que ele sentia.

Theo começou a chorar compulsivamente e se jogou no sofá, cobrindo seu rosto com uma almofada. Não estava aguentando contar as mesmas cenas que lhe atormentaram por anos.

– Theo, me diz que isso é mentira, por favor. Você criou essa história, não é, meu filho?

– Eu só era uma criança, pai! – falou ele ainda escondido debaixo da almofada.

– Não é possível que isso seja verdade. Você está falando essas coisas que é para eu me sentir culpado por causa das queixas que você tem de mim, não é?

O bastante para Theo gritar:

- NÃO É SOBRE O SENHOR, PAI! O mundo não gira em sua volta, mas não sei se o senhor sabe disso. O que eu contei foi apenas o que o senhor já deveria saber.

– E por que demorou tanto tempo assim para me contar, Theo? Por que eu fui o último saber?

– O senhor já passou por isso alguma vez? – Reagiu impulsivamente.

Charles parou e passivo ficou, ainda não querendo acreditar na realidade. Mas a reação áspera de Theo o impactou.

– O senhor acha que é fácil falar disso? Não se trata de um assunto qualquer e nem é simples, para mim, colocar isso pra fora. A vergonha intimida e, cada vez que eu exponho isso, me sinto imundo perto das pessoas e, pode acreditar, até do senhor.

Charles fiou inquieto ainda mais com as palavras que ouvira. Foi, talvez, a maior decepção que poderia ter em sua vida. O momento era de temor e angústia. Seu coração estava a 150 bpm; seu rosto banhava-se de suor; suas mãos tremiam descontroladamente; e sua cabeça estava a doer com tantos pensamentos confusos e perturbadores. Charles precisava desacelerar mais uma vez. No entanto, ele não percebeu o que estava acontecendo consigo e sua motivação era saber o motivo pelo qual tudo aquilo aconteceu com seu filho. Imaginar o ato em si foi desesperador e embora associasse tudo o que fosse ruim ao diabo, ele já estava vendo a imagem de Sabino se manchar.

– Como, meu deus? Como isso aconteceu? – disse o pastor desesperado como se estivesse falando com Deus.

– Ele não tem nada a ver com isso – disse o jovem.

Charles não escutou e continuou a sua inquirição.

– Por que o senhor não me mostrou o que estava acontecendo na minha casa, meu deus? Por que o senhor permitiu com que isso acontecesse?

Ele não sabia mais o que dizer e nem tampouco perguntar. A sensação era de desespero. Caiu sentado, tentando digerir as palavras que escutou.

Theo colocou a almofada para o lado e gritou:

– PARE DE FALAR COM ESSE DEUS QUE ELE NÃO VAI TE ESCUTAR!

– Não fale assim, meu filho, por favor. Ele é a única esperança que temos. Ele vai resgatar você, Theo, e nos tirar dessa situação. Você crê nisso?

– O senhor precisa sair de qual situação, pai? O senhor não entende que a sua arrogância não te permite enxergar um palmo à frente. Quer saber o motivo de a mamãe não ter contado e ter me feito engolir essa história rasgando a minha garganta? Foi por causa dessa imunda reputação que o senhor tanto venera, pastor Charles! – Começou um tom de deboche. – Ah, coitado do pastor! Ninguém poderia saber, porque, caso isso acontecesse, a sua imagem de homem santificado iria desabar. A vida de um pastor não pode sofrer abalos, não é mesmo?! Agora, a vida de um pobre maldito como eu... – Bateu duas vezes em seu próprio peito. – O senhor pode até estar assim pela culpa de não ter percebido quando aconteceu, mas acha, realmente, que esse seu deus vai fazer alguma coisa? Quer saber? Eu não estou me importando nem um pouco com a sua dor. – Theo não estava mais disposto a suportar a religiosidade de seu pai.

Charles ficou calado, olhando para o chão a pensar no desabafo que acabara de escutar. Theo, com a agonia que sempre guardou dentro de si, continuou:

– Olha, pai... Não estou nem ligando se o senhor está se culpando neste momento porque quem sofre há anos com isso sou eu!

– Eu sei, meu filho, eu sei.

– Então, pare de falar com esse deus que ele não vai fazer nada! Não olhe para ele, olhe pra mim porque eu estou aqui na sua frente como aquela criança que por vários dias lhe esperou chegar com um simples, um simples abraço.

Charles não pensou duas vezes e, imediatamente, correu para abraçar o seu filho. Um momento que era esperado por Theo desde muito tempo.

– Ô, meu filho! – disse Charles chorando em um abraço caloroso que deixaria marcas eternas em ambos.

Eles se abraçaram como há anos não faziam. Charles já não estava acostumado com esse calor e nem com os braços apertando seu corpo.

O jovem sofredor não queria largar aquela oportunidade de ter seu pai em seus braços e, apesar de tantos conflitos e sofrimento, aquele instante estava sendo revelador para ambos.

O que poderia resultar de um momento como esse? Theo sofria cada vez que se lembrava do ocorrido e não havia superado ainda o ato de Sabino, mas foi pela primeira vez que, em algum momento, ele sentiu um alívio ao tentar tirar esse peso que estava sobre si. Logicamente, o abraço foi mais que apenas uma troca de calor, pois, para o jovem em questão, foi o acolhimento que o fez sentir-se seguro como há muito tempo não se sentia. O abraço que recebeu revelou a ele um pai.

– Eu sempre esperei por esse abraço – disse Theo com sua voz ainda trêmula.

– Meu filho, a única coisa que eu posso dizer é que eu nunca mais vou me afastar de você e nem vou permitir que isso aconteça de novo, seja pela situação que for.

Após o longo abraço, Theo disse o quanto estava sofrendo por não ter mais ninguém que pudesse conversar sobre o assunto e que já havia tido várias perturbações. Ele já não estimava a si próprio; estar vivo ou não, para ele, não tinha tanta diferença assim.

– Eu tenho pensado em coisas horríveis, pai.

Charles logo viu a faca no chão, mais a frente.

– O que você andou fazendo com aquela faca?

– Nada! Eu estava testando a faca em meu braço. – Ao falar isso, Theo cobriu as pequenas marcas avermelhadas em um dos seus braços com a manga longa de sua camisa.

– Theo... Ô, Theo... Você andou se cortando? – disse o pastor tentando ver as marcas, mas com dificuldade pela resistência de seu filho.

– Não foi nada, pai.

Ao conseguir ver algumas linhas, Charles disse apontando para o braço:

– Sabe por que as pessoas chegam a esse ponto? Porque se afastam de deus, Theo. É inevitável que um ser humano faça coisas absurdas quando se afasta dos caminhos do senhor. Aí, vão preferir frequentar ambientes que não edificam a sua vida e ainda...

– Lá vem ele. Estava demorando! – reclamou Theo.

– Não é hora de me ignorar. Por favor, escute o que estou dizendo. Deixe-me concluir, por favor. – Theo silenciou. – Frequentar ambientes que não edificam a sua vida e se relacionar com pessoas que não agregam em nada de produtivo só vão trazer desgraças. Você precisa estar em um lugar onde podemos aprender sobre os mistérios celestiais e não tem outro lugar, meu filho, que não seja a igreja. Não há outro lugar melhor para se estar. Lá, preenchemos o vazio que muitas vezes nós alimentamos com conversas inapropriadas ou até mesmo atividades que desagradam a deus. Se você se dedicasse em ler e aprender sobre o que estou falando, com certeza não estaria nessa situação agora e veria que tentar se mutilar não tem nada a ver com aliviar-se da dor que carrega dentro de si. Aprenda de uma vez por todas, Theo... Mente vazia é oficina do diabo.

– Minha mente estando vazia ou não, pai, eu sofreria do mesmo jeito. Esses riscos aqui na minha pele – mostrou seu braço ao seu pai – são apenas evidências de alguém que não discerne o perigo. Ou o senhor acha que o medo pode me impedir de fazer algo? O terror está em mim, pai, e eu não ligo mais para o que pode acontecer comigo. Sinto muito...

– Ei, eu estou aqui por você. – Segurou o rosto do seu filho levemente com as duas mãos. – Olhe para mim.

– O senhor demorou demais...

– Mas não é tarde demais. É?

– Não, acho que não é – disse Theo enxugando suas lágrimas.

– Então, me dê mais uma chance, meu filho. Deixa-me ser o pai que você merece.

– E o senhor terá tempo para isso?

– Sempre eu tive, só não dei prioridade a quem deveria – disse Charles parecendo olhar pelos olhos da realidade.

– Não sei se devo acreditar, pai, mas acho que eu preciso da minha família. Não quero mais me sentir sozinho nesta vida. Eu preciso do senhor.

– Ô, Theo, não fale assim que você me derruba.

Ambos sorriram e se abraçaram novamente.

– Filho, me perdoe.

– Sim, me perdoe também por esconder isso do senhor. Acho que a raiva não me ajudou a tomar as melhores escolhas, quando eu poderia contar o que aconteceu.

Pai e filho em uma conexão que os fez conhecer um ao outro pela primeira vez, como dois estranhos que se aproximaram pela empatia. Entusiasmados, viveram um momento ímpar naquela sala; cantaram e dançaram, segurando as mãos, pulando e girando. A felicidade exalou pelo lugar; suas mentes bramaram a canção que marcou a infância de Theo e, juntos, reviveram grandes momentos do passado.

Após dez minutos de descontração, se aproximaram da porta. Foi quando Robson chegou e se espantou com a cena que viu: pai e filho de mãos dadas.

– Ei... O que o senhor está fazendo aqui na minha casa? – perguntou o já estressado Robson. – Theo, o que está acontecendo aqui?

– Nada, Robson.

Charles e Theo tentaram sair, mas Robson segurou o braço do jovem.

– Aonde você pensa que vai?

– Pare, Robson, já chega. Ele vai para casa dele, de onde jamais deveria ter saído!

Sem mais nada a dizer, Charles puxou Theo e os dois saíram rumo ao carro para, enfim, seguirem de volta ao início. Com passos rápidos andaram sem que Theo falasse alguma palavra.

Entraram no veículo rapidamente.

– O que deu em você para vim morar aqui na casa desse rapaz?

– Pai, eu não tinha escolha. E outra... Ele foi a única pessoa que me acolheu no momento em que eu não podia contar mais com a minha família. Aliás, a tia Letícia também me apoiou e até me aconselhou a vir para cá.

– A Letícia fez isso?

– Sim. Inclusive, eu pensei que essa decisão fosse me ajudar a viver em paz, mas não foi exatamente o que aconteceu. Pensei que, nesse momento, Robson fosse a melhor companhia.

– E não foi?

– Ele quase nem apareceu no próprio apartamento e nem me respondia quando eu mandava mensagens, pai – disse ele entristecido.

– Claro que ele não iria se importar, filho. E você não conseguiria resolver esse caso na condição em que estava. Afinal, é possível seguir em frente sem resolver o seu passado?

– Eita... O senhor está falando como uma mulher que, de vez em quando, eu esbarro por aí. Aliás, tivemos até um papo muito interessante.

– Foi mesmo? Quem é?

– Não lembro o nome dela, mas um dia apareceu no bar dizendo que conhece o senhor e que conheceu a minha mãe. Ela me parece estranha ao mesmo tempo que me fez perder a noção de onde eu estava, enquanto conversávamos.

– É... Eu sei bem como é isso.

– Então, é verdade que vocês se conhecem.

– Não é bem assim. Como você mesmo disse, ela é muito estranha e parece ter esse costume de aparecer de repente. Quero que você evite conversar com ela, Theo.

– Ué... Por quê?

– Porque eu não quero você mais confuso do que já está. Escute o que estou dizendo.

– Só espero que o senhor também se escute.

Charles olhou para Theo e ambos permaneceram em silêncio durante o percurso.

Embora contrariado, o pastor estava aliviado por ver seu filho ali e isso era o que mais importava naquele momento. A sensação era de um recomeço e ambos estavam dispostos a viver uma vida como não haviam vivido até então.

CAPÍTULO 18

Religião e filosofia

– Oi, tia.

– Oi, Robson, diga.

– Theo não está mais aqui comigo.

– Como não? O que aconteceu? Cadê ele, menino?

– Ele foi embora com o pai. Tentei segurá-lo, mas ele já estava convencido por aquele demônio. Ai que raiva! – esbravejou Robson.

– O Charles foi aí pessoalmente?

– Em carne e osso. Quando eu cheguei aqui, eles já estavam de saída. Não sei por quanto tempo ficaram conversando, mas sei que foi o suficiente para tirar o Theo daqui. E agora? A senhora quer que eu vá tentar arrancar ele daquele inferno?

– Não, não, Robson. Não faça nada. Deixa que a gente vai fazer algo pelo nosso garoto. Você já fez muito e te agradeço por isso.

– Tudo bem, tia. Só espero que vocês consigam porque lá ele não vive. Lá ele só tem desgosto e aquele covarde faz o que quer com ele. – Robson estava demonstrando agonia em sua voz.

– Então, torça por nós que vai dar tudo certo. Tchau.

– Tchau, tia.

– Até parece que ele está preocupado – disse ela após encerrar a ligação.

– O que foi, Lê? – perguntou Gerson.

– Charles foi lá buscar o Theo.

– É sério? Agora ele quer ser o pai que nunca foi, é? E Robson não estava lá para impedir?

- E você acha que ele iria fazer alguma coisa? Pelo jeito, não podemos contar com ele, meu amor. Acho até que ele nunca se importou de verdade – disse ela.

– Então, por que você fez o Theo ir para a casa dele? Não estou entendendo.

– Porque lá era o único lugar que manteria Theo afastado do pai. Mas, pelo visto, Charles está disposto a fazer qualquer coisa para ter o filho de volta, até ir pessoalmente à casa de alguém que ele jamais imaginaria adentrar.

– Hum... Entendi. Então, temos que pensar o que fazer para tirar esse menino de lá porque essa é a chance de mostrarmos a inabilidade de Charles. Vamos trazer ele para cá. Que tal?

– Não, Gerson. Já é tarde demais. Deixemos do jeito que está porque Charles vai manter a sua atenção em Theo e essa é a oportunidade que estávamos precisando. Você não acha? Temos que aproveitar esse momento que ele está completamente desfocado da igreja; e, também, logo, logo eles vão brigar de novo. Não precisaremos nem fazer força para isso.

– Certo. Então, o que faremos?

– Tenho uma ideia e não há momento mais oportuno que este para pormos em prática. Vou precisar que você entre em contato com todos os obreiros e os dizimistas mais chegados. Vamos agir, meu amor!

Letícia idealizara esse momento havia dias e estava motivada a tirar a administração do templo das mãos de seu irmão. Visível já era o desejo de poder que guiava suas decisões; a sua boa oratória mostrava uma mulher persuasiva e, assim, fácil era conseguir convencer alguém de uma ideia sua.

Gerson ligou para todos os obreiros e marcou uma reunião em sua casa. Todos confirmaram presença. Ligou para alguns dizimistas, mas nem todos confirmaram. Um deles questionou o objetivo da reunião, perguntando se era da ciência de Charles, o suficiente para Gerson entender que nem todos iriam apoiar a ideia de uma intervenção à liderança do pastor.

Letícia, por outro lado, organizou a sala e a pauta da reunião que aconteceria em dois dias. Sua intenção era ser cautelosa para falar aos seus convidados sobre os últimos acontecimentos, os quais estavam sendo vistos como escândalos pela igreja.

* * *

Luiza saiu de sua sala e viu o salão do templo quase vazio, pois havia um pouco mais de dez pessoas. Nunca se viu tão pouco quórum em evento rotineiro. Não havia nem quem iniciasse o culto. Apenas a banda passava o som enquanto já se ultrapassava a hora de começar. No entanto, o que mais lhe causou espanto foi a ausência de todos os obreiros.

Ela viu Jorge à distância e o chamou. Logo percebeu o eco de sua voz por todo o ambiente.

– Jorge, você já viu como está o salão? Cadê os obreiros?

– Você já falou com sua tia Letícia?

– O que isso tem a ver?

– Eu soube que Gerson marcou um encontro na casa dele. Talvez esse vazio esteja relacionado.

– Ué... Por que eu não estou sabendo?

– Isso que eu também queria saber, mas você tem que perguntar a eles, diretamente.

– Que horas é que ele marcou essa reunião, Jorge?

– Deve estar começando agora.

– No horário do culto? Então, será que os obreiros foram para lá?

– Creio que sim.

Imediatamente, ela ligou para seu pai e perguntou se estava sabendo. Charles, envolvido pelo momento com seu filho, não deu sinal de tanto interesse, mas disse não saber de nada.

Notório era que ele não tinha pretensões de voltar às suas atribuições eclesiásticas. Luiza sentiu isso e passou a desconfiar da intenção de seus tios. Ao finalizar a ligação, virou-se para Jorge.

– Começa o culto e toma conta de tudo aqui que eu vou lá nessa reunião saber o que estão fazendo.

– Pode deixar. Tome cuidado lá.

Luiza entrou no primeiro Táxi que encontrou e seguiu rumo à casa de sua tia.

* * *

Letícia recebeu em sua casa o grupo completo dos chamados "obreiros" da igreja (total de 22) e mais cinco pessoas, as quais eram as que davam a maior quantia em dízimo.

Ela deu as boas-vindas. Era a primeira vez que o encontro acontecia, o que gerou curiosidade nos convidados.

Após algumas falas despretensiosas, foi direto ao ponto com uma pergunta investigativa na intenção de influenciá-los a aceitarem uma proposta que poderia resultar em solução; e solução, no caso da igreja "Santo Sacerdócio", consistia em Letícia e Gerson assumirem a direção da instituição. Para isso, seria necessário destituir Charles do cargo por meio de uma assembleia extraordinária.

Houve manifestações de insatisfação quanto à postura do pastor, pois alegavam estarem afetados com o descaso do líder. As queixas eram muitas por parte dos obreiros e tal momento era favorável ao plano, mesmo que nem todos tivessem se expressado com clareza.

Letícia pediu que a apoiassem para que, juntos, conseguissem o número de assinaturas suficiente para que a assembleia acontecesse. Todos a apoiaram naquele momento e se descontraíram com conversas paralelas, quando, de repente, Luiza apareceu para a surpresa de todos que ali estavam.

– Tia, qual o motivo dessa reunião? Deve ser um motivo urgente, já que todos os obreiros estão aqui quando deveriam estar no templo. – Luiza estava nervosa. Seu rosto avermelhado, com a testa engelhada, fez com que Letícia se aproximasse e a conduzisse para dentro de sua casa.

– Sente-se aqui, Luiza. Você está muito agitada – disse sua tia.

– Eu não quero sentar. O que eu quero saber é o que essa reunião significa?

– Calma, minha filha. Estamos tratando de um assunto importante para a nossa congregação.

– Se é importante, por que eu não fui convidada? Pior... Por que o meu pai não sabia disso? Por um acaso, isso aqui é uma conspiração?

– Claro que não, meu amor! Apenas estamos avaliando providências a serem tomadas diante da situação em que a igreja se encontra. Eu iria falar com você em outro momento com mais calma, sem expor você a qualquer desconforto diante dos nossos irmãos aqui presentes, que, inclusive, estão muito insatisfeitos com o que tem acontecido.

– Eu sei que meu pai não está em um momento bom, mas agir pelas costas já é demais! – falou Luiza elevando o tom.

– A obra de deus não pode parar, Luiza. Se o seu pai precisa de um tempo para resolver suas questões, vamos dar a ele. Mas a igreja de Jesus não pode continuar do jeito que está.

– E o que vocês pretendem fazer? – Luiza estava em pé no meio da sala, dentro de um círculo que foi se formando aos poucos pelas pessoas que participaram da reunião. Ao fazer tal pergunta, girou rapidamente o corpo para olhar nos olhos de cada uma.

– Vamos realizar uma assembleia para nomear uma nova liderança – disse sua tia.

– E alguém daqui está se candidatando para o cargo? – perguntou Luiza.

Ninguém se manifestou, mas todos olharam para Letícia, o que soou como uma traição contra a própria família.

– Você? – perguntou ela já demonstrando raiva.

– Sim, eu. Qual o problema, minha querida?

– Que cafajeste! Como ousa fazer isso? – Luiza moveu-se para frente em direção à sua tia, sendo interceptada por Gerson, o qual pediu que se acalmasse.

– Luiza, não fale assim comigo! Tudo o que estou fazendo é em prol da obra e das pessoas que estão aqui!

– Não se atreva a confundir a obra de deus com a sua ganância porque eu já entendi que você quer tomar o lugar do meu pai. É isso que você quer, não é?

Letícia diminuiu o tom de sua voz e disse:

– Luiza, está na hora de você amadurecer, criança. – Quis ela acalmar os ânimos para não gerar más interpretações aos seus aliados.

– Não me chama de criança! – exclamou Luiza, alterada.

– Mas é o que você é, menina. Se olhasse as coisas com a razão, veria que essa decisão é o melhor para o seu pai e para a igreja, pois todos nós precisamos de uma liderança que esteja presente. O seu pai não tem a mínima condição psicológica de lidar com os problemas dessa obra. Aceite isso porque essa providência é para ajudá-lo, também. Confie em mim.

– Traidora! Isso que você é. Que nojo de ter o mesmo sangue que você!

A filha do pastor saiu batendo a porta com força. Todos ali ficaram assustados com a cena que presenciaram. O clima ficou pesado, sem nenhum motivo para comemorar. Gerson e Letícia resolveram encerrar a reunião e despediram seus convidados, mas os deixaram cientes do plano que haveriam de seguir.

Após todos saírem, ela olhou para seu marido.

– Venha comigo. – Saíram de casa apressadamente.

* * *

Charles fechou a porta de seu apartamento com a sensação de felicidade que há muito tempo não sentia. Embora ainda tivesse um posicionamento forte contra os costumes de Theo (afinal, suas crenças não iriam mudar por meio de uma conversa com Sophia ou um momento de conciliação com seu filho), estava disposto a construir uma relação que trouxesse harmonia a todos. Estava prevendo que teria de lidar com vários conflitos que ainda poderiam surgir, porém sua motivação era maior que qualquer desavença nesse momento.

A manhã estava clara, sem sinal de chuva, com um forte calor e lá estava ele caminhando apressadamente em direção à Dianoia. Sem entender o porquê, estava ansioso para encontrar Sophia e contar-lhe a novidade.

Ao abrir a porta da adega, olhou para o lado e viu um casal da igreja que o observava. O impacto foi grande, pois o sentimento de culpa tomou o lugar da alegria que antes estava transbordando. Gesticulou para tentar explicar, à distância, que não estava ali para ingerir bebida alcoólica, mas o casal apenas balançou a cabeça em reprovação. O pastor abaixou a cabeça e decidiu entrar, mesmo com a decepção estampada no semblante dos fiéis que o julgaram.

Ao entrar, difícil foi reconhecer a filósofa que, embora sentada no mesmo lugar dos diálogos anteriores, estava ela – surpreendentemente – vestida de freira. Tal cena lhe confirmou o quanto ela era imprevisível, pois esperava ele encontrá-la com suas roupas sensuais de sempre, trançando suas pernas para provocá-lo. Mas imagine encontrar uma freira no bar ingerindo bebidas fortes como se fosse uma pessoa que já estivesse acostumada a estar ali. Nada comum para se pensar, não é? Para uma pessoa não religiosa, um tanto surpreendente; para um pastor que, pelo ócio do ofício, sempre julgou a vida alheia... Um escândalo.

Sophia pediu um *whisky* e ali ficou como se já soubesse que o seu interlocutor iria chegar.

– Freira? – perguntou ele.

Sophia olhou para Charles e logo voltou a olhar para o seu copo, mexendo o gelo com um de seus dedos. Ele se acomodou no banco e apoiou seus braços no balcão.

– O que isso significa, afinal? – insistiu ele.

Sem sucesso, pois não houve nenhuma resposta.

– Você tem noção do que está fazendo? – Silêncio, mais uma vez. – Quer saber? Eu vou embora – disse ele irritado. Levantou-se e virou as costas.

– E assim se faz o santo sacerdócio, Charles... De aparências – disse Sophia.

Rapidamente ele voltou.

– Eu não entendi. O que você falou?

– Eu disse exatamente o que você ouviu.

– Você já se olhou no espelho, filósofa? Não posso crer que a contradição que estou vendo agora não seja proposital.

Ela virou o copo e, em uma golada, finalizou a sua bebida.

– Charles, você aceita um drink?

– Não, muito obrigado, mais uma vez.

– Tudo bem, eu só estou sendo educada.

Pediu ele um suco, já que iria ficar mais um pouco.

– Estava eu aqui pensando na relação entre a religião e a filosofia – disse ela sem encará-lo.

– Ah, querida, são dois conhecimentos que nunca vão se encontrar – disse Charles.

– Estamos de acordo nisso, mas deveriam.

– Ora, por quê? O reino de deus não precisa da filosofia para se estabelecer e eu, que tenho anos de ministério evangélico, não preciso de nenhum pretensioso me orientando. – Ele deu uma breve risada após tanta convicção.

– Diga-me, pastor... Quantas vezes você já se encorajou para questionar tudo o que lhe foi ensinado?

– Não estou entendendo, Sócrates... Seja mais clara, por gentileza – pediu ele com um tom irônico.

– Nunca parou para se perguntar se aquilo que você faz tem algum sentido? Você preside uma instituição religiosa pela qual se convence de que é o propósito de sua existência. Construiu um lindo templo a fim de ter um local para congregar-se com aqueles que se dizem fiéis a Deus. Os cultos reservam duas horas de liturgia dogmática com promessas que você não as pode cumprir...

– Não sou eu que as cumpro, mas o próprio deus – interrompeu-a.

– Sim... Essa é a sua crença e eu a respeito. Só me responda, *chamé-nos*... Nunca se perguntou por que as pessoas vão ao seu templo?

– Pare de me chamar assim!

– Ah, sinto muito. É que eu não consigo controlar. Mas esqueça dessa parte, apenas responda a minha pergunta.

– Não é preciso de perguntas quando já se sabe a resposta, cara pensadora.

– Ah, que bom. Então, por qual motivo elas vão lá?

– É simples. Todas as pessoas que se percebem em trevas, querem encontrar a luz. Talvez o sofrimento lhes abra os olhos e, por isso, elas reconhecem que precisam de deus.

– E para qual finalidade elas vão?

– Para adorar a deus e curar a sua alma. Isso me parece óbvio.

– E assim se faz a religião...

– Tá, mas o que você quer dizer com isso? Por um acaso, está querendo me afrontar? Se for isso, pode esquecer que você não vai conseguir porque eu estou em um dos dias mais felizes da minha vida. – Obviamente, ele se referia à sua reconciliação com Theo.

– Se o seu dia está sendo bom, aproveite. Tão logo virá o outro dia como um furacão.

– Com deus no controle nada pode me abalar.

– É preciso controlar aquilo que foi feito com perfeição?

– Não entendi aonde você quer chegar, senhorita.

– Caro Charles, se nós vamos conversar um pouco, eu proponho-lhe um diálogo filosófico sem limites e sem pensamentos tendenciosos e programados. Pode ser?

– Por mim, tudo bem. – O pastor demonstrava estar leve diante do desafio de dialogar com aquela que estava disposta a confrontá-lo.

– Ótimo. Como eu disse, estava refletindo sobre religião e filosofia. Posso dizer que, observando os dois campos de visão, eu posso concluir que são dois conhecimentos que deveriam caminhar juntos, mas não conseguem porque são incongruentes em suas práticas. A primeira constrói crenças axiomáticas, já a segunda tem a dúvida como sua maior aliada.

– É verdade, estamos de acordo nesse ponto. Afinal, no reino de deus não há espaço para dúvidas. A filosofia não encontra a religião porque não se questiona o indubitável.

– Você atribui à filosofia esse disparate, o que já era de se esperar. Porém, eu vejo que a sua frase confirma ainda mais o meu pensamento, pois você defende uma verdade que acredita não poder ser questionada. Por isso, faz afirmações que nasceram da superficialidade das ideias e tudo parece ser intocável. Será que o fato de você ser um pastor lhe traz o privilégio de uma superioridade, sem que haja necessidade de aprofundar-se ao conhecimento?

– Não... Eu não sou superior a ninguém, mas deus me deu autoridade para conduzir o povo a adorá-lo e, assim, recebo o conhecimento necessário pela sua divina palavra.

– Olha... Então, eu estou falando com um semideus – riu ela.

– Quem está vestida de freira aqui é você – interagiu ele com um sorriso.

Descontraíram um pouco com uma tímida risada. Intencionado a continuar o diálogo, ele perguntou:

– Me diga uma coisa... Quem é Deus para você?

– Primeiro, me permita suspeitar do pronome que você escolheu usar, pois me parece que a sua pergunta é falsa.

– Falsa?

– Sim, ou não está se referindo a uma pessoa que você chama de deus?

– Vamos... Você entendeu a minha pergunta.

– Talvez você não tenha clareza do que procura, caro eclesiástico.

– Eu devo procurar quando já o tenho achado?

– E você o encontrou?

– Não, mas ele me encontrou e me resgatou do pecado para que eu faça a vontade dele, a qual é o que me mantém sóbrio diante das tentações mundanas. Ele me deu um chamado e tal responsabilidade requer renúncia de mim mesmo para a sua obra.

– E caso rejeite esse chamado...?

– O peso de sua mão será a minha sentença – disse Charles, certo de sua afirmação.

– Esse é o seu deus?

– Petulância seria eu chamá-lo de meu deus, querida.

– Vejo que tal pronome é o mais adequado para o que acabou de proclamar. A particularidade na sua descrição traz uma dubiedade inexorável e, por consequência, questionamentos que, fortuitamente, você os rejeita.

– Então, veremos. Traga esses questionamentos que eu quero saber. – Curioso, ajeitou-se na cadeira e virou o corpo para Sophia com um dos braços no balcão.

– Com todo prazer. Para começar... Deus é soberano?

– Obviamente que sim – respondeu ele.

– Qual ser humano pode alterar a sua forma ou o seu estado?

– Nenhum.

– Ele é dependente de algo ou de alguém para ser quem Ele é?

– Certeza que não.

– Então, como é possível agradá-lo com nossas ações? E como podemos nós, seres insignificantes, alterar o seu humor sem que Ele conduza a si mesmo? Teríamos nós o poder de guiá-lo por nossas escolhas?

– As suas perguntas levantam respostas triviais, filósofa. Ele é soberano, mas possui sentimentos e sente a dor de nossas falhas.

– Vejo que o seu deus é um soberano vulnerável. Seria possível?

– Ninguém entende deus, querida... Ele é inexplicável.

– Inexplicável? Você tem certeza disso? Se eu não estou enganada, você o descreveu a mim. Perceba que suas certezas não aceitam o Deus inexplicável, pois não há dúvida alguma nas palavras que proferiu. Ou, então, como pode haver uma verdade absoluta naquilo que é inexplicável? Se Deus não pode ser explicado, não pode haver uma certeza quanto à sua natureza, nem quanto ao que se dispensa dele. Logo, suas afirmações são inautênticas, meu caro religioso.

– Acho que você tende a questionar por que não entende que tudo acontece pela fé. Você sabe o que é isso, ilustre pensadora? Ela não existe em meio à dúvida e nem esta, diante da fé. A minha fé me fortalece e me aproxima de deus, já a sua dúvida te faz cada vez mais ignorante quanto ao que eu digo.

– Parece-me certa a sua percepção, pois a minha preferência em questionar aquilo que você tem por fundamentos subjetivos me faz ser ignorante por não pensar igualmente, mas também me faz sensata por não me permitir ancorar na superficialidade de uma ideia absoluta quanto àquilo que não é provável. A ideia de um deus que se altera pelas ações humanas não parece estar congruente com uma natureza divina. E ao imaginar a sua alegoria, Charles, eu vejo um deus criador de criaturas que possuem o poder de influenciá-lo sem que ele possa evitar. Imagino o ser humano cobrando de deus a carência que possui, imputando-lhe uma obrigação da providência que tanto aguarda. Um familiar morre de câncer e a pergunta que se faz é: deus, por que o senhor permitiu isso acontecer? Imagino o humano querendo provar a esse deus a sua fidelidade em troca de riqueza, pois assim o seu testemunho será de sucesso e isso é, para ele, prova de que está sendo abençoado. Uma pessoa é curada e a adoração se dá porque esse deus resolveu curá-la, enquanto outras pessoas padecem em sofrimento por uma doença cientificamente incurável e que, nesse caso, o mesmo deus resolveu não curá-las. – Charles estava desconfiado e contrariado com a determinação falando à sua frente. – Pela sua fé eu avisto um deus que tem os humanos como peças de seu tabuleiro, onde a próxima jogada divina será uma resposta à jogada humana. Uma jogada errada e esse deus coloca seu servo em xeque. Em sua crença, pastor, ele é o libertador e o encarcerador e você diz que ele é bom e justo, mas percebo um verdadeiro punidor que permite a desgraça para uns e a sorte para outros. O seu deus é uma pessoa que pensa para o seu próprio ego e que se relaciona com a sua criatura expondo suas próprias fraquezas emocionais diante dos pecados cometidos. Um deus que não pode ser supremo e que está em decadência.

Ele desviou o olhar por alguns segundos. Mexeu as pernas e bateu a mão esquerda levemente em seu braço. Ele precisava dizer algo, mas estava a organizar suas ideias.

– O seu discurso é interessante e isso eu não posso negar, embora você pareça muito mais uma ateia que a freira que está a parecer. Como você descreve Deus, então?

– Não posso descrevê-lo, mas creio que podemos entender o que ele não é – respondeu ela.

– Vá em frente.

– A começar, ele não é uma pessoa e não se molda às ações humanas, mas é algo que não se pode entender e nem provar. Creio em Deus como algo que existe em si mesmo e que dele tudo veio. Por não ser o idealizado pelos cristãos, mesmo em um campo metafísico, não precisa ser engrandecido para ser o que é. Não precisa ser adorado e nem exige que nós nos subjuguemos por meio de canções ou rituais religiosos. Se os humanos adoecem, por exemplo, não é porque ele permitiu como sendo uma resposta a um pecado cometido no passado, mas porque o mundo segue o seu fluxo e, nele, os mesmos atraem para si os seus efeitos. Da mesma forma para o caso de cura ou de prosperidade. Por outro lado, a religião, da qual você é adepto, mostra um deus preocupado com os humanos em suas necessidades e, consequentemente, suas escolhas; mas tendo a pensar que Deus não se importa com nada e toda busca humana por sua misericórdia é um estímulo pessoal, baseado na esperança de que alguém maior sempre esteja presente para socorrer em momentos de desespero. Você é facilmente convencido por essa ideia porque se acostumou a pensar em um deus que age como humano; o que não passa de subjetividade utilizada para sustentar a sua fé. Porém, é bem verdade que um deus-humano é mais aceitável para quem deseja ser ouvido por alguém que, supostamente, se manifesta do além, o qual tem o poder tanto para salvar quanto para massacrar uma nação inteira, mesmo que a vida de seus servos seja colocada em risco. Esse deus que você segue é fruto de uma conveniência, apenas isso; uma crença absolutista e, de praxe, infundada. Eu prefiro acreditar em Deus como o próprio cosmos e toda a sua matéria formada para gerar o que todos precisam, sem que Ele esteja de plantão para atender a milhões de emergências suplicadas em orações que são feitas todos os dias. Ele não é uma pessoa e, portanto, não se incomoda com ninguém. Apenas um ser inexplicável do qual tudo surgiu.

– Você crê, então, que ele não responde a ninguém?

– E por que precisaria se a natureza já se encarrega de tudo? Não me parece viável acreditar em um deus que criou o universo sem que a sua criação estivesse completa, mas a sua fé demonstra que ele está o tempo todo a alterar as circunstâncias em favor daqueles que se dizem seus servos. Observe que, se Ele é o criador de tudo o que existe neste mundo, nós jamais saberemos como o fez e nós concordaremos que sua criação não pode ser imperfeita; logo, não há nada a corrigir neste mundo. Mas vou lhe dar dois exemplos para esclarecer melhor o que estou dizendo: se você compra um carro em uma fábrica e após alguns dias descobre uma peça faltando, ou algum ruído inesperado, não concluirá que o veículo está defeituoso? Nesse caso, a intervenção de um mecânico seria necessária para reestruturar o veículo. Considere que a sua casa foi construída. Ao receber a chave, caso perceba algumas irregularidades quanto ao projeto original, não concluirá que a obra foi feita com defeitos? Nesse caso, precisará de um engenheiro para avaliá-la e corrigi-la. Nesses dois casos, vemos intervenções necessárias porque a falha é inerente ao ser humano. Porém, tal característica pode ser atribuída a Deus? Poderia Ele criar algo com defeito ou incompleto? Você dirá que não, provavelmente, mas, ao mesmo tempo, acredita que ele precisa intervir o tempo todo conforme as circunstâncias que os seres imperfeitos criam. Não lhe parece incoerente essa ideia? Você pode perguntar, então, se Deus não precisa fazer nada. Ora, por que precisaria se tudo já foi feito? Se Deus precisa fazer ou refazer algo, seria como Ele corrigir a sua criação estando ela em movimento.

Charles tomou um longo gole de seu suco e o silêncio já parecia ensurdecedor em sua mente. A visão de Sophia lhe parecia racional, mesmo ele não aceitando a ideia de que tudo o que ele pregou – até então – parecesse ser fruto de uma ilusão religiosa. O pastor estava a questionar os seus próprios pensamentos e esse cenário era difícil demais para si.

CAPÍTULO 19

O apego de Charles

A situação estava fora do controle. Enquanto seu diálogo com Sophia esquentava, Letícia tramava para afastá-lo da liderança de seu templo. Era o dia da assembleia extraordinária, a qual iria definir o futuro de Charles e, consequentemente, o de sua instituição religiosa.

Foi um dia incomum naquela igreja. O clima esteve tenso; não houve o som da admirável banda, pois os passos e cochichos tomavam conta de todo o ambiente; ninguém se aproximou do púlpito para iniciar o culto; as pessoas chegaram desconfiadas e sem as bíblias que costumeiramente levavam; os sorrisos foram rasos, apenas em momentos de um cumprimento cordial; e, aos poucos, os lugares foram sendo preenchidos.

Letícia e Gerson recepcionavam a todos os que iam chegando com uma grande simpatia. Embora houvesse a tensão de uma decisão importante que poderia alterar o curso e o estilo da congregação em questão, o ritmo seguiu tranquilo.

A maioria das pessoas que ali estavam não tinha o conhecimento da finalidade da assembleia e, por isso, o que mais se perguntou foi: "O que vai acontecer aqui, hoje?". O que mais se teve como resposta foram gestos de total desinformação.

Gerson se demonstrava preocupado, mas Letícia procurou logo tranquilizá-lo. Porém a sua aparente serenidade não pôde evitar o calafrio e a agonia que mexia com seu estômago, acendendo a gastrite nervosa que a acompanhava havia algum tempo. Ela já havia enviado mensagem chamando o seu irmão, mas nenhuma resposta recebeu.

Tentando evitar qualquer possibilidade de resistência do pastor, ela pegou seu celular e ligou.

– Oi, tia – atendeu Theo.

– Oi, meu filho. Como você está? – perguntou ela.

– Estou bem. A senhora já deve estar sabendo que eu voltei para casa com o meu pai.

– Sim, eu sei. Por isso, estou perguntando se você está bem.

– Sei que a senhora vai dizer que eu fiz tudo errado, mas apenas segui o meu coração, tia, como eu tento há muito tempo fazer. Quero ser livre para fazer o que eu quiser, sem nenhum tipo de regras oprimindo a minha mente. Mesmo que eu erre e me decepcione, quero seguir fazendo as minhas próprias escolhas.

– Eu sei disso, meu amor. Não estou ligando para julgar você, mas para dizer que estou contente por ter feito tudo para estar feliz.

– Obrigado, tia. Como sempre a senhora preocupada comigo.

– Sempre eu vou desejar o melhor para você. A sua mãe é a minha inspiração e na ausência dela, eu me sinto na obrigação de cuidar de você e da Luiza, também.

– Estamos bem, tia. Assim espero também que o meu pai esteja.

– Ele vai ficar bem, querido. Mas, agora, ele precisa da nossa ajuda. Estamos reunindo os membros da igreja para ajudá-lo a entender que, no momento, ele precisa se afastar dos compromissos da igreja para cuidar mais de si. Todos estão preocupados com ele e aceitaram o seu afastamento e eu quero contar com o seu apoio nessa decisão.

– É, tia, o meu pai precisa disso.

– Ele está por aí?

– Não. Ele saiu mais cedo e até agora não voltou. Não sei nem para onde ele foi. Mas vai ser muito difícil ele aceitar se afastar da igreja, porque é o lugar em que mais ama estar.

– Verdade, Theo. Por isso quero que você esteja aqui para nos apoiar. Vou continuar tentando falar com ele. De um jeito ou de outro o seu pai vai perceber o quanto todos estão preocupados com sua saúde física e espiritual. Vai dar tudo certo, meu filho. Confie em mim.

– Certo, tia. Agora, me diga uma coisa... O Robson está aí?

– Não, querido. Não sei se ele virá, mas vou esperar você aqui.

– Tá bom. Daqui a pouco eu estarei aí.

Luiza saiu de sua sala e, vendo o movimento no salão do templo, apressou os passos em direção à Letícia. Sua voz ecoou pelo salão, chamando a atenção de todos que ali estavam. A confusão se iniciou. A filha do pastor falou em voz alta que sua tia estava agindo pelas costas de seu pai e que realizar uma assembleia extraordinária sem que ele soubesse, era um ato de traição.

– Tia, pare agora com essa palhaçada! – disse ela.

A sua indignação foi ignorada, pois Letícia demonstrava estar determinada a ir até o fim em sua intenção de comandar os congregados, que, pela deleitável recepção, sinalizavam apoiar a mudança. Gerson tentou acalmar a filha do pastor, que andava de um lado para o outro, mas sem sucesso.

– Nem tente me parar, tio. Saia daqui.

Jorge se aproximou com um olhar assustado, devido ao fluxo de pessoas pelo templo no horário em que não se realizava evento algum. O salão, nesse período do dia, costumava estar vazio com apenas o som dos passos e das vozes de algumas pessoas. Rapidamente o templo ficou cheio, o que sinalizou para Letícia o momento de iniciar a assembleia.

– Jorge, rápido! Pega o microfone que eu vou falar com esse povo. – Jorge atendeu ao pedido de Luiza.

– Graça e paz a todos! Boa tarde. Eu sei o porquê de vocês estarem aqui hoje, o que me admira muito porque muitos rostos que estou vendo agora eu não vejo à noite, durante os cultos. Mas eu quero que saibam que é totalmente desnecessária a vinda de vocês aqui, neste momento. Talvez não saibam, há um complô contra o pastor desta igreja, o qual se dedicou anos e anos por esta congregação a pregar sem desmerecer ninguém, pois todos nós conhecemos a palavra de deus pela boca do profeta deste templo. Não sei o que disseram a vocês, mas o que querem fazer hoje aqui é imoral, é indecente... Fazer isso é se levantar contra um ungido, o anjo desta igreja que foi escolhido pelo nosso próprio deus. Armar uma assembleia como esta significa desejar o poder a qualquer preço e isso não agrada o coração de deus; e se participarem disso, vocês que estão aqui darão a si próprios a sentença de uma enorme punição. Então, vão para suas casas que essa palhaçada acabou.

As pessoas se agitaram; foi possível ouvir burburinhos que provaram a inquietação daquele coletivo, mas não o suficiente para alguém se levantar e sair, o que deixou Luiza pasma e ainda mais indignada.

– Não é possível. Todos estão iludidos, Jorge – disse a filha do pastor.

Letícia se aproximou e disse em voz alta:

– Belo discurso, menina. Mas, como você pode ver – apontou ela para o povo –, os nossos irmãos estão aguardando uma solução para a situação de total descaso que estamos vivendo. Não queremos o mal do seu pai, Luiza, pelo contrário, ele é meu amado irmão. Jamais eu iria traí-lo e creio que posso dizer isso por todos os que estão aqui, pois o seu pai é importante para todos nós. Porém a obra de deus não pode parar. Quando um rei abandona o trono, imediatamente alguém deve ocupá-lo para que o povo não fique desvalido. Então, aceite que você não tem força aqui porque quem decide é o povo. E o povo escolheu ficar. – Letícia tomou o microfone, olhou e concluiu perto do ouvido de Luiza: – Não tente fazer isso novamente porque, na próxima vez, eu não serei tão paciente com você, minha querida. – Ela deu um sorriso, o que despertou receio em Luiza, a qual logo se afastou.

Tendo ligado três vezes para Charles sem ter retorno, resolveu iniciar a assembleia com a ausência do pastor.

Enquanto isso, na adega, Charles e a freira – ou melhor, Charles e Sophia – estavam a dialogar por já quase duas horas. O fluxo de pessoas estava grande e o curioso é que não houve ninguém que saísse sem observar o hábito cobrindo Sophia ao mesmo tempo em que segurava um copo de bebida em uma das mãos.

O pastor, com toda a sua ortodoxia, parecia não estar se preocupando com seu *status* naquele momento, pois seu envolvimento na conversa com a questionadora o deixou inquieto desde o momento em que entrou para encontrá-la. Esse desassossego se deu por conta da dificuldade de vencer aquela mulher com seu repertório de argumentos preparados para encontros do gênero. Contudo, Charles permaneceu ali porque sentiu que algo iria lhe ser útil, apesar de não saber – até então – que esse algo iria mudar drasticamente a sua vida.

Ele pegou os bilhetes de seu bolso – os mantinha em posse para qualquer lugar que fosse – e os colocou no balcão. Apontando para os tais, perguntou:

– A que você se referiu quando disse que estou apegado, neste primeiro bilhete?

– Hum...

– O que foi? – retrucou.

– Creio que tenha sido a pergunta mais importante que você fez desde que nos encontramos pessoalmente e isso demonstra um avanço em nosso debate. Acho que, agora, você pode se permitir enxergar de forma ampla o contexto de sua vida, pois enquanto você, Charles, se esforçar para me converter, não vamos a lugar algum.

– Eu digo o mesmo de você.

– Mas eu não quero converter você a nada, pastor. Minhas energias são apenas para ajudá-lo a romper com as certezas que cegam seus olhos diante da realidade que grita querendo a sua atenção. Penso que um homem experiente, como você, diminuir o ritmo de sua vida para rever as próprias crenças, mesmo tendo vivido já mais de meio século, seja intrigante, ao mesmo tempo admirável. Ou suas experiências não permitem mais que você se surpreenda com o que o mundo lhe reserva? Se o mundo segue o seu próprio fluxo e tudo o que nele há está completo sem qualquer necessidade de alteração divina para mantê-lo e, portanto, perfeito com seus mistérios inexplicáveis, não poderia você ainda se surpreender com as circunstâncias que fogem do padrão que você criou para sobreviver? Talvez venha a dizer que sim, que é possível se surpreender, para acompanhar o meu raciocínio gentilmente, mas peço que observe a si mesmo, Charles. Veja a casca que você criou para se defender de tudo o que o conduz para longe de sua fé.

– Mas criar cascas não seria um processo natural do ser humano?

– Sim, eu também vejo dessa forma. Porém a questão aqui é: qual casca você criou? O que ela tem permitido e o que tem impedido você de vivenciar? Seria ela uma proteção nociva? Se sim, o que você tem perdido por meio dela, veterano?

Suas pernas não paravam de balançar. Seus olhos se movimentavam sem um foco específico para olhar; o copo de suco, como sinal de agonia, chegava a tremer em suas mãos. Ele estava inquieto, incomodado com a provocação que ouvira e, mesmo ouvindo uma voz dentro de si que o fazia lembrar-se de sua igreja, ele tinha que ficar para se permitir a uma nova experiência, pois estava se dando conta da importância de Sophia nesse momento de sua vida.

A essa altura, já havia uma forte conexão entre os dois e qualquer discussão que pudesse existir não seria o suficiente para afastá-los. O antagonismo entre ambos parecia ser irreversível, mas necessário para o que estava prestes a acontecer.

A filósofa continuou.

– Vejo que esses questionamentos mexem com você, sacerdote, e percebo a grandiosidade desse momento em seus olhos, que, mesmo inquietos, expressam expectativa de algo que a sua alma ainda não experimentou. Talvez, a partir deste encontro, você saiba o que procura verdadeiramente e isso é desbravador porque essa descoberta vai levar a sua consciência a romper essa casca que protege as suas pseudoverdades; já estas te levam a dissimular a verdade suprema para fazer prevalecer as suas normas. Quer saber a que eu me referi? – Apontou ela para o bilhete que ele havia mencionado. – Suas tradições, Charles... Você se apegou a tradições religiosas que determinaram o seu estilo de vida por muitos anos até aqui e as tomou para si. É verdade que todos nós guardamos tradições e não há problema algum, ou há? A questão é que elas dificultaram o seu entendimento sobre a vida, e tudo o que ela manifesta, porque se apegou; você as tem como intocáveis e não se permite questioná-las. Convenceu-se de um paraíso que inexiste, tornando-se capaz de arriscar a própria vida pela fábula cristã; e, por ela, você alimenta a pobreza intelectual dos fiéis que, enquanto se submetem ao transe de sua eloquência, não questionam o absurdo idealizado pelos paradigmas de sua religião. Você pegou essas tradições e as tornou critério para o que chama de salvação e, com isso, se viu na necessidade de criar uma comunidade para ajuntar pessoas em seu templo e controlá-las em todos os seus movimentos. Constituíram uma congregação em que um passou a conhecer o outro em suas inópias e, mesmo que a proposta seja oferecer refúgio a um irmão, o que prevalece é o prejulgamento, resultando na importunação do pecado por medo do inferno.

– Mas todos nós deveríamos temer ao inferno porque, ao contrário do que você disse, ele não é uma fábula, assim como o céu também não é. Ambos existem e o inferno é o destino daqueles que negam a deus.

– Sabe, Charles... Uma vez eu vi um homem ser questionado sobre o que haveria após esta vida. Na presença de religiosos e ateus, ele disse que qualquer ideia plausível, mesmo ela se aproximando de algum sentido da racionalidade humana, seria apenas uma ideia. Pois como convencer-se daquilo que não existe nesta vida? Uns falam de transcendência direta ao paraíso ou ao inferno; outros acreditam em um lugar de espera entre um e outro; tem, também, a reencarnação; e há quem não acredite em nada. Enquanto a ideia for gerada da conjectura, tudo pode ser possível ou apenas uma fantasia. Afinal, quem pode provar a sua própria ideia e desqualificar a do outro? Foi uma resposta no mínimo intrigante e eu vi os que estavam ali presentes ficarem atônitos, sem palavras para refutar aquele homem de vestimentas simples, mas com palavras sábias.

Charles relaxou no banco em que estava sentado e assim seguiu refletindo no que ouvia. Sophia não perdeu o ritmo.

– A partir de então, eu percebi o quanto aquele homem era sábio. Ele não continha riqueza alguma e sua aparência não era a das melhores, mas o poder de suas palavras penetrou em seus ouvintes de forma que todos, sem exceção, demonstraram autodecepção pela fragilidade em suas próprias certezas. Então, Charles, de que adianta você achar que sabe o que acontecerá depois? – Segundos de silêncio. – Quando você impôs suas forças tentando desvendar o que há depois da morte, acabou esquecendo-se de viver a vida que lhe foi concedida. E os seus fiéis seguiram-no pelo mesmo caminho, cegados pelos paradigmas de um líder religioso que caminhava por uma escuridão repleta de fantasmas que servem apenas para reprimir os atos de caridade aos que já perceberam que precisam sair desse lugar. A sua igreja aparenta unidade, talvez pelo quantitativo, mas as obras de seus membros são subliminarmente opressoras. Eles se veem no caminho de uma salvação que não contempla os de fora, os quais passaram a ser vistos como pervertidos que corromperam os salvos. A arrogância de se acharem escolhidos e separados deste mundo fez dos seus discípulos seres alienados em direção à desgraça que é produzida pelas tradições preservadas por vários anos; e aqueles que passaram a questioná-las, foram desacolhidos pelos mesmos santos desgraçados. – Isso foi perturbador para Charles. – Assim, o que poderia ser bonito pelo ponto de vista da comunhão, tornou-se perigosamente segregador, pois, digo-lhe que, no que diz respeito ao evangelho do nazareno, os seus fiéis pouco sabem.

– Hum. – Pensando ficou Charles. Batia levemente com seus dedos no balcão como se acompanhasse uma música. Olhou para o outro lado evitando encarar a filósofa. Nesse momento ele percebeu que as pessoas que ali estavam já não eram mais as que ele viu ao adentrar, o que lhe causou espanto devido ao tempo que se permitiu envolver no diálogo. Pegou o celular para ver a hora e disse: – Nossa! Estamos há mais de duas horas aqui e o papo está muito bom, mas agora eu tenho que ir.

– Do que você tem medo, pastor? – perguntou ela encarando-o enquanto ele ajustava a roupa.

– Como assim? De nada.

– O que impede você de ir até o final?

– Mas que final você está dizendo? – Tentava ele se esquivar para não continuar ali, mas Sophia estava determinada a levá-lo aonde o sacerdote evitava estar.

– Eu sei do que você tem medo, Charles. Você tem medo de desatar o seu passado porque foi a partir dele que as suas tradições passaram a comandar sua vida por todos esses anos.

Dessa vez, sem raiva e ironia.

– Parece que você fala com sabedoria, o que é mais difícil de acreditar. – Uma risada irônica. – O que você quer que eu faça, filósofa?

– Por que importa o que eu quero, *chaménos*? Talvez você não acredite, mas eu não me importo com o que você fará após este diálogo. É verdade, eu não me importo porque quem vai se importar é você mesmo e todos os que lhe atribuem a responsabilidade de guiá-los ao paraíso.

– Mas isso é a pura verdade. Eu tenho uma grande responsabilidade pelas minhas ovelhas e conduzi-las a um futuro de salvação é o meu dever.

– Talvez você tenha que assumir um dever maior neste momento, pastor: o de guiar a si próprio ao seu passado para libertar-se de seus casos irresolutos.

– Certo. Então, já que você diz que o meu passado revela as minhas tradições, diga você quais são as que atrasaram a minha vida.

– Meu querido Charles, estamos chegando ao final do nosso encontro e, como de praxe, deixei o mais importante para o final. Por isso não falarei nada, nem posso, mas mostrarei tudo por meio de um lugar que você tem evitado há muito tempo e é justamente o que tem lá que lhe tem feito sobreviver no seu mundo fabuloso. Ao mesmo tempo em que se mantém nessa fantasia como forma de autoproteção, você desfalece despercebidamente, convencendo a si próprio de que é o salvador da possível miserabilidade espiritual que enxerga nos outros.

Charles balançou a cabeça como se estivesse confuso e, surpreendentemente, aceitando as palavras de Sophia sem que houvesse uma resposta paradigmática. Mordeu o lábio inferior, cruzou e descruzou os braços e sentou-se novamente.

– Mostre-me, então, esse lugar.

Sacou ela um capuz preto de sua bolsa. Sacudiu; um pouco de poeira saiu; virou do lado certo e o entregou nas mãos de Charles.

– O que é isso? Um sequestro? – perguntou ele com um sorriso.

– Um sequestrador entrega sua ferramenta para a vítima? – Devolveu-lhe o sorriso.

Ele aceitou entrar na dinâmica e colocou o capuz. Sophia foi guiando-o vagarosamente, desviando-o das mesas e cadeiras e os que estavam presentes olhavam assustados por não entenderem nada do que estava acontecendo ali, mas todos perceberam a insegurança de Charles ao ser conduzido por outra pessoa, algo – até então – inimaginável na cabeça do sacerdote.

Seguiram até o Opala vermelho, carro de Sophia. Dentro havia um motorista aguardando, o qual abriu uma das portas traseiras. Os dois entraram e o veículo saiu do lugar.

Durante o percurso, o telefone de Charles tocou. Sophia pegou o dispositivo e viu que era Luiza. Perguntou se iria atendê-la, mas ele disse que não, pois queria acabar logo com a agonia que estava sentindo. A sábia mulher sorriu e pegou na cabeça de Charles, fazendo-lhe um carinho.

– Acalme-se, querido, porque logo tudo vai terminar – deu ela uma pausa – ou começar.

CAPÍTULO 20

O discurso de Robson

No templo Santo Sacerdócio, a assembleia acontecia de modo desordenado. Gerson tentava manter o controle enquanto sua esposa discursava, mas o público estava dividido, já que a metade defendia a ideia de que era necessária a presença de Charles no recinto para que o evento pudesse continuar.

Luiza, por sua vez, conversava paralelamente com alguns dos presentes no intuito de interromper a reunião, enquanto Jorge acompanhava seus movimentos como um fiel parceiro que a apoiava a todo instante.

Nesse momento, Robson apareceu com o seu jeito extravagante de sempre. Letícia foi a primeira a percebê-lo e logo pausou sua fala para dar-lhe as boas-vindas; ela demonstrou alívio por ele ter chegado, mas o mesmo entrou sem lhe dar atenção.

Ele era pessoa mais exótica que poderia estar ali e sua presença, com certeza, não passaria despercebida. Cabelo solto, alcançando o meio das costas, uma camisa preta que contrastava com a calça branca; dessa vez, sua postura estava diferente, pois não parecia nada amigável; parecia determinado a fazer algo, mesmo que – para isso – lhe custasse o rótulo de advogado do diabo.

Ao ouvir Letícia e o quanto ela estava tentando convencer a todos os que estavam ali, Robson levantou uma das mãos. Surpresa, ela o chamou à frente. Saiu ele de seu lugar, cumprimentou Luiza, Jorge e Gerson (este de longe) e seguiu. Foi-lhe oferecido o microfone, mas ele não quis pegá-lo das mãos da condutora; preferiu o que estava no púlpito.

– Posso? – perguntou ele à Letícia, pedindo-lhe autorização para começar a falar.

Ela estranhou o comportamento, apesar de saber que a ousadia era uma de suas fortes características. Todavia, sua ganância fervia a pele e enchia sua boca de água e, por isso, despercebeu a diferente atitude do polêmico ser, do qual esperava apoio incondicional.

As conversas não cessavam e a ordem não se fazia. As pessoas cochichavam com olhares desconfiados para o rapaz, que, para muitos, não deveria estar ali, muito menos em posse de um microfone. Robson se demonstrou paciente e aguardou que todos se acalmassem e o barulho terminasse. Após alguns minutos, o silêncio foi tomando espaço; era a oportunidade que ele estava precisando.

Agradeceu a todos pelo respeito, cumprimentou com uma saudação de *"boa tarde"* e começou dizendo que todos poderiam imaginar que ele não gostava daquele lugar e que estavam certos por pensarem assim. Ele afirmou que era um ambiente que pulsava preconceito, que reunia pessoas desesperadas e que, por isso, passavam a acreditar em qualquer fantasia contada pelo microfone que segurava; que o lugar fora construído para reunir pessoas que se prendem a dogmas no intuito de justificar a culpa que guardavam dentro de si; disse ainda que os cultos se resumiam em momentos de sensações alucinógenas e que, após algumas horas de emoção com sorrisos fingidos de compaixão, todos voltavam à realidade que denunciava os seres malevolentes que eram.

Salientou o olhar de ódio que percebeu em cada um e que, desde sua entrada, sentiu-se mal por saber que não era bem-vindo; que se viu prejulgado todas as vezes que visitou o templo a convite de Theo e que, aliás, o preconceito começava ao esbarrar com Charles, o qual deveria ser o primeiro a acolhê-lo.

– São tantas coisas que eu tenho para falar a vocês que poderia levar o restante do dia que ainda não seria o suficiente – disse ele.

Letícia estava apreensiva. Olhou para os membros e percebeu olhares assustados, o que poderia ser desfavorável ao seu plano. Aproximou-se de Robson e, em voz baixa, questionou sobre o que ele estava querendo fazer, o porquê de estar dizendo tudo aquilo, mas logo foi ignorada. Ela o interrompeu na intenção de tomar de volta o controle e dar andamento na assembleia.

– Ei... Dessa vez eu não vim aqui para escutar os seus delírios. Eu vou falar e você não vai me impedir! – falou Robson com o tom de voz alterado, intimidando Letícia, a qual se recolheu.

Luiza também estava confusa, mas suspeitou de que as palavras dele poderiam ajudá-la a desmascarar sua tia. Por isso continuou em seu lugar e, com as mãos, sinalizou para que ele continuasse.

Robson continuou enquanto todos o ouviam atentamente.

– Qual é o problema de vocês? O que vocês querem, afinal? O que lhes falta? Vocês veem aqui quase todos os dias. Cantam, batem palma, dão ofertas e dízimos para o pastor e oram, torcendo para receberem alguma bênção, que, na maioria das vezes, se resume a algo financeiro. Olhem vocês para essa estrutura, o quanto de investimento foi feito aqui para tornar este templo um lugar sagrado. Existe um sistema litúrgico criado para que se sintam importantes dentro desta comunidade religiosa. A verdade é que tudo aqui está favorável para o conforto de vocês e de tanto esperarem uma resposta que resolva seus sofrimentos, chegam a sentir como se algo lhes acalentasse para apenas voltarem aliviados a suas casas. Quem entra aqui tem até a impressão de que existe uma família com pessoas boas e caridosas, mas logo a frustração surge porque basta uma semana para perceber que não passa de um grupo de egoístas e soberbas que olham para os outros com a arrogância de alguém que não quer pisar no mesmo chão que os incrédulos. A ideia de inferno amedronta a sua santidade e tudo isso aqui passa a ser parte de um sistema que possui vocês como uma manada ordenada a caminho da morte. Vocês alimentam sua própria ilusão e nem percebem o porquê estão acorrentados pela religiosidade, apesar de amarem essas correntes e até lutarem para que ninguém as solte. Mas vocês não estão preparados para esta conversa. Vocês me dão nojo! Só de pensar em fazer parte de uma irmandade que extermina o outro por causa da lei do pecado, eu sinto vontade de vomitar! Vocês não servem para cuidar de ninguém porque não aceitam as pessoas como elas são. Não amam, não acolhem os diferentes, não cumprimentam e nem um sorriso é possível ver em seus rostos. Vocês se colocam no papel de juízes e aqui estão, mais uma vez, e desta vez, para julgarem o pastor. Quanto a ele, vocês devem imaginar que eu não tenho nenhum apreço, pelo contrário, o tenho como a pessoa mais desprezível que eu conheci em toda a minha vida, mas o que essa mulher está fazendo – apontou ele para Letícia – é manipulação e vocês – apontou para o público – estão aceitando esse absurdo porque sempre aceitaram ser alienados por alguém que pega este microfone para falar algo bonito e esperançoso. Olhem como ela veio vestida hoje. Nunca vi ela tão religiosamente vestida aqui dentro. Cadê os brincos que ela sempre usou? O colar que sempre esbanjou? E o batom que avermelhava sua boca com a maquiagem forte que sempre escondeu essas imperfeições que podemos ver em seu rosto, cadê? Eu não duvido que ela esteja se sentindo nua neste momento. Gente, preste atenção...

Essa mulher veio com esse vestido que passa do joelho, de tecido pobre e um pouco desbotado, para tentar mostrar que é pobre como vocês. Vão acreditar nisso? Ela só está esperando essa reunião acabar para cuspir na cara de todos vocês! É manipuladora e vai querer tomar o comando desta igreja para satisfazer a ganância que a comanda. Não deixem isso acontecer! Repito... Ela quer manipular vocês e me manipulou também para afastar Theo de seu pai. Mas você, Letícia – dirigiu-se a ela –, não venceu. Espero que Charles retorne diferente, embora eu ache que isso seja impossível de acontecer. Eu não ligo para este lugar, mas o que você está fazendo com essa gente é canalhice! Pronto, era isso que eu precisava desabafar.

Ao terminar, Luiza se aproximou para agradecer-lhe. Foi, realmente, surpreendente para ela ver uma pessoa do perfil de Robson dizer o que disse publicamente. Obviamente que nem tudo o que ele disse foi de concordância dela, mas saber que poderia ver nele um aliado fez a filha do pastor se tranquilizar.

Nesse momento, ele foi questionado por um senhor que se levantou. Tinha poucos cabelos, alto, magro e de uma voz grave. Vestia uma camisa de cor amarela, não tão viva, mas de mangas longas, abotoada até o pescoço, com uma gravata vermelha, combinando com uma calça preta. Apoiou-se no ombro de sua esposa e disse que Robson não tinha o direito de chegar ao templo e falar tudo o que falou, pois ali havia um povo que decidiria pelo bem da obra de deus e ninguém, nem mesmo o pastor, iria impedi-los e que ele seria a última pessoa a ter o direito de se pronunciar.

Robson chegou perto do senhor que falara e fez menção de falar algo, mas apenas deu um sorriso e levantou uma das sobrancelhas com um semblante provocador, o suficiente para que o questionador se sentasse. Logo em seguida, outras pessoas se manifestaram dizendo que o melhor seria que tudo fosse resolvido após escutarem o pastor, já que ele era o personagem principal e o motivo da assembleia.

A tensão aumentou e tudo se refletiu em mais uma discussão entre Letícia e Luiza, dessa vez, bem próximas, como se fossem à violência física. Jorge se meteu entre as duas e evitou o pior.

O povo discutia também entre si e o que era para ser uma reunião deliberativa, virou uma baderna. Ao fim de alguns minutos, Letícia pegou novamente o microfone e deu por encerrada a assembleia improvisada.

"Theo, por onde você anda?", pensou ela, intrigada pelo não comparecimento de seu sobrinho.

As pessoas foram se dispersando e o templo, aos poucos, esvaziou. Luiza agradeceu a Jorge pela parceria e perguntou onde seu irmão estaria. Robson se aproximou para dizer que Theo estava em uma missão e que logo daria notícias.

– Você sabe de alguma coisa que eu não estou sabendo, né? – perguntou ela com um sorriso simpático.

Ele reagiu com outro sorriso. Luiza não insistiu, apenas acariciou o rosto do polêmico rapaz e disse: – Eu só espero que esteja tudo bem com o meu irmão.

CAPÍTULO 21

O último encontro

Dentro do carro, já por trinta minutos, Charles estava apreensivo e não saber o destino para qual estava indo o fazia estar ainda mais inquieto.

Sophia retirou a *cornette* da cabeça e arrumou a esparramada roupa de freira; ela seguia com um sorriso sarcástico enquanto ele bufava, demonstrando a impaciência característica de sempre. Tentou tirar o capuz algumas vezes, mas logo foi impedido com o argumento de que o combinado era de cumprir com o acordo até a chegada. Insistiu mais uma vez e ela lhe disse: – Não se atreva, Charles! – Tentou ele olhar através do material que cobria o seu rosto, mas não conseguiu ter definição de nada em sua volta. Pediu água, mas Sophia recusou e estava ela atenta a qualquer movimento brusco que ele poderia ter para trapacear.

O percurso era de fácil acesso, mas a forte chuva dificultava a visibilidade do motorista que seguia lentamente, com bastante cuidado. O limpador de para-brisa estava no máximo e mesmo assim era difícil enxergar a pista com alguma nitidez. Por causa de algumas freadas bruscas, a sensação foi de que o caminho estava perigoso, o que contribuiu para que a aflição do pastor aumentasse. Seus pés batiam suavemente no assoalho e seu rosto virava para a esquerda e para a direita, na esperança de avistar algo que o fizesse reconhecer o perímetro da cidade.

A respiração ofegante, com certa falta de ar, o fez silenciar e – assim – tentou relaxar. Porém era quase impossível descansar, devido à ansiedade que sentia naquele momento por estar na dependência de outra pessoa. Para Sophia, tudo não passava de uma provocação premeditada.

– Como se sente, Charles? – perguntou ela.

Embora a obviedade da angústia, ele afirmou estar bem. No entanto, disse que fazer parte desse jogo era uma loucura e que ele já estava se arrependendo de ter aceitado a proposta da filósofa. A situação já estava constrangedora, pois, em meio à circunstância assustadora, estava ele passando por um necessário teste que, ao final, o levaria a sair de sua posição para rever a si mesmo por um novo ângulo.

Sophia avisou que já estavam chegando ao destino, mas, antes, precisava fazê-lo perceber a insegurança quando limitado e controlado por alguém que não fosse ele mesmo. Estavam em um ambiente de pouco espaço e ele se via impedido de fazer o que desejava, naquele momento. Mesmo que o método tenha sido um tanto aterrorizante, esse momento estava sendo significativo para o pastor que há muito tempo não percebia o quanto era vulnerável, não importando o quão experiente e sábio se visse, pois, a sensação de impotência estava lhe causando um desespero silencioso. Pelo cansaço, Charles foi vencido e – a essa altura – a soberba religiosa já estava enfraquecida.

Sophia o observou por alguns minutos e aproveitou o momento.

– Está sentindo, Charles? Esse é o medo que a insegurança impõe. Você quase não pode se mexer aqui dentro nem enxergar onde está. Por isso não sabe o que está acontecendo nem tampouco para onde está indo. Neste momento, você não está no controle de sua vida, pois permitiu que eu o guiasse. Que poder de decisão você tem diante deste cenário, pastor? Não é angustiante tudo o que está acontecendo? Reflita, sacerdote, e perceba o quão vulnerável você é. Após tantos anos dirigindo as pessoas, agora você se encontra dominado – deu para ouvir o respirar profundo de Charles. – Você está inseguro e só porque eu disse que você tem que permanecer do jeito que está e fazer tudo o que eu disser, aceitou algumas horas de aprisionamento pela esperança de um final feliz. Mas o que eu poderei lhe dar que você já não tenha oferecido aos seus seguidores? Eles lhe seguem pela escuridão que você os prendeu e o medo de estarem cegados não é maior que o medo de questionar o caminho por onde estão seguindo. Eles não percebem o quanto estão alienados porque neles foi implantada a certeza de que o paraíso os espera e que, para chegarem lá algum dia, precisam abrir mão de seus sonhos se, caso, não favorecerem a instituição que você levantou. – Um de seus pés voltou a demonstrar inquietação e seus punhos serrados batiam levemente em suas pernas. – Você só deseja o poder de controle sobre as pessoas; e essa ganância que insufla o seu peito não lhe permite sentir a carência de sua gente. Gente essa que nada percebe e que tudo ignora, pois se encantou com suas fábulas. Cantam louvores na obrigação de engrandecer um ser que prometeu abençoá-los; mas a cada verso entoado, eles se tornam soberbos e arrogantes, ao ponto de rejeitar aqueles que são chamados de ímpios. Mas como podem chamá-los assim se a impiedade vem deles próprios? São impiedosos e não se envergonham disso! A cada olhar despretensioso à sua frente, a cada mão calejada de tanto desprezo e a cada pedido por um alento, eles crescem em hipocrisia. Já não percebem o quanto fazem mal aos necessitados de compaixão e compreensão. Os seus fiéis, na verdade, enxotam os que do mundo são e decretam um inferno para o futuro de cada um; e eles fazem tudo isso sem piedade alguma. Mas assim se tornaram porque seguiram a sua cartilha, meu eclesiástico. Aprenderam com seu exemplo de arrogância e discriminação. Porém não era para ser assim. Ou era? A compaixão, há tempos, pede passagem, mas a petulância a supera de mãos dadas com o egoísmo, pois a salvação pregada em seu templo é individual; e, se é assim, que se danem os demais, não é? Caro pastor, abra os olhos para ver quanto sofrimento há em seus discípulos! Sim, eles sofrem, mas não podem expressar suas angústias para não exporem fraqueza, já que foram ensinados que fraqueza é do diabo. Aliás, pobre diabo... Pega a culpa por tudo de tão besta que é. Sabe... Às vezes, eu fico perguntando a mim mesma sobre uma coisa: Será que é tão difícil perceber que as pessoas que estão do seu lado aparentando felicidade, por dentro estão gritando sem que você saiba? Perceba as ovelhas que te seguem, Charles. Elas sofrem caladas porque não querem expor suas dores a quem não as enxerga; e o cego, em questão, é você. E como poderia enxergar se em suas atitudes não há compaixão? Como sofrer por alguém se o sofrimento não é sentido a não ser por ele mesmo? Como compreender a dor se, em vez de estender a mão, você cruza os braços e diz não ter tempo para simplicidades? Elas sofrem porque a liberdade que você propôs é fruto de uma verdade mentirosa que tem como recompensa o narcisismo e a avareza. Como resultado, elas se tornam uma cópia perfeita de sua religiosidade. Elas são livres, mas se permitem à prisão pelo medo de um sofrer maior. Coitadas... – Riu ela com ironia. – Acho que "ovelha" é o termo ideal, já que elas caminham por um curral, amedrontadas por uma repreensão, caso tentem pensar por si mesmas. – Charles já não aguentava mais ficar ali. – Agoniado? Que irônico! As suas mãos estão livres e, mesmo assim, não libertam você dessa aflição. Mas parece que você está confortável aí, Charles – bateu ela levemente na cabeça do sacerdote –, afinal, se tirar o capuz, a claridade poderá arder em seus olhos, não é? Ter olhos sem conseguir enxergar deve ser a maior das agonias. Pergunte aos seus fiéis, pois assim eles vivem diariamente por ouvirem as suas lindas palavras motivacionais. – Nesse momento, ela deu uma escorada em seu ombro e falou em alta voz: – Vai, Charles... Arranque logo esse capuz!

Ele, vagarosamente, tirou-o de sua cabeça. Como ele estava? Respiração ofegante e seu rosto banhado de lágrimas. Manteve a cabeça abaixada por causa da claridade. Por isso não percebeu o lugar em que o carro parou. A chuva diminuiu, mas ainda garoava. Sophia pediu que ele respirasse suavemente até se recompor e assim ele fez por cinco vezes. Levantou a cabeça para ver onde estavam.

– Por que você me trouxe aqui? – Estava ele fragilizado.

O lugar em que estavam era o Cemitério da Consolação, onde o corpo de Elisa foi enterrado. Realmente, passar por toda agonia no interior do carro e ainda encarar as lembranças frente a frente era demais para Charles e isso estava pesando emocionalmente.

Parece que o dia estava entendendo o momento do sofredor, pois o céu estava acinzentado e escuro, como se já estivesse anoitecendo. Sophia se esticou e abriu a porta, pedindo para que ele descesse.

Ao descer, mapeou o lugar, sentiu o forte vento e as gotas em seu rosto, fechou os olhos e respirou fundo mais uma vez. Ela também desceu e o observou antes de se aproximar.

– Vamos? – Ergueu o braço, cedendo sua mão. Ele olhou em seus olhos, pegou na mão dela e ambos seguiram.

Caminhando pelo longo campo verde, ele sentiu o agradável cheiro do mato e da areia molhados que exalava por causa da chuva. Estava em conflito porque queria entender o propósito de tudo o que estava acontecendo, mas o que percebeu nesse momento foi apenas a mistura de sentimentos entre o medo e a ansiedade.

Aproximaram-se do túmulo e, a vinte metros de distância, ela parou, largou sua mão e pediu que seguisse e que ficasse lá até pensar em algo que lhe fizesse entender a fase da vida que estava vivendo, pois só a partir desse entendimento saberia o que fazer.

Demorou alguns segundos e ele prosseguiu.

Chegou e não aguentou: caiu de joelhos e chorou compulsivamente, parecendo uma criança quando sofre pela decepção de um desejo negado. Era o momento dele; o ponto ideal para se reencontrar com a pureza que, por anos, esteve escusa dentro de si. No entanto, o sofrimento estava vindo à tona e a dor estava quase estourando seu peito.

Sophia tirou uma lágrima que escorreu. Viu que a conexão entre os dois gerou uma grande empatia e a compreensão tomou o lugar que [antes] fora ocupado pelo prejulgamento e preconceito.

Nesse momento, ela conseguia sentir o sofrer do homem que estava em redescobrimento após anos dissimulando o seu inferno. Tirou a roupa de freira e a jogou no chão, ficando apenas com sua calça jeans e sua blusa branca.

Ajoelhado, seus joelhos ficaram sujos de terra alagada; a chuva aumentou e o tempo esfriou; ele balançou a cabeça muitas vezes sem dizer nada, pois as palavras estavam apenas em sua mente; e o ato de sentir a morta por meio de suas lembranças o fez romper com a crença de que a morte impede qualquer comunicação além da vida.

Estava ele experimentando um momento de total desavença religiosa, até sem perceber, o que contribuiu para que estivesse mais sensitivo.

* * *

– Oi, Theo.

– E aí, missão cumprida?

– Sim, tudo conforme o previsto. Acho que ela foi procurar um buraco para enfiar a cara – disse Robson dando uma leve risada.

– Rsrsrs... Daria tudo para estar aí e ver a decepção dela te ouvindo falar e esperando eu chegar.

– Foi muito bom, Theo. Estou me sentindo mais leve por poder dizer o que estava engatado aqui na minha garganta. Você precisava ver também o susto que as pessoas tomaram quando eu cheguei. – Riu enquanto falava. – Todos olhando para mim como seu eu fosse alguma estrela de Hollywood, mas não foi assim que me senti. Pelo contrário, parece que eu estava entrando num tribunal e que eu deveria ser o réu, mas fiz o que tinha de ser feito. Tenho muitas desavenças com o seu pai e ainda não esqueci o que ele fez contigo, mas você me convenceu de que eu não poderia apoiar a cilada da tia Letícia. Aí, já é demais também, né?

– Verdade, Robson. O meu pai cometeu muitos erros, mas estou crendo que ele vai voltar sendo uma pessoa melhor.

– Ah, Theo, você se ilude muito fácil. O seu pai é duro de aceitar seus próprios erros.

– Calma. Vamos dar o tempo necessário para ver como ele vai reagir. Vamos aguardar porque essa situação não vai parar por aí. Eu volto a te ligar, tá? Tchau.

Robson encerrou a ligação e foi até a sala de Luiza. O templo já estava esvaziado, apesar de Letícia estar sentada falando com alguém por telefone.

Ao chegar, bateu à porta e entrou. Conversaram por alguns minutos sobre a situação que ocorrera. Ela agradeceu novamente pela atitude repentina, pois não sabia mais o que fazer com toda aquela pressão que estava recebendo do povo que se fez presente no templo.

Despediram-se após ele dizer que estava apressado.

A porta se fechou e Luiza se sentou ainda preocupada com tudo o que estava acontecendo, pois era de se esperar que sua tia pensasse em um plano para tirar seu pai da liderança da igreja que ele mesmo lutou para existir. Luiza estava cansada, mas, mesmo que não houvesse espaço para ódio contra sua tia, ela precisava ficar para se posicionar no lugar do seu pai, que, aliás, não dava notícias a ninguém.

– E você, pai, por onde anda? – perguntou ela.

Sophia se aproximou e se ajoelhou ao lado.

– O que você quer falar, querido?

– Eu não sei, parece que foi ontem. Sabe... Não era para eu estar aqui. Por que você está fazendo isso comigo? – Olhou para ela com seu rosto já inchado.

Sophia poderia cessar o reencontro vendo o tanto que ele estava sofrendo. Vê-lo trazer as memórias mais importantes do relacionamento e sofrer pela ausência de Elisa mexeu também com ela. O momento representava o recomeço, não apenas para Charles; no entanto, ela ergueu a coluna para continuar a sua missão após vê-lo mais estável emocionalmente.

– O que você tem a dizer, querido?

Alguns segundos...

– Ela representa o meu passado? – perguntou ele.

– Por que me pergunta?

– Porque os meus pensamentos estão confusos demais para eu crer em alguma afirmação, neste momento.

– Sim, Charles... Esse é o seu passado – disse Sophia. – Tente lembrar-se do que sentiu quando chegou aqui. Você sentiu isso porque o seu luto já dura três anos sem sequer fazer o mínimo de esforço para passar por esse pesar, mas, pelo contrário, buscou vivê-lo diariamente. Não sei se isso mudou você ou potencializou quem você já era.

– Não... Eu não sou essa pessoa que destratou a família na frente de todos. Não... Eu não sou o lixo que aparentei ser. E não... Eu não sou o mal que maldou das pessoas que eu conheço. Eu não sou o homem que...

– Se você sabe quem não é, então isso poderá ajudá-lo para saber quem é de fato – interrompeu-o –, mas isso pouco importa neste momento, querido. O que importa, de verdade, é com o que você tem se importado nesses anos, porque isso, sim, determinou suas ações perante as pessoas. Se as machucou, foi porque algo estava te ferindo por dentro.

– Eu não consigo me encontrar; perdi a pessoa que mais me compreendia. Eu perdi uma parte de mim – disse ele, não mais chorando.

– Se pensar assim, viverá com a sensação de que não é completo. Isso é o que resume você agora?

– Certamente que não.

– Então, agora, chegou a hora de se despedir. – Nesse momento, Sophia colocou sua mão no peito de Charles. – *Desimporte* o luto, querido, e se concentre na vida que ainda lhe resta. – Ela levantou e o deixou só.

Ele permaneceu ajoelhado e desabafou muito do que estava lhe afogando por anos de luto não superado.

Charles não fora o mesmo durante esse período; e nem poderia, porque passou a dogmatizar tudo o que surgia à sua frente, a fim de se proteger [nada mais que] de si mesmo. As mazelas foram pesadas demais para ele encarar a perda de peito aberto e, por isso, carecia de atitudes que lhe trouxessem a sensação de domínio, o que lhe gerava (também) autoconfiança.

Por conseguinte, suas tradições religiosas se tornaram a base de sustentação para que sua vida tivesse alguma utilidade; e cuidar das liturgias de sua igreja foi o que o manteve aparentemente sóbrio.

Contudo, por que ele se afastou de sua família? Evidentemente que o conflito com Theo alicerçou esse distanciamento, mas o sacerdote sabia que as aflições de seu filho lhe tirariam o foco de suas atividades litúrgicas e, com isso, estaria desprotegido emocionalmente, o que resultaria no sofrimento tão evitado.

Por esse motivo, se apegou às normas que lhe imputaram o dever de julgar aqueles que não se encaixavam em seu modelo de mundo e, desse modo, seus filhos já não o percebiam como um pai.

Por esse tempo, a rispidez com que tratava as situações ofuscou a bondade dentro de si. Enxergar um ser humano naquele que se encontrava na escala da miserabilidade (ou nas atitudes de desrespeito) era um sinal de fraqueza, pois tudo para ele – até então – deveria ser tratado a ferro e fogo. O "olho por olho, dente por dente" foi o seu mantra durante esse período.

Agora, o eclesiástico estava de frente com o seu maior pesadelo e necessitava dar uma resposta, não à filósofa, mas a si próprio. Entretanto, tudo precisava ser diferente; um novo começo de um jeito diferente, com amor, compreensão e perdão.

Com os desabafos varrendo o ódio guardado, Charles estava – aos poucos – entendendo que aquilo que é de grande importância acaba permanecendo porque nós nos esforçamos para mantê-lo e o que é importante nem sempre é benéfico; mas, mesmo assim, somos capazes de nos agarrar ao que acreditamos ser o correto só para termos a razão em meio a uma discussão; e, por fim, guardamos muitos casos mal resolvidos dentro de nós, os quais ocupam um espaço que poderia acolher a paz.

Chegou a hora de *desimportar*, de deixar fluir a cura, de abrir mão do que é importante (porém cegante), de reencontrar-se com a própria essência e aceitar que a vida é do que jeito que é e que isso é inevitável; e o sofredor estava disposto a desembaçar a vista e romper a bolha que o limitou por muito tempo. Só não sabia ele por onde começar.

Sentiu uma mão com uma leve pegada em seu ombro; pensou em levantar-se para ir de volta com Sophia, mas logo ouviu:

– Pai...

Virou-se imediatamente e viu que era seu filho. Que surpresa! Levantou e o abraçou fortemente. Ambos choraram muito e falaram palavras de amor um para o outro.

A chuva parou e o céu dissipou as nuvens dando um azul brilhante em um clima de paz e harmonia. Foi um momento inesquecível para um relacionamento que, antes debaixo de conflitos e ironias, dava um *start* em uma amizade nunca antes vivida. Tudo porque Charles se dispôs a renunciar suas tradições preconceituosas que o rotulavam como uma pessoa atroz.

– E o que foi consumado aqui, meu pai?

Charles respondeu se referindo à desconstrução de seu passado. Disse que poderia não ser um novo homem, mas assegurou estar leve após jogar para fora tudo o que fazia dele a pessoa que seu filho mais detestou.

Os olhares já eram outros, a desconfiança já não tinha espaço entre os dois, e tudo o que viveram a partir do túmulo em questão virou pó, em contraste com a lição que estavam tendo naquele momento.

Theo, por sua vez, se entregou de volta ao amor de seu pai sem qualquer receio e ressaltou o quanto esperou pelo abraço que recebeu, pois já não estava aguentando a dor por ver sua mãe morta, mas viva em suas memórias; e seu pai vivo, mas enterrado pelo ódio que o tomou.

– Filho, eu não sei como te ajudar a reparar a dor causada em sua infância. Vejo você tomando um caminho diferente daquilo que eu desejei e, claro, não é fácil aceitar isso, principalmente sabendo que a sua revolta foi provocada por um ato asqueroso.

Os dois começaram a caminhar lentamente em direção ao carro de Sophia.

– Não, pai. Entendo o seu ponto de vista e não vou mais lutar querendo que o senhor me compreenda, mas saiba que o que aconteceu não foi o que fez ser quem eu sou. – Nesse momento ele deu um sorriso.

– Não sei, meu filho. Mas não vou mais permitir que nos afastemos por causa disso, pois tenho percebido que o melhor caminho é o diálogo. Assim aprendemos com a nossa filósofa, não é? – Apontou para Sophia e, ao se aproximarem, passaram a falar mais baixo.

– O quê? Vocês estão de segredos agora, é? – perguntou ela e os três riram descontraidamente.

As portas do carro estavam abertas para que entrassem, quando um barulho se ouviu. O barulho era de moto, o que aguçou a audição de Theo. Sim... Era o Robson, para a grande surpresa de pai e filho. Ele parou, tirou o capacete, balançou o cabelo e, sem descer da moto, acenou de longe.

– Bora? – gritou ele.

Theo fez o sinal com a mão para que o esperasse.

– Pai, agora eu tenho que ir.

Charles apenas sorriu e o permitiu.

– Viva a sua vida com responsabilidade, garoto – disse com um nó na garganta por ver que o filho havia crescido sem que ele participasse de seu desenvolvimento. Um filme passou em sua mente em questão de segundos com cenas ingênuas de quando Theo era criança, com a pureza que não se encontra mais a partir do momento que se passa a entender a vida como ela é. Charles sinalizou com a cabeça, liberando-o.

Theo subiu na moto. Já Robson... Apenas o olhar bastou para que houvesse uma esperança de um relacionamento melhor com Charles; e os dois jovens seguiram.

– E lá se vai o meu filho... – Ele não segurou o choro pela dor que sentiu como se fosse mais um luto a passar.

– Você fala como se não fosse mais vê-lo.

– Na verdade, o menino que eu conheci e que ficou em minha mente por tantos anos, esse já foi embora mesmo – disse Charles apoiando seus braços e cruzando as mãos no teto do carro.

– Hum... É uma despedida? – perguntou ela.

– Ué, você não me disse que é preciso desapegar daquilo que é importante, mas que me faz mal? – Deu ele um sorriso olhando para a moto que seguia se distanciando. – Isso é muito difícil, mas agora ele vai aprender a sofrer, algo que estou aprendendo um pouco tarde.

Sophia olhou para Charles, admirando-o por aceitar uma nova percepção.

– Me diga, pastor... Por que valeu a pena vir até aqui?

– Porque eu percebo que é fácil falar quando estamos leves e livres para um novo começo. Só de eu imaginar estar aqui já era um tormento para mim. Relembrar momentos importantes e momentos difíceis era algo que eu não podia permitir porque eu sabia que iria doer. Em alguns momentos, culpei a deus pelo que aconteceu, mas foi só uma forma indireta de eu viver culpado por esses três anos e até assumo que descontei em cima dos outros quando, simplesmente, eu queria me livrar da dor que sentia.

– E essa dor você não sente mais?

– Não sei ainda como vou me sentir. Mas, agora, estou bem.

Nesse momento, eles ficaram por mais trinta minutos conversando e a forma como falavam foi como se já se conhecessem há anos, tamanha era a conexão que ambos haviam construído.

Estava nítido que o interesse de Charles não era mais forçar a convertê-la, pois a conversa fluiu naturalmente sem qualquer preconceito e desprezo religioso. Disse a ela que suas lágrimas junto ao túmulo de Elisa lhe serviram para uma limpeza em sua alma e que isso foi necessário para que percebesse o início de uma nova fase em sua família, com a união que ele sempre buscou ver; e o que mais convenceu a si dessa realidade foi a mão de seu filho em seu ombro, um ato de puro amor em meio à necessidade de um perdão.

Sophia ouviu atentamente tudo o que foi dito. O tempo estava propício para qualquer discussão e ela aproveitou a ocasião para fazer algo.

Abaixou-se para pegar algo em sua bolsa.

– Tome, pegue. – Ela mostrou as folhas que rasgou da Bíblia de Charles. Estendeu a mão para que as pegasse.

Charles franziu a testa, quase fechando os olhos. Pegou as páginas, folheando-as.

– Você rasgou essas folhas, jogou minha Bíblia no lixo, questionou o próprio deus, foi a pessoa mais antipática que eu poderia conhecer – estava ele contando nos dedos –, não demonstrou abalo em nenhum momento pela morte da Elisa, me colocou em uma situação de vulnerabilidade – pegou o capuz que usou em sua cabeça – pra eu sentir a insegurança que, segundo você, foi a mesma insegurança que eu levei aos fiéis da minha igreja, transformou o meu templo em um lugar de inutilidade pública... Mas, mesmo com tudo isso, me trouxe aqui pra eu me despedir e me fez perceber o quanto eu estava sufocado, além de me ajudar a compreender o meu filho e evitar novas acusações... Ufa! O que é você, afinal, hein?

O que dizer de alguém que aparece repentinamente, sem avisar, com finalidade pouco clara, mas com atitudes autênticas que promovem decepções e, ao mesmo tempo, compreensões?

Sophia foi para Charles como aquelas pessoas que surgem para despertar o melhor e o pior de nós; como alguém que fere o outro sem a sensibilidade da dor causada. O sacerdote não esperava passar pelo que passou (quem espera?); não contava com os afrontes que recebeu de alguém totalmente oposto ao seu estereótipo de pessoa ideal e jamais pensou que poderia estar em lugares nada ortodoxos. Porém estava ele, nesse momento, flexível a um novo pensar, o que poderia ocasionar um amadurecimento em um homem de mais de meio século de vida. Isso é possível? Sim, é. Entretanto, faltava-lhe ainda um aprendizado.

– Eu sou o que sou. Apenas isso basta para responder a sua pergunta – disse ela com bastante convicção.

– O que faz você ter tanta certeza sobre si mesma?

– Olha... As suas perguntas estão melhorando! – Deu ela um sorriso bem descontraído.

Ele agradeceu se afastando um pouco do carro.

– Eu não vivo de metas – disse ela. – Tento não ceder a pressões psicológicas para provar algo a alguém e quando sofro alguma opressão, eu respiro, respiro de novo e mais uma vez. O que me faz ter tanta certeza disso? Meus equívocos. – Charles parecia não entender bem o que ela estava dizendo. – Isso mesmo! Quando nós lutamos para estarmos certos, rejeitamos as nossas fraquezas para vivermos uma vida de aparências – disse apontando para a roupa de freira que já estava no banco do carro. – Mas quando deixamos de travar essa luta, apenas agimos pelo que somos sem reservas; e, com isso, aceitamos os nossos equívocos sem o temor das opiniões alheias. Assim, passamos a não nos moldar conforme o padrão da sociedade e, portanto, nos damos conta de que os velhos tabus só servem para enterrar as nossas mazelas em nós mesmos.

– Mas aí, é o mesmo que você dizer que nossos equívocos devem existir sem que haja intervenções pra evitá-los. Isso é a inexistência da moral. Não viveríamos todos em um anarquismo relacional?

– E qual seria o problema disso? Libertar seus equívocos pode não significar ausência de remendos. Mas como remendar se não se sabe onde está avariado? Se aceite, Charles. Seja quem você é e tudo o que precisar repreender em si mesmo, repreenderá para desenvolver-se e não para se adaptar a um dogma.

– Foi por isso que rasgou essas folhas da minha Bíblia? Tudo para me mostrar que a religião é a causa das coisas que nos trazem mazelas?

– Não, querido. Ela não é a causa, mas o que você a tornou em sua vida. A Bíblia é tida como o livro dos livros, o sagrado, o bendito, o inerrante; o que mais dizem por aí? Eu ouço adjetivos sem conhecimento algum sobre esse livro que você carregou por tanto tempo em suas mãos.

– Mas se você olhar melhor, todas as religiões têm um guia e geralmente é um livro. O que há de mal nisso?

– Nenhum, obviamente. Espere um instante. – Ela entrou no carro, abriu o porta-luvas e tirou uma Bíblia que continha uma capa amarela e que estava fechada por um zíper. – Como eu ia dizendo, não há problema algum em ter um livro que possa servir como um tipo de guia. Mas há um grande problema que é poderoso para alienar todo um povo pela errante interpretação ou até mesmo pela má intenção de muita gente que deseja benefícios sobre a ignorância alheia. O problema está no epicentro negado pelas igrejas que têm este livro como o guia de salvação; e não estou falando de Jesus porque ele, tendo existido ou não, está em uma narrativa que mostra o cumprimento de uma sofredora missão, deixando claro que sua dor não poderia ser sentida por mais ninguém, mesmo que quisesse. – Nesse momento ela se aproximou de Charles. – Estou falando dos ensinamentos registrados nessas folhas; o evangelho que não é de Jesus, mas que também foi pregado por ele e que se faz necessário em qualquer época, em qualquer necessidade, para qualquer geração. Eu rasguei essas folhas porque sem elas, o que a Bíblia se torna senão em um objeto político? Essas páginas que eu arranquei contam a mais bela e brilhante lição deste livro. Mas os templos estão vazios desse evangelho, o qual até para os tempos de hoje seria uma boa nova, pois o amor que se conhece pelo Cristianismo é condicional e manipulador. E isso é bem claro como a luz do sol.

– Então, essas páginas fazem você crer na reveladora verdade?

– A qual verdade você se refere? Obviamente, você não considera as controvérsias sobre a veracidade do que está escrito neste livro. As interpolações já analisadas, como no livro de Gênesis, assim como no chamado Novo Testamento, são bem possíveis; sem falar dos registros de sociedades anteriores ao povo hebreu, que, por coincidência, contavam histórias semelhantes às da Bíblia. Há quem diga, por isso, que a Bíblia Sagrada é um plágio de outras fontes. Porém não quero tratar disso agora e nem estou dizendo que tais questões moldam a minha crença. A questão aqui é outra, pois mesmo se considerarmos que tudo o que está escrito neste livro seja real, é fácil perceber que o Cristianismo o negou em troca de poder; e para isso, criou diversas narrativas a fim de fidelizar pessoas pelo medo. E esse é o poder dessa religião: o medo. Com isso, ela levou os cristãos a darem as costas para os ensinamentos de Jesus, ou não é verdade que é preciso uma garantia de recompensa divina para um cristão se compadecer de alguém? E, assim, estruturou-se o sistema religioso mais poderoso do mundo, em que os ritos, as promessas, as profecias, os votos, são promovidos para elevar o individualismo que muito nega a caridade; já esta ficou envergonhada, pois o ato de julgar passou a ser a principal característica de um cristão. Basta lembrar-se do primeiro dia em que conversamos. Como eu fui julgada... – Sophia sorriu e arrancou um sorriso do rosto de Charles. – É bem verdade que você me julgou porque eu não era aceita pelo seu arquétipo de pessoa ideal. Porém, a partir do momento em que contei um pouco da minha história, pude ver em seus olhos uma dose de compreensão.

– É... Tem coisas que só se compreendem com a experiência e eu experimentei o seu sofrimento por meio de suas palavras.

– Você percebe agora, querido, que a compreensão dissipa o julgamento? Naquele momento, você quebrou suas velhas regras para me compreender e, a partir disso, eu creio que criamos uma conexão difícil de ser interrompida.

– Sim, verdade. Não julgueis, já dizia o mestre, né? – disse Charles.

– Sim. Mas, agora, você terá a oportunidade de experimentar o amor incondicional que o seu salvador pregou. Mas não se baseie na ideia de que não deva esperar algo em troca porque não é disso que se trata. Tenha como base o elemento opositor "apesar de", pois você deve amar aos que estiverem ao seu redor apesar do risco de ser traído, caluniado, odiado, difamado e julgado. Apesar de as pessoas não serem como você acha que deveriam ser, ame-as. – Charles pareceu pensativo nesse momento. – Veja que, por muito tempo, você vendeu uma ideia de verdade absoluta, ilustrada pela Bíblia para dar uma esperança que você mesmo não tem. Um conceito de salvação inóspito porque não passa de uma pseudoverdade. Mas, se existe verdade absoluta, e se ela é absoluta porque nada pode subjugá-la, essa verdade só pode ser o amor.

– Nossa! Que magia é essa que você traz da luz do conhecimento? Você parece uma sábia senhora com mais de 100 anos falando da vida a um aspirante que está começando uma jornada.

– Vou encarar isso como um elogio, hein?! – disse ela rindo para Charles.

– Olha... A Bíblia é muito importante para mim. Tudo o que podemos encontrar nela é de uma inspiração imensurável e foi por ela que eu aprendi muito na vida. Família, ministério, espiritualidade, fé e fidelidade foram conceitos que eu aprendi por ela.

– Que a Bíblia continue sendo importante para você, mas que te conduza para o que realmente importa. Sendo bem sincera, eu torço muito para que você abandone a intolerância que tanto prevalece no meio religioso.

– Você me faz acreditar que fui um monstro, sabia? – disse Charles um tanto envergonhado.

– Prefiro falar de quem você é neste momento.

– Sim, realmente há algo diferente em mim. Não sei se tudo isso serviu para eu me tornar mais sensível.

– Para saber disso, terá de esperar a resposta das pessoas que estarão ao seu redor.

– É... Estou me perguntando por onde devo começar.

– Comece por não se preocupar tanto com a reputação que um rótulo lhe impõe.

– Você diz isso porque eu sou pastor?

– Claro que não! Você não é pastor, Charles. Estou falando de identidade. A condição nunca poderá determinar o ser; e é justamente aí que se vê a necessidade do autoconhecimento. Você se colocou em uma condição que te corrompeu pela soberba. Aceitou ser chamado de sacerdote para estar aqui destruído; que patético! Então, para que um pastor, Charles? Por um acaso, para que tenhamos atitudes caridosas e empáticas ao próximo, necessitamos de um título eclesiástico? – O silêncio prevaleceu nesse momento. – Você disse uma vez que lhe foi dado um chamado, não foi?

– Sim, Jesus mesmo disse que devemos pregar o evangelho a todas as pessoas. Ele nos chamou para isso – disse Charles.

– Sim, são belas palavras. Mas o problema é que você não entendeu a mensagem e seguiu o ritmo dos eclesiásticos que vieram antes de você.

– Como assim?

– Você acha mesmo que o sistema litúrgico em sua igreja, com todos os cultos – agora foi sua vez de contar nos dedos –, as pregações, o regimento institucional, os votos, os eventos, a assiduidade dos fiéis, o templo em si e sua fachada representam essas palavras que você acabou de dizer? Reflita um pouco, querido, e compare tudo o que você fez em sua igreja. Veja se a sua religião é compatível com o evangelho de que estamos falando.

Charles, mais uma vez desapontado, não teve o que dizer. Apenas olhou para o vazio enquanto ela continuou.

– Ao que me parece, você acredita que as suas pregações são o cumprimento de um chamado nada agradável, mas um fardo por se sentir responsável pelo destino que cada um dos seus fiéis terá após a morte. Grande engano, querido! – Balançou ela a cabeça. – O seu chamado não é esse, Charles, e você não deve acreditar nessa doutrina que te faz subir uma grande ladeira carregando mochilas que não são suas.

– Então, não há chamado algum?

– Eu não disse isso. Você não acha que está bem claro o nosso chamado? Você não foi chamado para trazer as pessoas para dentro de um sistema de controle amedrontador; nós fomos chamados para cuidarmos uns dos outros, independentemente dos costumes, das vestimentas e das crenças. É por isso que as lições de Jesus foram tão importantes em seu tempo, pois doar-se ao outro não era o foco dos religiosos, os quais, ao se depararam com tais palavras, tentaram matá-lo por várias vezes. Você consegue ver alguma semelhança com o nosso tempo atual?

– Não é fácil, mas não tenho como refutar o que você está dizendo.

– Sabe por quê? Porque você está pasmo por ouvir tudo isso da boca de uma descrente.

– Ué, como pode você ser descrente falando tudo isso que acabei de ouvir?

– Sou descrente, sim, mas do deus que você acredita. Um deus mitológico que foi criado para atender as conveniências daqueles que o criaram; e você embarcou nessa ideia até com boas intenções, mas que logo se abalaram pelo sistema barganhador que é capaz de convencer qualquer ignorante suscetível.

– A minha mente está borbulhando porque o que você diz provoca uma catástrofe a tudo o que o Cristianismo conquistou. Desaba toda a estrutura de séculos até aqui.

– Sim, eu sei disso. Mas não sou eu que destruo, e sim a verdade sobre o que os cristãos dizem defender. Em seus belos discursos o evangelho é citado, mas pouco praticado. Para os cristãos, a moral dogmática está acima do bem que podemos fazer ao próximo e isso pode ser visto diariamente. Ou não é verdade que um cristão correrá o risco de ser excomungado por se aproximar de alguém de outra religião, mesmo que seja para servi-lo? Um cristão não causará espanto em sua congregação se souberem que ele está convivendo com alguém do meio umbandista? Não correrão para alertá-lo com o velho discurso de que luz não se junta com trevas? Não verão o risco de esse cristão ser influenciado? E não é verdade que essa influência pode ser vista como um pecado contra o deus cristão? Eu poderia citar vários fatos recorrentes por um dia inteiro. Mas, como eu disse anteriormente querido, os templos evangélicos estão vazios do evangelho mencionado por Jesus e essa realidade só tem a escancarar as mentiras de um sistema construído para enganar os de pouco conhecimento.

– É desapontador – disse ele.

– Sinto muito em desapontá-lo. Mas você consegue ver com mais ciência neste momento?

– Sim, sem dúvida.

– Então, me responda: você precisa ser um pastor denominado por uma instituição para seguir esse evangelho?

– Não, claro que não.

– Este é o seu caminho, Charles: amar, compreender e perdoar. Aliás, é o caminho de qualquer ser humano existente e não há o que subsista perante essa tríade. Diga: o que foi que aconteceu em você ainda há pouco, quando desabafou tudo o que estava necrosando em seu coração, senão o autoperdão? Talvez você se compreenda melhor agora, o que poderá lhe ajudar a compreender o próximo também, como na história do bom samaritano. E disso se faz os ensinamentos de Jesus. E eu digo que só é possível entendê-los caso esteja como um *chaménos*, pois aquele que está perdido é mais bem-aventurado que aquele que é achado em suas certezas. Com isso, eu torço para que não crie um mundo ideal para viver com expectativas que se quebram na primeira injustiça, pois quanto mais bem fizer às pessoas, mais apedrejado você será.

O confuso homem passou a mão em sua cabeça e caminhou por alguns instantes sem perceber que deu três voltas no carro. Charles estava a começar uma nova fase, mas tudo estava bagunçado por causa da luta travada entre os paradigmas e a nova consciência que estava a invadir o seu cognitivo.

– Vamos? – Disse a filósofa entrando em seu carro.

Contudo ele não se mexeu.

– Tudo bem aí? – perguntou ela.

– Sim, estou bem. Pode ir que eu vou ficar aqui mais um pouco.

– Hum... Não vai querer se enterrar do lado dela não, né?

Ambos deram um sorriso. Ele se afastou e o homem que estava no volante ligou o carro. Mas, antes de partirem, Charles correu de volta.

– Não sei como te agradecer, Sophia. Aqueles bilhetes me assustaram, mas eu vou digerir tudo isso ainda e entender o quanto eles foram necessários.

– É... Eu sei muito bem do que você está falando, pode acreditar.

– Eu ainda não sei o quanto tudo isso está sendo importante para mim. Sinto muito por te tratar daquele jeito nos primeiros dias e por me portar de forma tão preconceituosa. Na verdade, este sou eu tentando me reencontrar e reconhecendo meus equívocos.

Nesse momento, Sophia segurou nas mãos de Charles.

– Eu acredito em você, querido. Sempre acreditei; e não importa por onde estiver eu sempre acreditarei. Fique bem porque eu também estou. – Fechou o vidro e o carro se foi. Ele olhou o veículo até que sumisse de sua vista e ficou no cemitério por mais uma hora.

CAPÍTULO 22

O esquisito

Eram 18 horas e Charles seguia pela Avenida Érazan lentamente, devido ao longo congestionamento que, todos os dias, agoniava os cidadãos montbelenses.

Como de costume, ele estava apressado; tentava encontrar alguma brecha entre os carros para mudar de faixa e se livrar da fila parada; buzinou várias vezes quando o carro da frente permaneceu parado por mais de dez segundos. Elisa, mais tranquila, estava ao seu lado falando com Theo pelo celular. Ela parecia não estar preocupada com o horário que chegariam à igreja, mesmo estando eles vinte minutos atrasados para uma reunião agendada [há três dias] com um casal.

Entre uma freada e outra, Charles percebeu um senhor que olhava fixamente para ele. O homem (que aparentava uns 70 anos) estava sentado em um banco de uma famosa praça da cidade, a qual era grande, com um fluxo constante de pessoas naquele horário, tanto para passeios quanto para a missa na basílica, referência na cidade para muitos devotos.

Quanto ao homem, tinha ele cabelo e barba grisalhos, com uma estatura de 1,75 m; vestia, naquele momento, uma camisa branca de mangas compridas e uma calça jeans desbotada; tinha pele parda, sem acessório algum em seu corpo e nada em suas mãos.

Charles se incomodou com o comportamento do estranho homem que não parava de encará-lo. Comentou com sua esposa, a qual disse que, se houvesse curiosidade em saber o porquê de o homem estar olhando tanto, então, deveriam parar para conferir. Assim, Charles encontrou uma vaga no acostamento e estacionou. Desceu rapidamente e foi na direção dele.

Chegou com passos rápidos, mas nem se sentou; tamanha era a sua curiosidade.

– Perdeu alguma coisa, meu senhor?

O velho homem permaneceu sentado como se não estivesse preocupado com nada, pelo contrário, estava curtindo o findar da tarde. Apesar de o fato de encarar Charles poder significar algo, o senhor passou a olhar o lento movimento dos carros. Levantou a cabeça por um instante para olhar nos olhos do pastor.

– Por que eu perderia algo?

– Ah, faça-me o favor! Não se faça de tonto! Você ficou me encarando um tempão e agora finge que não foi por nada? – Charles estava estressado e deu alguns passos, indo para direita e para esquerda. – Diga logo o que você quer.

– Ué! Quem disse que eu quero alguma coisa? Foi você que veio até mim, não foi?

– Mas eu vim porque... Ah, esquece. Só quero saber uma coisa: nós nos conhecemos?

– A certeza que eu tenho é que você não me conhece – falou o velho senhor.

– Mas o senhor me conhece de algum lugar?

– Desde a sua infância.

Tal afirmação impactou, despertando um forte interesse em Charles, o qual quis saber a procedência do homem que não era nada familiar. Sentou-se ao seu lado e acenou para Elisa que esperasse um pouco.

– O senhor é um parente distante?

– Eu ser um parente seu? – gargalhou debochadamente. – Ainda bem que não.

– Então, pode me explicar por que estava me olhando sem parar?

– Você demorou tanto para me ver, Charles, que eu estava quase cansando. Tantos dias você se deparou comigo, mas nem me reconheceu... Em sua casa, você não me cumprimentou e, em outros lugares, agiu como se a minha presença fosse insignificante. Estou constantemente em sua igreja, mas você nunca me enxergou. Você é uma pessoa difícil, viu?!

– Eu não estou entendendo, senhor. Por que eu deveria reconhecê-lo? – perguntou Charles, confuso diante do estranho.

– E mais uma vez cego. Não consegue enxergar nada à sua frente, não é mesmo?

– Mas do que está falando? Pare com esses enigmas.

– Totalmente perdido, andando como um moribundo pela vida.

– Ah, para mim chega! Não sei por que eu estou perdendo meu tempo aqui. Passar bem, senhor.

Levantou-se rapidamente e apressou os passos para sair dali. Entrou no carro e logo teve que explicar à Elisa o que ocorreu. Disse a ela que o homem era esquisito e que não havia sentido algum em suas palavras. Levantou os vidros peliculados e, assim, se sentiu longe da loucura que se manifestou nas palavras do estranho homem.

– Deve ser um desses cachaceiros que ficam aqui na praça. Vamos embora – disse ele.

– O que ele disse de tão esquisito? – perguntou Elisa.

– Disse que me conhece e que eu não o reconheci nas várias vezes que nos esbarramos. Ele disse até que esteve em nossa casa e que eu não o cumprimentei. Pode essa loucura? – Colocou a chave na ignição para ligar o carro.

– Meu bem. – Ela pegou em sua mão. – Não o julgue. Quem sabe se este momento não foi reservado para você conhecer esse homem no caminho da igreja? Ele pode parecer esquisito, concordo, porque parece mesmo, mas volte lá e ouça o que ele tem para dizer.

– É sério que você quer que eu volte lá para ouvir um doido? Você só pode estar brincando comigo.

– Eu estou falando sério, Charles. Vá lá e depois retorne para me contar.

Ele saiu do carro contrariado. Desconfiado, olhou para todos os lados como se procurasse algo que demonstrasse relação com o velho. Sentou-se novamente ao lado um pouco mais calmo.

– Olha... Não sei de onde o senhor vem nem quando me conheceu. Eu não sei como conseguiu entrar em minha casa e não me lembro de ter encontrado o senhor em nenhum momento da minha vida. Então, se tiver algo pra me dizer, diga logo por que eu tenho um monte de coisas pra fazer e não posso perder meu tempo com bobagens.

– Você é sempre assim: estúpido?

– Só com gente que fica me aporrinhando e é o que o senhor está fazendo neste momento – disse Charles.

– Ah, muito bem. Bom saber que eu o incomodo. Pelo menos agora, para você, eu não sou um zero à esquerda – disse o esquisito dando um sorriso.

– Égua, eu não estou acreditando que estou aqui. Olhe, senhor, só estou aqui porque a minha esposa ped... – Ele parou pelo susto que levou quando olhou para o carro e não viu Elisa mais lá.

Olhou para o lado e também não viu mais o velho esquisito. Estava sozinho no banco da praça. O fluxo dos carros já estava normal, sem congestionamento algum. Charles correu até o carro e olhou até no banco detrás, mas ela não estava. – Para onde ela foi? – perguntou ele já nervoso. Olhou para o outro lado na esperança de sua esposa ter atravessado a avenida, mas lamentou não poder vê-la. Olhou para o lugar que antes esteve com o homem, mas viu que uma família já estava ocupando o lugar.

– Charles! – Ouviu ele a voz bem perto de sua orelha. Olhou em volta, mas não havia ninguém por perto. Ficou assustado, mas não expressou nada porque pensou ser algo de sua cabeça.

Contudo, ouviu novamente a voz e, dessa vez, percebeu que era a mesma voz do homem esquisito. O susto foi maior dessa vez e o deixou aterrorizado.

– Onde estás? Por que eu não consigo mais te ver?

– Só me escute agora, Charles, porque o que você vai ver mudará a sua vida.

– Então, tá – respondeu ele com certo nervosismo.

– Feche os olhos, relaxe um pouco. – Aquela voz foi a expressão da paz que o pastor estava precisando. – Sinta a sua respiração e a sua pele tocando a roupa que está em seu corpo. Perceba o aroma do ambiente que vai entrando suavemente em suas narinas... Ouça os sons de tudo o que cerca você neste momento. Não defina nada, não crie opinião, apenas sinta. Curta este momento, Charles... – Durante um minuto ele seguiu a orientação. – Agora, abra os olhos. Veja tudo o que for possível enxergar, sem restrições e sem prejulgamentos. Perceba o mundo, meu amigo. O mundo que você teme. Teme porque passou a acreditar em um mundo de trevas que só conduz para o pecado em vez de olhar a beleza de toda essa natureza. Você talvez pense que o ser humano faz deste mundo as trevas, mas lhe digo que também faz dele o paraíso. Observe os sorrisos das pessoas; umas namorando; outras conversando com amigos e familiares. Veja aquelas que estão brincando com seus filhos; parecem felizes, não é? Outras estão sozinhas gostando do que veem no celular. Tudo conforme o roteiro de um mundo ideal, Charles. Porém, não é assim que percebemos a vida, não é? Veja aquele casal brigando a ponto de partirem para a violência; e aqueles rapazes cheirando cola, o que você teria a dizer a eles? Aquela garota só tem 13 anos e acabou de roubar o colar da senhora, que, agora, está com marcas no pescoço. Mas eu quero que se atente para aquele menino com óculos escuros que está sentado ali no pé da mangueira, isolado. Está vendo ele?

– Sim, estou vendo – disse Charles.

– Ele tem 15 anos de idade. Algo aconteceu que o deixou muito triste. Veja o quanto ele está vulnerável e fragilizado. Se você achar que deve, pode ir lá para fazer alguma coisa.

Charles caminhou cautelosamente. Aproximou-se, ainda desconfiado com tudo o que estava acontecendo.

– Oi... O que houve? Por que você está assim?

– Nada, não. Estou bem – disse o garoto.

– Não vou acreditar em você porque é claro que está chateado com algo. Estou aqui e quero ver se posso te ajudar. Diga o que aconteceu.

– Foi lá na escola. Tem um monte de filhos da...

– Ei, calma, não precisa falar isso. Só me conte o que aconteceu.

– Foi na apresentação do meu trabalho. Eu estava muito nervoso, tio. Até mandei bem no início, mas quando vi aqueles idiotas fazendo graça do meu cartaz, minhas pernas começaram a tremer. Comecei a gaguejar. Fiquei muito nervoso. Olhei para a professora e disse que não ia conseguir continuar, mas ela disse que eu precisava ir até o fim porque valia ponto. Eu até tentei, tio, mas um daqueles imbecis pediu para eu tirar os óculos. Foi aí que tudo aconteceu.

– E você fica o tempo todo com esses óculos?

– Sim, não posso tirá-los.

– Por quê? Tem alguma coisa nos seus olhos?

– Sim, eu nasci com um defeito. É um lance que não me deixa em paz.

Charles foi com cuidado e tirou os óculos do rosto do garoto.

– Meu deus! – disse ele.

Tratava-se de uma Anoftalmia no lado direito, no qual não existia globo ocular. Seu rosto tinha apenas um olho (lado esquerdo) e tal aparência assustou Charles.

– Eu sabia que o senhor ia ter nojo de mim. Todos têm. Na escola me chamam de ciclope e todos riem, mas ninguém sabe como eu me sinto. É horrível ser humilhado por todo mundo!

– Oh, meu garoto! Eu não tenho nojo de você e nem estou com vontade de rir. Na verdade, eu sinto muito por tudo isso. Não quero ver você assim, sabia? Esses moleques não te merecem, meu filho. Você tem um bom coração, só está convivendo com as pessoas erradas.

– Como assim?

– Isso mesmo! Você está sofrendo porque no ambiente da escola não tem pessoas para cuidarem dos outros. Elas não se importam com você e o seu problema sempre vai ser motivo de zoação. Mas não se preocupe porque eu vou te levar a um lugar que você vai se sentir importante e que outros jovens vão cuidar de você.

– Sério, tio? O senhor não está me enganando?

– Claro que não! Confie em mim.

– Mas o que é esse lugar? É um centro de reabilitação? Se for, pode esquecer que eu não vou.

– Fique tranquilo que não é nada disso. O lugar que vai conhecer é o melhor que a gente pode estar. Quando se enturmar com a galera, você não vai nem querer se afastar de lá. – O garoto se animou e depositou confiança no convite. – Vamos para a minha igreja. Vamos...

Charles pegou no braço do rapaz e o puxou para que ele levantasse, mas algo aconteceu: o corpo do garoto começou a se desfazer e, aos poucos, foi se desintegrando até sumir na frente do pastor.

Charles se assustou, quase caindo. Seu coração acelerou e o suor começou a escorrer. Ficou estático. Olhou para o lado e percebeu que ninguém tinha visto o que aconteceu e que as pessoas caminhavam normalmente pela praça. O desespero bateu forte dessa vez e ele se viu confuso entre a realidade e a ilusão.

– Ei, o que aconteceu aqui? Cadê o garoto? – disse Charles.

A voz silenciou e se ouviu nenhuma resposta. O pastor gritou algumas vezes, sem sucesso. Abordou algumas pessoas e lhes contava o que ocorrera, e, claro, ninguém acreditou que o menino havia sumido repentinamente, pois estavam a desconfiar que o desesperado houvesse feito algo. As pessoas cochicharam, o chamaram de louco e apontaram o dedo com ofensas e acusações. Foi um momento angustiante e de grande opressão para Charles.

– Consegue perceber o que acabou de fazer? – perguntou a voz.

Contou-lhe tudo o que ocorreu bem rapidamente, consequência do desespero. Evidentemente, ele queria entender tudo o que estava acontecendo, mas não parava de se perguntar por que estava sendo acusado quando que o que ele fez foi apenas estender a mão para levá-lo a um lugar de cura e libertação. Em sua visão, aquele garoto iria construir uma nova vida dentro de uma ética que iria afastá-lo da rejeição social que sofria entre os colegas da escola.

Uma das pessoas que o xingaram se aproximou para saber o que disse ao garoto. Prontamente, Charles revelou o convite e o fez a ela, também. No entanto, o seu corpo também se desintegrou. Correu até outra pessoa, mas o mesmo aconteceu. Olhou para suas próprias mãos e viu que elas estavam sujas; e sujas há dias.

– O que eu fiz? – perguntou ele.

Ele olhou à frente e viu o esquisito novamente. Automaticamente, olhou para o carro e viu sua esposa sentada como se nada tivesse acontecido.

– Quem é você? – perguntou Charles.

– Venha, meu amigo, caminhe um pouco comigo. Sossegue a sua alma e observe o que vou te mostrar.

Os dois andaram para o outro lado, oposto da basílica. Lá, o movimento de pessoas estava menor. O homem conduziu Charles para perto de um monumento histórico da cidade, onde o ambiente estava mais escuro e apontou em direção a uma árvore.

Lá estava um rei e sua roupa era de cor branca reluzente, com joias de diversas cores; possuía uma barba de fios longos e alvos como a neve e estava sentado em um trono dourado.

Estava ele ocupado em criar um boneco com um pouco de barro que tinha em suas mãos. Charles ficou encantado com a cena e tentou dar um passo, mas logo percebeu que não podia nem se mexer. Olhou para o esquisito ao seu lado que não esboçou nenhuma reação.

O boneco ficou pronto. Cabelos lisos e pele clara. Estava nu até ser posta nele uma camisa cinza, calça de linho preta e uma gravata vermelha.

Em seguida, o rei tocou no boneco e soprou em seu nariz, dando-lhe vida, permitindo que se movimentasse como uma pessoa qualquer. Ele ficou muito feliz e com toda a alegria que recebeu, riu, pulou e correu para a árvore que estava atrás.

Enquanto ele brincava, com mais um pouco de barro foi criada uma boneca, a qual tinha cabelos pretos, encaracolados, olhos grandes, com um vestido listrado (cores vermelha e branca) e um sapatinho marrom. Ao perceber que existia, andou por alguns instantes para reconhecer o terreno, avistou o boneco brincando na árvore e se aproximou. Ela sorriu, querendo ser cordial, mas o semblante do boneco se fechou e deu-lhe as costas.

Tentou ela puxar assunto, mas ele quebrou um pedaço do galho que segurava e o jogou nela, que, por pouco, não foi atingida. Porém foi o suficiente para tudo mudar.

Rapidamente, o corpo da boneca avermelhou e seus olhos ficaram pretos por completo. Escalou a árvore e em questão de segundos o alcançou. Já estavam a cinco metros de altura quando ela começou a agredi-lo sem parar. Por um instante de descuido, ele resgatou suas forças para puxar os encaracolados cabelos até arremessá-la para baixo.

Charles ouviu o grito da boneca durante a queda e viu a cabeça partir ao chocar-se com uma pedra.

Grande foi a decepção do rei. Abaixou a cabeça em uma profunda tristeza, pois ver sua criatura cometer uma atrocidade o levou ao arrependimento. O assassino, percebendo que havia entristecido o rei, tentou se esconder entre as folhas, o que – logicamente – não adiantou. O rei saiu do seu trono e esticou o braço para pegar sua criatura. Colocou-o em pé diante do trono; após sentar-se, apontou para o braço esquerdo do boneco e, depois, para o direito e ambos os braços se quebraram, resultando em um choro estrondoso do castigado.

Charles, ainda paralisado, estava amedrontado com tudo o que estava vendo. Seus olhos estavam arregalados e suas mãos úmidas, mas o esquisito via tudo sem nenhuma reação.

O pastor conseguiu virar seu rosto (com muita dificuldade) para o lado e tentou dizer algo, mas não conseguiu.

– Continue olhando, Charles. Você precisa entender o que está acontecendo aqui – disse o estranho velho.

O boneco, com extremo remorso, ajoelhou-se e pediu perdão ao rei, dizendo que jamais faria aquilo novamente, e, já que recebera sua punição, perguntou se poderia seguir a sua vida com o perdão em sua alma. O rei, sentindo alegria pela remissão de sua criatura, resolveu perdoá-lo sem livrá-lo da dor que o tomava.

Charles voltou a se mexer e, em seguida, perguntou:

– Ele é Deus, não é?

– Esse é o deus criado – respondeu o esquisito.

– Como assim? Você quis dizer "criador", não foi?

– Não. Atente para o que está vendo, amigo. – Nesse momento, o boneco deu alguns passos tentando contornar a dor que não parava de aumentar, enquanto o rei chorava por ver seu sofrimento. – O rei parece arrependido, não é? – Charles balançou a cabeça concordando. – Teria ele cometido um erro?

– O rei é o próprio deus. Então, como pode cometer algum erro? – perguntou Charles.

– Você está vendo nada mais que o deus do Cristianismo – disse deixando Charles ainda mais perplexo. – Ele foi colocado nesse trono para tomar as decisões que a tal religião determina. Ele assume a posição de criador e provedor, bom e justo, sensível e vingativo, mas a sua ação depende da vontade dos cristãos religiosos. Esse deus foi criado para fingir que se importa com você e que sofre com a sua dor. Ele deseja o fim do sofrimento e se enraivece com a sua raiva quando contrariado. Como se não bastasse, o dividiram e o enclausuraram em milhões de templos pelo mundo. Esse rei está sentado em um trono para julgar os pecados e castigar o pecador, ameaçando-o a um inferno que é o destino daqueles que não o encontram nos templos representantes dessa religião. Esse deus é oligárquico porque fala aos que se mantêm debaixo de uma narrativa profética conveniente e os chama de filhos, conquistando adeptos para seus ninhos. Ele é sensível, mas não só isso. Entristece-se à medida que seus servos o decepcionam e torna o mundo um lugar insuportável. Como rei, ele levanta um exército com soldados que assassinam reputações pelo mundo e cria um tribunal para todos os que o questionam; e, ainda, não tolera a racionalidade para que sua verdadeira face não seja revelada. Esse deus é como você, mas com apenas uma diferença.

– Qual? – perguntou Charles.

– Você é real.

Charles estava relutante em acreditar no que acabara de escutar. Após alguns segundos, olhou mais uma vez para o rei sentado no trono e se aproximou devagar. O senhor do trono devolveu o olhar e disse que havia parado de escutá-lo, pois as crenças de Charles estavam afetadas. Lamentou o afastamento do pastor e estendeu-lhe a mão, pedindo para que voltasse o quanto antes para retomar o controle de sua instituição.

O pastor levantou a mão direita e a movimentou na frente do rei como se estivesse apagando uma lousa. A cena se diluiu por completo e a ilusão se apagou.

Após isso, Charles voltou um tanto frustrado com a sensação de que toda a sua vida se baseou em uma fantasia mitológica. A sua crença religiosa estava ainda mais abalada e, aos poucos, estava se convencendo de que Deus não era como ele imaginou por mais de cinquenta anos.

E agora, Charles?

– Se Deus não é como eu imaginei – apontou para o lugar em que aconteceram as cenas –, então... – Pensou um pouco. – É você? – perguntou ao esquisito, o qual ficou sem responder. – Você é o Criador?

– Por favor, não me rotule. Eu sou o que sou. Um grande erro é você querer me entender, uma ambição que a sua capacidade não alcança. Então, não me defina porque sempre haverá uma pergunta que colocará a sua afirmação contra a parede. O ser humano nunca poderá me conhecer por mim mesmo e aquele que insiste em criar argumentações sobre mim, se torna amante da ignorância.

– Então, o Cristianismo é uma mitologia... E esse deus é controlado para nutrir a ignorância daqueles que se vestem de autoridade eclesiástica.

– E, por isso, ele não pode ser livre. Mas, por meio dele, os cristãos religiosos julgam rituais pagãos, temem adeptos de outras religiões e condenam os que se dizem ateus.

– Mas os ateus não negam a existência de Deus?

– Eles negam a existência de um deus que é definido pelas religiões. Questionam e criticam essas descrições e são rejeitados por meio de alegações infundadas, mas disfarçadas de verdade absoluta. Assim, Charles – o esquisito se aproximou ainda mais –, você precisa se tornar um ateu porque só assim poderá sair dessa fantasia.

Tal orientação causou um forte impacto em Charles, e, com isso, ele [lutando contra suas velhas regras] tentava aceitar tudo com a imparcialidade necessária. Ele se sentiu caminhando na contramão por ver que precisaria desapegar-se de muitos dos seus princípios.

– O que estou ouvindo vai contra tudo, ou quase tudo, o que eu acreditava. Eu tenho tantas questões que eu chego a pensar que cometeria um pecado por questioná-lo. – Charles estava amplamente constrangido.

– Sei que há muitas dúvidas em sua mente, pois você é alguém que surgiu para servir a algo que ainda não conhece. Por que seria pecado buscar por respostas? Porventura, você está com medo de mim?

Ele, parecendo não acreditar no que estava acontecendo, respondeu: – Talvez.

– É compreensível, com tantos anos proclamando uma farsa, não é de se admirar sua estupidez.

Ao olhar ao lado, Charles viu uma Bíblia, de capa preta, em cima de uma pedra. Pegou rapidamente e perguntou:

– E ela? Não é a palavra divina?

– A Bíblia é apenas um guia de moralidade religiosa com histórias inspiradoras, poesias e profecias mal interpretadas. Tornaram-na um objeto sagrado, mas muito se engana quem se arrisca a fazer afirmações além da elucidação que ela traz.

– Ainda há pouco o senhor disse que não é possível conhecê-lo. Se for assim, por onde eu posso entender os seus desígnios?

– Em nenhum lugar. Veja, Charles, o quanto você é semelhante ao mundo e a tudo o que é natural. Tudo acontece aqui, apesar de alguns fatos passarem despercebidos aos seus olhos porque a sua luta sempre foi por um destino fora daqui. Mas se tem algo que eu possa dizer neste momento é: viva este mundo!

– Isso é bem difícil para eu digerir, pois eu só conheci a Jesus por causa da Bíblia. O sacrifício na cruz, a vitória sobre a morte, a remissão dos pecados pelo sangue derramado, a graça que me foi dada sem que eu merecesse... Tudo isso é consequência da missão messiânica e eu só sei disso por meio deste livro. Ou Jesus não é o Deus encarnado?

– E por que isso importaria? Ele não viria a este mundo assim como você veio? Qual diferença há? Alivie a sua alma, meu amigo, e mantenha o seu foco no que realmente é importante. Se um dia você quiser ensinar algo, ensine sem distorções ou conveniências. Cuide delas, independentemente das falhas que apresentam. Não siga as imposições das doutrinas de chantagem emocional, não dê ouvidos para os que jogarem pedras, nem espere recompensas. Siga o seu caminho e, assim, verá que os outros são como você é: seres em desenvolvimento que cometem erros e, muitas vezes, buscam por vingança diante da injustiça sofrida. Você pode até tentar convencê-los a abandonar o mal que tendem a fazer, mas jamais terá sucesso se ainda acreditar que é superior a eles. Pois, acredite: você não é superior a ninguém. Então, coloque-se no seu lugar, pobre homem, e faça aquilo que for útil para o bem comum, respeitando a natureza que há em cada ser existente, humano ou não. Atente-se para isso e nunca mais dependerá de uma ideologia religiosa para firmar a sua fé.

Logo após terminar de falar, o esquisito de barba grisalha desapareceu. Charles aflito ficou, olhou para todos os lados tentando achá-lo, mas nenhum sinal.

Lembrou-se do seu carro e deu os primeiros passos quando viu uma criança andar em sua direção.

– A morte dela não é fim! E o senhor vai precisar tomar a decisão – disse ela.

– O quê? – perguntou ele.

A criança correu para brincar com seus colegas e Charles, ainda assustado, foi apressadamente para o seu carro. De longe, viu Elisa esperando por ele, mas, ao chegar, percebeu que ela estava morta. O desespero tomou conta e ele começou a gritar.

Nesse instante, ele acordou e viu Elisa deitada ao seu lado, virada de costas para ele, na cama. Ficou ofegante e ao mesmo tempo aliviado por ver sua companheira ao lado.

Pegou seu relógio que estava em cima da mesa de cabeceira para ver a hora. Já eram 10h30. Estava atrasado para um compromisso e, por isso, ficou agoniado. Sacudiu Elisa para que acordasse. Ela virou com o corpo mole e Charles viu uma mosca sair do seu nariz. Ele tomou um grande susto que o fez cair da cama. Desesperado, ajoelhou-se ao lado do corpo e começou a chorar compulsivamente.

De repente, acordou assustado do pesadelo. Estava ele sentado em sua poltrona que ficava na sacada e, após entender onde realmente estava, e que agora estava lidando com o mundo real, percebeu a forte dor que latejava a cabeça. Foi à cozinha para ingerir um comprimido e tentar se acalmar.

Lembrou-se da menina que apareceu em seu sonho e viu que aquilo o intrigou. No entanto, tudo já estava na mente de Charles e ele só precisava aceitar que não estava mais como antes; e que, por isso, precisava agir.

Foi rapidamente buscar o celular para fazer a ligação que daria o ponto de partida para o seu plano.

Luiza atendeu e ele pediu para que ela voltasse, junto com Jorge, à sua casa. Ao chegarem, Charles pediu-os que dirigissem a congregação por um tempo, pois ele iria continuar afastado para, depois, retornar. Que não levantassem polêmicas e que eles não entrassem em discussões desnecessárias, principalmente quanto às ações de sua irmã, Letícia.

Luiza estava ainda machucada por tudo o que a tia fizera, mas seu pai foi persistente para que ela aceitasse suas condições.

– Por favor, façam o que eu estou pedindo, pois não vai demorar muito e logo eu estarei de volta – disse Charles.

– O que o senhor vai fazer nesse tempo, pastor? – perguntou Jorge.

– Não se preocupe, meu amigo. Apenas cuide da minha filha. Esteja com ela porque não vai ser fácil o que virá por aí. Agora vão e façam o que eu pedi.

Assim, eles foram embora e Charles iniciou um período de estudo em seu quarto durante várias horas do dia. Assim começou uma nova etapa.

Saía para ir ao mercado comer com seus filhos, quando eles estavam presentes com ele, é claro. Embora Charles estivesse sempre no apartamento, o ambiente ficava silencioso como se ninguém circulasse ali durante o dia. Reuniu vários livros e usou a internet também para suas pesquisas, tendo em mente o esquisito do sonho que tivera.

A Bíblia era a referência de estudo, pois a meta era entender os equívocos narrados pelo Cristianismo, porém outros livros também estavam ali para servirem de apoio, o que não era comum anteriormente.

Charles era um pastor que, desde muito tempo, acreditava na Bíblia como a única fonte de estudo e que, além dela, não haveria carência de outra literatura.

Durante esse período, ele começava suas leituras sempre em seu quarto, mas [após algumas horas] se deslocava para a sala, sacada, cozinha e até mesmo para o banheiro. Qualquer lugar se tornou propício para o conhecimento.

Seus filhos foram se acostumando com essa nova rotina, pois ver o pai em casa e motivado com esse novo tempo era motivo de alegria para todos.

Theo voltou a se empenhar no trabalho com Danny e estava sempre na correria com seu violão novo, mas, embora muitas vezes atrasado, não abria mão de ir até o seu pai para ganhar um carinho antes de sair.

Luiza, sempre mais cuidadosa, fazia o contrário. Tentava abrir a porta de saída sem fazer barulho para não atrapalhar seu pai, mas nem sempre dava certo, pois Charles gritava (de onde estivesse): "Cadê o meu beijo?".

Era uma família que estava se entendendo e aprendendo a conviver com as diferenças. Uma chance para um lar de tranquilidade.

Com as leituras, Charles passou a aceitar reflexões que o levavam a pisar em um campo de dúvidas e questionamentos, mesmo que – muitas vezes – os paradigmas religiosos o tentassem para não adicionar um ponto de interrogação em suas afirmações.

Não estava sendo fácil, mas ele estava convicto de que precisava ir além da religião e, assim sendo, aplicado em conteúdos históricos e filosóficos, passou mais tempo revendo as teses que por anos defendeu.

No templo, os eventos aconteciam normalmente, com o número de pessoas aumentando com a influência de Letícia, que não desistia de tomar a frente da congregação. Agia como se estivesse cavando a sua aceitação pelos que esperavam uma liderança.

Luiza administrava tudo, enquanto Jorge dirigia os cultos e tentava suprir a ausência de Charles, cujos sermões, apesar de ter se tornado rude após a perda, eram os melhores.

A filha do pastor era questionada frequentemente sobre o sumiço de seu pai e já se demonstrava incomodada com a improvisação do sacerdote. A única resposta que poderia dar era: "Não se preocupe que no momento certo ele vai voltar".

Com o tempo, Charles percebeu que os ensinamentos explorados em seu templo contribuíram para que os fiéis se tornassem defensores de um dogma que sufoca a ética social, a qual deveria ser o princípio da conduta humana. Porém, tudo o que restou foi uma congregação agraciada de uma justiça conveniente. Uma frustração tamanha que o arrependimento bateu em sua consciência.

Contudo, por que se arrepender se o que fez, o fez porque acreditou ser o ideal ao povo que conduziu? Vamos, Charles, não negue a pessoa que você foi nesse passado próximo.

A essa altura, estava ele mergulhado no mar que antes era desconhecido. Determinado estava a encontrar um novo conceito para sua vida. Por isso, investiu muitas horas do dia a estudar.

Ao começar a leitura do Sermão da Montanha, em sua Bíblia, impactou-se ao ler que são felizes os limpos de coração e passou a pensar mais a fundo sobre o significado do termo "limpar o coração"; e, em seu caderno, escreveu que "é necessário cuidar de si para não ser afetado pelo que acontece no externo. Mas, se – por acaso – afetar, que o impulso seja para reconduzir-se à paz, não ao ódio".

Charles precisava sair da bolha dos eufemismos que romantizava a mensagem e obscurecia a clareza. Tão preocupado com elogios e prestígios, por muito tempo ele conduziu um povo a rejeitar a razão em troca de sensações reconfortantes.

Então, ele colocou a mão em seu peito e pensou no quanto estava se sentindo leve por ter tirado o peso de um luto de três anos após se despedir de Elisa, naquele cemitério. Nesse momento, chorou (não descontrolado) de alegria ao entender que estava perdoando a si mesmo pela dor que permitiu sentir em sua alma por tanto tempo; e por ter sido vilão de si mesmo e por ter afastado os seus filhos. Nesse momento, se convenceu de que seu coração estava se limpando.

Releu o trecho para o qual ele nunca havia atentado e, por isso, não se lembrou de tê-lo lido no passado.

Deparou-se também com um trecho que, dessa vez, o deixou amplamente incomodado. Leu que Jesus orientou o povo (que o ouvia ao pé do monte) a amar seus inimigos em contraposição ao que era instruído pela tradição de sua época, pois a vingança era justificada diante de alguma injustiça acometida. Leu e releu o nazareno dizendo que é preciso bendizer aqueles que maldizem, pois tal relevância requer desapego dos sentimentos de raiva, ódio e tristeza.

Incomodado ele ficou por causa da seriedade nas instruções dadas por Jesus. Viu que ali se tratava de uma das mais difíceis missões que um ser humano pode ter: tratar bem, mesmo quando é tratado como um lixo.

O ato de amar não estava bem definido em sua mente, por isso, muitos conflitos surgiram e a leitura ficava ainda mais embaraçada.

Amar os inimigos é romper com a vaidade e o orgulho ferido, o que faz elevar a honra de quem se importa com a vida de outra pessoa. Tal entendimento balburdiou Charles quanto ao tempo que dirigiu uma comunidade sem que ela fosse conduzida por esse viés. Em uma oração, por exemplo, orar pelos perseguidos parecia (para ele) algo fácil, mas, ao pensar em alguém que fez um mal diretamente, foi frustrante, pelo nível de amadurecimento que essa decisão exige. Por isso, entendeu que a religiosidade não se importa com essa estrutura de oração, mas apenas com aquilo que concerne às suas tradições.

A verdade é que ele estava tendo outro olhar para os ensinamentos de Jesus e compreendeu que tudo se dá pela simplicidade e que sua constituição dispensa os privilégios sociais almejados por um povo obcecado pela riqueza.

Aos poucos, a estrutura construída, o sistema montado, a liturgia, as tradições e o terror ao pecado deixaram de ter razão de existência para Charles.

Ele passou a refletir na oração do "Pai Nosso" após ler que Jesus tomou como soberba as orações daqueles que oravam em voz alta e, a partir disso, orientou que a oração não fosse por meio de palavras programadas, mas que a mensagem emergisse da sinceridade, a qual não procura por reconhecimento alheio, pois ela brota da gratidão.

Em seu templo havia a tradição de proclamar o "Pai Nosso" ao fim dos eventos, mas – em sua reflexão – percebeu que nada disso tem importância se não houver a honestidade; e quando há, por causa da espontaneidade, as palavras não se repetem.

Viu também que Jesus repreendeu os julgadores, devido a sermos todos passíveis de equívocos e crimes que maculam nossas reputações.

Imaginou que crescemos aprendendo, inconscientemente, a julgar o próximo, subjugando-o às nossas sentenças, pois o julgamento que fazemos traz consigo a condenação que nos coloca em um nível superior ao julgado e aquele que se vê superior não se encontra com a humildade.

Ressaltou em seus pensamentos a importância de cada um olhar para si mesmo, reconhecendo suas próprias falhas antes de criticar o outro; isso após ler que Jesus chamou de hipócrita todo aquele que julga sem julgar a si mesmo.

Charles, ao se deparar com esse entendimento, se envergonhou de si mesmo ao lembrar-se das vezes em que julgou seu filho sem nenhum rastro de compreensão.

Pesou nele o remorso e reconheceu o mal religioso que tomou conta de suas ações por causa do *status* de pastor que carregara por tanto tempo.

Contudo, nada o abalou tanto quanto o caminho largo e o caminho estreito. Uma passagem muito utilizada por ele em seus sermões, mas um detalhe passava despercebido por seus olhos. Agora, manter o templo aberto todos os dias não faria mais sentido.

Percebeu a previsão que Jesus fez com a condição relacionada ao amor que estava ensinando aos seguidores. Ao observar no texto que muitos encontrariam a porta larga, da perdição, e poucos a da que leva à vida, pôde ver a estupidez em si mesmo quando pensou – por várias vezes – que o aumento do número de templos espalhados pelo mundo significaria que o evangelho estaria sendo praticado por muitas e muitas pessoas.

Atônito, percebeu que Jesus mostrou justamente o contrário, pois quanto mais templos abertos e quanto maior a expansão da religiosidade, mais desprezados estariam os ensinamentos de seu mestre. Algo que passou a estar evidente nos pensamentos de Charles.

O desbravador se empolgou a cada página finalizada e estava se convencendo cada vez mais de que a institucionalização em nome desse evangelho é um meio pelo qual os olhos dos adeptos são vendados para que a verdade não seja encontrada; e que favorece a esperteza dos aproveitadores, assim como ele.

Ao fim, leu [ainda no livro de Mateus] Jesus contando uma história em que o rei (o qual promoverá o juízo final) reúne todas as nações, dividindo-as em dois grupos; o primeiro à sua direita e o outro à sua esquerda. Assim, diz aos da direita que estariam salvos porque quando teve fome, deram-lhe de comer; teve sede, deram-lhe de beber; era estrangeiro, deram-lhe hospedagem; esteve nu, deram-lhe vestimentas; esteve ele doente ou preso e foram visitá-lo. Mas Charles viu que as pessoas desse grupo ficaram perplexas por não entenderem, de fato, o que o rei havia dito e, por isso, perguntaram: "Senhor, quando te fizemos tudo isso?". O rei, respondendo, disse: "Ao fazerem isso aos outros, fizeram também a mim".

– Então, essas pessoas foram salvas por causa da compaixão e da caridade sem saberem que estavam sendo salvas? – perguntou Charles. – Não estou acreditando! O segredo está na caridade.

Ele foi confrontado por tamanha obviedade; e teve ansiedade por saber que os membros de sua congregação não sabiam disso, também.

O empolgado foi surpreendido por se dar conta de que os ensinamentos de Jesus são pouco praticados; que o amor não se mede e não depende da reciprocidade para existir, muito menos de reconhecimento para promover a caridade, pois só assim é possível alguém perdoar mesmo que não seja perdoado e estender a mão mesmo quando não tem ninguém para socorrê-lo, em momentos de queda.

Ao construir o templo, Charles tinha como intuito levar um novo reino às pessoas que o seguiriam; uma intenção louvável por desejar o melhor para seus fiéis, mas ele passou a questionar essa ideia de reino por se perguntar "que reino é esse?". Aos poucos, foi percebendo que o tal reino não existe como um lugar, e sim como o afeto entre as pessoas que desejam o bem umas às outras.

Assim sendo, convenceu-se de que um templo religioso (como o dele) não possui superioridade espiritual em detrimento dos outros lugares; e saber disso deixou sua cabeça perturbada.

"O evangelho de Jesus é a prática do amor e, fora disso, não há nada que se assemelhe e – por isso – não há por que sustentar um templo por um sistema corrupto e barganhador, onde eu me posiciono como autoridade divina, sendo que tudo está diante de todos os seres, não obstante a patente religiosa. Então, que utilidade eu tenho como pastor se não for para mostrar às pessoas essas lições? Qual o meu chamado se não o cuidar dos outros a partir de mim mesmo? Por que usar palavras desconexas com esses ensinamentos que, agora, passei a entender? Por que emocionar as pessoas com mensagens que vão aliviar suas almas, mas que não vão *ajudá-las a mudar suas atitudes diante dos outros e dos problemas? Não há sentido naquele lugar se a doutrina que lá está não for retirada."* Assim pensou Charles.

Levantou-se, reuniu os diversos papéis com seus rascunhos, guardou-os e saiu rapidamente.

Esse período de estudo durou longos quatro meses, para que, nesse momento de sua vida, ele pudesse iniciar um novo ciclo.

O relógio marcava 18h15. Arrumou-se e foi para o templo, o que não foi nada bom para Letícia.

CAPÍTULO 23

O seminário

Ao chegar ao templo, algumas pessoas (que costumavam chegar cedo) já estavam presentes e ficaram surpresas, pois o tempo sem o pastor da igreja foi de tensão e desestimulador para muita gente. Charles cumprimentou a todos os que ali estavam e, por alguém, foi perguntado se estava de volta para assumir igreja. Outro alegou que a congregação estava precisando de alguém como ele, de pulso firme para a liturgia. Tais interessados viam a irmandade se perder conforme Letícia dava seu toque em cada atividade.

Ele agradeceu pelo carinho que sempre recebeu de seus irmãos, apesar de estar prestes a fazer algo que até eles mesmos que estavam – nesse momento – dando-lhe carinho, iriam tê-lo por escândalo.

Entrou na sala da tesouraria, Luiza o abraçou fortemente; ela não sabia que ele decidira voltar, tampouco de seu plano, e ele, por sua vez, não sabia qual seria a posição de sua filha quando tudo fosse acontecer; contudo, nesse momento de sua vida, Charles não mais estava preocupado com a repercussão.

Jorge entrou na sala e também ficou muito feliz por vê-lo no templo. Charles pediu que ele abrisse o gabinete, pois queria reunir em particular e lhe fazer alguns pedidos. Jorge, prontamente, seguiu para a sala do pastor.

Ao entrarem, a porta foi trancada e Charles o lembrou do seminário que haviam idealizado meses atrás. Jorge afirmou que já tinha falado a respeito com muitos pastores da cidade e que a maioria disse que estaria presente na data que fosse divulgada.

– Muito bom! – disse Charles, agradecido pelo empenho do amigo.

Conversaram por 40 minutos, o suficiente para contar o plano por completo. Jorge ficou apreensivo pela consequência que poderia causar, além de que poderia criar uma grande inimiga, a sua própria irmã.

Charles não demonstrou nenhuma preocupação quanto a isso, apenas pediu que o plano fosse seguido conforme o dito.

Ao terminarem, ele abriu a porta, mas, antes de sair, Jorge perguntou:

– Por que voltou só agora?

– Há tempo para tudo, meu amigo. Este tempo é de elucidação.

– Elucidação de quê? – Jorge ficou curioso.

– Na hora certa, você entenderá. Só não sei qual será a sua posição.

Charles permaneceu no templo, mas não pegou no microfone. Preferiu a discrição e abriu mão de ficar na tribuna e foi se sentar no meio dos membros, sem comentar nada. Letícia, ao chegar, viu seu irmão presente e foi cumprimentá-lo. Sua expressão não foi das melhores, mas ambos falaram-se cordialmente. Charles seguiu ali até o término do culto.

Ela se sentou ao lado de Gerson (na tribuna, como era de seu costume) e começaram a cochichar olhando sempre para Charles, o qual estava como um estranho no meio dos congregados, sem participar da liturgia. Não bateu palma, não cantou as músicas junto com o povo, não fechou os olhos nas orações e não ofertou. Estava ele ali apenas ocupando um lugar sem qualquer comunhão com quem estava ao seu lado.

Ao término do culto, ele foi logo para o seu carro e evitou falar com os curiosos que queriam lhe encher de perguntas. Letícia o observou e disse a Gerson:

– Por que ele veio aqui, hoje?

– Ah, deve ter vindo para marcar território, afinal, já tinha quatro meses que ele não aparecia.

– Não... Se fosse para isso, ele teria subido para falar alguma coisa. Tem algo estranho no ar, eu conheço o meu irmão. Mas não vou demorar para saber o que ele está aprontando – disse Letícia preocupada.

No dia seguinte, ela soube do seminário (que estava com data marcada e pautas determinadas) por intermédio de um integrante da banda da igreja. Correu para encontrar Jorge.

– Ei, me diz por que eu não fiquei sabendo disso? – perguntou ela mostrando um cartaz de divulgação sobre o seminário.

– Essa foi uma iniciativa do pastor Charles. Eu só fiz o que ele mandou. Se a senhora quer reclamar, vá até ele – disse ele, não dando tanta importância ao estresse.

O seminário foi marcado para duas semanas depois e contava com pastores dos maiores templos da cidade. Um período curto para confirmação de todos, o que levou Charles a ir pessoalmente se certificar da confirmação de todos os que haviam aceitado o convite no tempo em que esse evento fora cogitado.

O entusiasmo era visível. Toda organização foi feita em seu templo, junto com Jorge e demais integrantes da equipe de eventos. Queriam envolver o maior número de pessoas possível da congregação. Para alguns membros, ver o pastor ali envolvido era motivo de esperança para um novo tempo. Mas o eclesiástico evitou qualquer diálogo que o questionasse sobre os dias em que ficou recluso. Como resposta, dizia que o importante era todos se concentrarem na realização do evento para que nada faltasse.

CAPÍTULO 24

A confissão

Sábado, dia 15 de dezembro de 2018.

O templo Santo Sacerdócio estava lotado. Todos vestidos a caráter. Várias congregações estavam presentes para participarem do grande evento que marcaria a união entre as denominações, respeitando suas diferenças hermenêuticas.

Charles e Jorge fizeram um trabalho excepcional, pois expuseram aos pastores a proposta de um projeto em que as instituições evangélicas da cidade poderiam alcançar uma projeção nacional. Tal ideia chamou atenção e, por isso, não foi uma tarefa tão difícil contar com a presença dos principais líderes religiosos.

Nesse momento, todos se organizavam para o início. No estacionamento, duas pessoas ordenando os carros; os dois porteiros posicionados para recepcionarem as pessoas; pais andavam atrás de suas crianças, que circulavam livremente pelo salão; a equipe de fotos e filmagem iniciou seus trabalhos 20 minutos antes; a banda testava o som de seus instrumentos tocando uma música agradável; e Jorge sendo gentil com todos os que chegavam.

Na entrada, havia *banners* de todas as denominações presentes. Estavam posicionados de frente para o interior do salão e para que todas as pessoas presentes pudessem enxergá-los. Alguns pastores mandaram fazer camisas personalizadas com a logomarca de suas igrejas para que fossem logo identificadas. Tudo fazia parte do plano de Charles, pois em nenhum evento houve tanta divulgação institucional como houve para esse seminário.

Letícia chegou e – dessa vez – não expressou o sorriso de antes. Seu objetivo não era ter o apreço de ninguém, pois logo percebeu que não haveria espaço para a politicagem que se acostumou a fazer durante a ausência de seu irmão; seu objetivo era expor Charles perante todos quanto aos feitos humilhantes em sua família, principalmente contra seu próprio filho, Theo. Seu plano era envergonhá-lo, a fim de que todos concluíssem que o pastor os rejeitava.

Theo estava ao lado de Luiza, em pé, em frente à entrada do corredor que levava até as salas do templo; ignoraram a presença da tia, a qual passou por eles cumprimentando. Mesmo assim, ambos mostravam estar contentes com a iniciativa de seu pai, o qual esteve animado pelos meses de isolamento para estudo.

Contudo, onde estaria Charles que ainda não havia aparecido? Luiza fez para si mesma essa pergunta várias vezes, com certa preocupação. A alegria estava aparente, mas por dentro eles estavam em conflito.

Ela saudou um pastor convidado e logo foi até Jorge perguntar a hora que iria começar. A responsabilidade de iniciar o evento estava com ele. Iniciou o evento dando as boas-vindas às igrejas; em seguida, a banda tocou três músicas e movimentou o povo que ali estava. O templo foi tomado por vozes que cantavam fortemente e que podiam ser ouvidas do lado de fora.

Durante o fervor das canções, um homem se aproximou da porta. Magro, estava ele sujo, fedendo, parecia que não tomava banho havia dias, cabelo crespo e assanhado, olhos amarelados, com uma camisa branca com vários riscos de caneta, mas sem nenhuma palavra que pudesse ser entendida, apenas rabiscos.

Ele queria entrar para falar com o pastor e disse que era muito importante. Um dos porteiros o viu pelo vidro da porta e fez um sinal com as mãos para que o desasseado fosse embora, o que não adiantou porque o homem tentou forçar a porta para que abrisse de uma vez. Nesse momento, o porteiro abriu e lhe deu um empurrão, fazendo o indecoroso cair ao chão. Levantou-se cambaleando e riu, apontando para o porteiro, dizendo várias vezes: – Chegou a sua hora! Não tem como escapar! – Continuou rindo e, de certo modo, assustou o porteiro que [imediatamente] fechou a porta, se sentindo desconfortável e fazendo o possível para não ser percebido.

Embora estivesse faltando lugar no salão, no estacionamento não parava de chegar carro. Muitas instituições foram convidadas; algumas não compareceram, mas as pessoas que chegaram estavam prestes a presenciar uma cena que iria levá-las ao cume do escândalo.

– Theo, cadê o teu pai, hein?! – perguntou Robson.

– Deve estar por aí. Ele me disse que é para a gente ficar perto da Luiza e do Jorge porque vai aparecer a qualquer momento e que é pra nós mantermos a calma.

– Nossa! Que suspense. O que ele vai aprontar dessa vez?

– Não sei... Mas algo me diz que não vai ser nada bom – disse Theo apreensivo, olhando desconfiado para todos os lados.

A banda terminou a última canção. Jorge pegou o microfone e, ao iniciar a sua fala, todos ouviram um grande barulho de algo [como metal] caindo no chão. Todos, sem exceção, olharam para trás, mas poucos puderam identificar que algo havia caído na entrada do templo. Os porteiros não estavam lá. O som de cochichos tomou conta do templo e algumas pessoas, dos últimos lugares, foram até a porta de entrada para conferir. Luiza deu um passo, mas Jorge se aproximou e pediu que ela ficasse onde estava.

Era a placa da fachada do "Santo Sacerdócio" caída no chão. Charles apareceu e com um martelo começou a quebrar a identificação do templo. Foram muitas marteladas, muito barulho. A maioria presente ficou paralisada por não saber como reagir a esse momento, inclusive Letícia. Alguns pastores convidados chegaram perto e perguntaram o porquê da atitude. Charles pegou o que sobrou da placa e jogou aos pés dos tais pastores, dizendo em voz alta:

– Isso aí não tem valor algum para Deus, meus senhores! Está na hora de escancarar a verdade a todos vocês!

Ele entrou no templo; silêncio; todos olharam aterrorizados com seus olhos arregalados; ele foi caminhando sem olhar para ninguém, apenas para baixo, em direção ao lugar chamado de altar, onde ficava a tribuna; pegou o microfone das mãos de Jorge; agradeceu ao fiel amigo em voz baixa e se posicionou para falar.

Charles estava diferente e sua nova postura vomitava o tradicionalismo religioso; a religiosidade acolhedora que um dia uniu tal comunidade, mas que (agora) levou o povo a julgá-lo. Ele não estava com a aparência de antes; não parecia um pastor nos moldes litúrgicos, pois estava usando uma camisa tipo polo na cor verde clara, calça jeans e um tênis branco.

Apesar do clima pesado, que interrompeu o evento, Charles estava leve e pronto para revelar o porquê de sua conduta.

– Assustados? – perguntou ele. – É normal esse susto quando se perde o meio de sobrevivência.

Todos em pé, alguns de boca aberta, perplexos com o homem que parecia ter rompido todos os laços com seus fiéis seguidores. A desagradável surpresa de Charles provocou semblantes confusos em uma mistura de indignação com curiosidade. Algumas pessoas (em torno de dez) saíram do templo murmurando pela cena que viram.

Charles, sem se incomodar, iniciou seu discurso com um agradecimento a todos os pastores e líderes que aceitaram estar ali presentes naquele dia. Ressaltou o esforço de Jorge e a boa receptividade que tiveram ao convidarem as igrejas ali presentes. O momento mais brando da noite; segundos de afetividade e nada mais que isso.

– Vocês não estão me reconhecendo; eu sei disso; e não vão mesmo, porque estou diferente. Quero falar, agora, com os membros efetivos desta instituição. Tudo, porque já não sou o sacerdote que subiu tantas vezes aqui para lhes passar um sermão bíblico. Não, eu não sou mais o homem que cobrou de vocês fidelidade aos ritos tradicionais. Não, eu não sou o mesmo que construiu o templo que, agora, nos abriga. E não, não está aqui o homem que se assegurou na lei do dízimo para mantê-los abaixo de minhas asas. Não, senhores... Vocês não vão encontrar aqui o pastor que lhes conduziu para o abismo.

Letícia estava com suas pernas inquietas, balançou a cabeça em vários momentos. Não aguentou a agonia e saiu rapidamente ao encontro de Luiza. Perguntou por onde Charles andou. Segundo ela, as palavras ditas até então eram de um louco que precisava estar internado urgentemente. Cogitou o uso de drogas como justificativa para a presença excêntrica de seu irmão, mas logo foi interrompida com uma forte repreensão de sua sobrinha. Confrontada, silenciou e se afastou.

Para as pessoas presentes no templo, o homem que falava ao microfone estava cometendo um crime contra deus. Muitos dos fiéis do "Santo Sacerdócio" estavam se sentindo envergonhados perante os convidados da noite e, além do mais, lamentavam pelo fiasco que estava sendo o seminário. Evidentemente que não puderam compreender a mensagem de tão clara que estava.

Existem aqueles que não encontram luz alguma sobre os outros, porque só enxergam as trevas que lhes imputaram no intuito de se passarem por lamparinas.

– Sei que minha presença aqui manchou o evento de vocês – disse Charles – e que o que já foi dito me coloca em uma posição de malquisto neste lugar, mas isso não é problema agora. Peço que, só por alguns instantes, vocês prestem atenção no que eu vou dizer a partir de agora, pois tenho algo a confessar perante todos.

Foi o suficiente para o templo ferver de ansiedade. Alguns sentaram enquanto outros quiseram permanecer em pé. A apreensão aumentava a cada palavra de Charles e o mistério estava no ar.

O que ele fez de tão grave que precisasse confessar?

– Por onde começar? – Pôs a mão no queixo. – Tudo bem, vamos lá. Um dia eu fui convencido a me tornar pastor. Acreditei fortemente em um propósito por trás da consagração que o Reverendo Sr. Santos Lima me concedeu. Sou muito grato a ele por acreditar em minhas intenções e não me arrependo do que aconteceu, pois quem um dia eu fui nunca negarei. Meu desafio, já como pastor, foi criar uma comunidade que entendesse o chamado de Cristo e, há 10 anos, o nosso amigo Jonas Furtado – apontou para o senhor mencionado – foi o primeiro a abraçar essa causa junto com a minha família. Começamos os primeiros cultos na sala da casa dele e, após algumas semanas, alguns vizinhos já estavam conosco cantando e pregando; tudo em nome de Jesus. Nós fomos nos acostumando a esse desafio e, enfim, alguns anos depois, construímos este lindo templo que não é tão grande como outros por aí, bem verdade, mas é suficiente para dar conforto a quem o visita. Estudei a Bíblia, principalmente o Antigo Testamento, pois, pelo ofício, espera-se um conhecimento profundo sobre esse livro para respaldar o mensageiro, afinal, dentro desse meio há essa exigência. – É importante destacar que, dessa vez, ele não segurava nenhuma Bíblia. – Porém, hoje eu pergunto a mim mesmo e peço que reflitam comigo: o que significa ser um pastor? É alguém preparado para guiar vocês? Guiar para onde? Estão todos cegos? Será que o evangelho é tão misterioso e obscuro que ninguém consegue entendê-lo sem que haja um guru ao seu lado? – Segundos de silêncio. – Por esses anos eu estive aqui me posicionando como um representante de Deus, acreditando ser mais espiritual que vocês pelo costume de orar ajoelhado, por manter uma aparência impecável, por repreender o pecado e por ser um líder religioso, o que convenceu a todos de que Deus falava comigo e não com vocês. Será isso, mesmo? E este templo, meus senhores, qual a sua utilidade? Muito se acredita que aqui, ou em qualquer templo levantado para promulgar o Cristianismo, está a presença de Deus, onde podemos senti-la se buscarmos com todo o nosso coração. Mas, se caso derrubássemos este prédio, para onde iria essa presença? Não lhes parece um tanto estúpida essa ideia? Pode um espaço físico limitar a presença de um ser divino? Aliás, é possível essa presença ser mensurada? É verdade que aqui se fez uma comunidade, mas por ela também se fez idolatria a este espaço, pois o que era para ser um local de encontro, e de ensino, se tornou um ambiente segregador. Aqui, nós nos dedicamos aos rituais e guardamos leis que subjugam a nós mesmos pelo significado que demos a este templo. As pessoas são forçadas a estar aqui pelo medo do pecado e, também, do castigo de um deus que é sentimental demais para se abalar com as escolhas de um ser humano; além disso, são convidadas a vir a este lugar na promessa de que aqui as bênçãos acontecem e que, para isso, basta apenas a fé; nada mais. As ofertas e os dízimos servem para sustentá-lo, mas é preciso que se sintam obrigados a dar, porque o dízimo é uma devolução, não é? Uma lei, não é isso? E que, sendo ela cumprida, vocês serão prósperos por causa da obediência; este templo também é conhecido como casa de oração; você pode até orar em sua casa, mas a oração aqui dentro é mais forte e é o ambiente ideal para confessarem seus pecados e, também, serem perdoados. Não é nisso que acreditamos? Ora, meus senhores! Vivemos todos esses anos nesse cenário, acreditando que estávamos fazendo segundo o que Deus nos designou; o nosso tesouro estava nessa verdade e isso nos tornou salvos à nossa própria vista; já não importava a caridade, nem a compaixão, apenas a certeza de que Deus era conosco em uma guerra contra tudo o que se coloca contra os conceitos desta congregação. Deus? Será mesmo que temos Deus a nosso favor? Já não há mais tempo para ignorância e estou aqui para escandalizá-los. E, então, não sobrará nada que não esteja claro, nesta noite. Por isso, eu tenho algo a lhes confessar: eu cometi um grande erro, meus senhores! – As pessoas voltaram a ficar inquietas e os burburinhos faziam eco pelo templo e, em meio a esse barulho, ele continuou: – Peço que me perdoem mesmo vocês não sabendo medir a gravidade desse erro, nem tampouco as consequências que vieram a todos nós. – Os presentes tentavam descobrir entre si qual erro ele teria cometido. – Mas eu também estava cegado pela religiosidade e, por muito tempo, eu, cego, estive guiando vocês em direção a um abismo, sem que tivesse a noção do risco que estávamos correndo. Assim, nós seguimos o fluxo ao qual fui ensinado e desviei vocês do caminho reto e, consequentemente, da verdade que, agora, me tornou livre. A verdade é que eu escravizei vocês! Eu os acorrentei no pé da religiosidade e os ensinei tudo o que é bíblico. Eu os expus à ignorância escondendo de vocês as lições que podem superar a ideia de salvação seletiva. Elas estavam de um lado e os conduzi para o outro, em direção ao precipício; e como disse uma vez um filósofo alemão, quando se olha muito para o abismo, o abismo olha de volta para você; e assim fomos atraídos para a escuridão acreditando que estávamos iluminados por um privilégio exacerbado; acreditamos que a nós seria revelada a verdade e que os outros se perderiam em trevas, pois não haveria redenção sem uma reconciliação diante deste templo. Mas o que este lado revelou a nós? Soberba, egocentrismo e o poder de julgar aqueles que não aceitam a mensagem deturpada de uma possível cruz, em Israel. Isso mesmo... Nós nos enganamos quando achamos que esta comunidade é salva enquanto outras, as quais não se enclausuram em um templo consagrado, não. Porém, eu sinto muito, meus queridos! Nós caímos no abismo que nos atraiu de tanto o subestimarmos. E eis o Cristianismo: uma religião criada para estabelecer controle. Ela recruta ignorantes que são as peças que sustentam a engrenagem de um sistema opressor. Cada igreja cristã diz ser a mensageira redentora sem dar a mínima atenção para o que Cristo pregou. Prega-se uma salvação, não é verdade? Uma salvação que nos livra de um inimigo que nos cerca ao derredor. Quanta bobagem! Penso no quanto preguei essa mentira quando, na verdade, eu precisava pregar sobre a necessidade de sermos salvos do maior inimigo que temos: nós mesmos. O que passa pelas suas mentes agora? Pergunto a vocês e espero que estejam sendo sinceros no que estão pensando. – O silêncio retornou. – Pelo que eu mais lutei nesta vida? Pela minha família? Talvez vocês pensem que sim, mas não, senhores. Pelo contrário, eu quase a perdi por causa daquilo que me tornei. Eu defendi esta instituição mais que tudo o que havia em minha volta e não percebi o quanto estava morrendo o amor dentro de mim, pois forçava as pessoas a se submeterem à autoridade que eu achava que possuía. Meu filho se virou contra mim, mas não porque ele estava endemoninhado nem porque ele foi manipulado para sair de casa, mas porque eu o feri com a arma que tinha: a arrogância. Eu me tornei alienado e alienei vocês pelos dogmas; e amedrontei-lhes por causa do castigo de um deus que se faz vingativo. Por fim, lhes fiz acreditar em um paraíso que eu não posso experimentar a não ser pela fantasia que eu chamava de fé; e, por ela, lhes fiz negar este mundo, o qual passou a ser terreno do diabo em nossas mentes, capaz de nos desviar do caminho ideal quando, na verdade, esse mesmo mundo queria nos mostrar que o evangelho pregado por Jesus não pode ser representado na superioridade, mas na humildade de se colocar sob a necessidade do próximo. Pelo caminho da religiosidade, a nossa comunidade se tornou hipócrita e construiu uma muralha em volta. – E agora, ele gritou: – TUDO POR MEIO DE UM SISTEMA ALIENADOR! – Deu um forte murro no púlpito. – Será que vocês não perceberam ainda? Os meus sermões moralistas não passaram de paliativos contra os sofrimentos que tínhamos; acreditamos que um deus se manifestaria pelo esforço de nossas orações e de nosso quebrantamento; diante do sofrimento, pedíamos poder; mas o que faríamos com esse poder? Encheríamos o peito pelo empoderamento, mas nada em nós mudaria; se fosse possível obter esse poder, nós abriríamos os olhos sendo as mesmas pessoas que éramos antes da oração? Mas vocês não têm culpa dessa ilusão, pois fui eu que os conduzi a esse caminho e peço que me perdoem por subjugá-los quando, na verdade, eu deveria lavar os seus pés. Agora, como resultado de minha estupidez, eu vejo um povo acorrentado que vê apenas as sombras daquilo que brota de uma falsa realidade, aquilo que a religião quer que vocês vejam. Mas como poderiam enxergar além dessas sombras se acreditam que não podem virar para o outro lado? É tudo culpa minha. Estou aqui confessando o meu erro, pois a estupidez de vocês é resultado da minha prepotência.

O Sr. Jonas Furtado ficou de pé nesse momento e levantou uma das mãos. Charles pausou o seu discurso e lhe cedeu o momento.

– Estou prestando muita atenção em tudo o que o senhor está dizendo, pastor, e não posso negar que estou assustado com tudo o que ouvi até agora. Um filme passou em minha cabeça desde quando nos encontramos pela primeira vez. Tínhamos algo em comum que era a vontade de servir a Jesus e, por isso, idealizamos uma congregação por sentirmos que estávamos sendo incomodados pelo espírito santo. Crescemos juntos e trouxemos muita gente que pôde conhecer a palavra de deus por esta congregação. Mas, agora, o senhor afirmou que nós somos estúpidos, jogando toda a nossa história no lixo?! Para eu não ter que ir aí e te dar um bofete – alterou-se –, explique: que estupidez é essa?

– Sim, meu amigo, explico com muito prazer. Só não garanto que vá passar a vontade de me esbofetear. Somos estúpidos pela ignorância. Quando a ilusão de conhecimento nos toma, passamos a defender uma verdade que não pode ser absoluta, mas a tornamos assim na forma subjetiva e a defendemos com todas as nossas forças, mesmo quando estamos acorrentados pela mentira. Veja... Não há problema algum em estar em um templo religioso, claro que não; mas fazer dele um lugar de dogmas repressores é viver em contraste com aquilo que nos propusemos ao abri-lo. No que consiste essa estupidez? No ato de proclamar e adorar o nome de um salvador esquecendo-se daquilo que é maior que qualquer nome, inclusive o nome de Jesus: o amor.

– Basta, Charles! – esbravejou Letícia. – Pare com essa palhaçada imediatamente, meu irmão, se ainda tem algum senso moral em ti! – Ela se virou ao público para dizer: – Eu disse a vocês que ele estava precisando de ajuda. Vejam o quanto ele está fora de si, sem nenhum equilíbrio para estar à frente deste ministério. Ele abandonou o escrúpulo e os bons costumes. Acho até que ele nem saiba o que está fazendo. Por isso, peço intervenção ao seu direito de falar desse púlpito – ela apontou para o lugar em que Charles estava.

– Ei, tia, pare com isso a senhora! – esbravejou Luiza. – Ainda não sei o que aconteceu com o papai, mas de uma coisa eu tenho certeza: que ele ainda é a autoridade deste lugar e eu proíbo qualquer tentativa de impedi-lo. A senhora entendeu? – Luiza estava alterada e, quando falou, suas veias se sobressaltaram em seu pescoço.

– Eu vou continuar, Letícia, mesmo que você não queira – disse Charles.

Letícia bufou e foi impedida por alguns que estavam ao redor. Então, ele pôde continuar.

– Por isso, meus senhores, eu vos anuncio a grande mudança! Sei que muitos de vocês, talvez todos, não aceitarão; mas não poderei fazer diferente, a começar pelo nome desta instituição, que não será o mesmo. A partir de hoje, este lugar não será mais um templo evangélico, pelo menos não como se tornou conhecido. Aqui não haverá mais os costumes cristãos e, quando eu digo isso, me refiro aos costumes que nos identificam com o Cristianismo. Não será mais um lugar religioso. Não teremos a lei do dízimo e qualquer doação existente será por meio da espontaneidade, sem nenhum pavor de infidelidade. Não haverá gabinete pastoral e nem sala de tesouraria, pois, se algum recurso financeiro chegar a nossas mãos, será imediatamente revertido em obra social aos que precisam de verdade. Aqui não será feita nenhuma campanha de prosperidade, nenhum grupo de obreiros será necessário e ninguém será obrigado a frequentar este lugar para que não haja a privação de sua liberdade. Não haverá um povo escolhido nem autoridade religiosa; não haverá pastor, nem qualquer título eclesiástico. O Antigo Testamento não será o principal manual de conduta, mas será encarado como um conjunto de histórias. Portanto, o deus que tanto preguei será expulso daqui. Não haverá adoração a Jesus ou a qualquer que seja o nome messiânico; e nada que traga o Cristianismo será aceito neste lugar. Quanto à liturgia... Não haverá nenhuma que seja suprema e oficial e nenhum ritual religioso será praticado, pois não teremos a promessa de salvação ou santificação, conforme tínhamos até aqui. O que teremos aqui, então? – Respirou profundamente. – Um lugar de aprendizado, apenas isso. E aprenderemos o quê? Se quisermos utilizar a Bíblia, a utilizaremos para que aprendam a prática dos ensinamentos de Jesus e nada mais. Falaremos do poder da caridade e sobre a essência da gratidão; aqui será debatido sobre a tríade que sustenta a nossa vida: o amor-próprio e ao próximo, a compreensão e o perdão. Neste lugar, prezaremos pela partilha e os bens não serão o alvo de busca pessoal, mas buscaremos o autoconhecimento; a espiritualidade não se dará por revelações hipócritas e convenientes, mas na busca pela harmonia entre a mente e o corpo. Como recursos de apoio, teremos sessões coletivas que promovam a cura interior e o desapego. Daremos importância à natureza e seus belos recursos de inspiração; admiraremos as criações humanas e a história que o mundo nos revela. Seremos amantes deste mundo e da simplicidade. Vamos aprender a lidar com pessoas que não pensam como nós. Haverá conflitos em suas rotinas e, talvez, brigas, mas, assim como Sidarta disse uma vez, o mal que está dominando o outro não precisa estar em você. Estudaremos pensadores que nos provocam o pensamento questionador de todas as coisas. Estudaremos sobre a história com uma linha do tempo para entendermos as ideias originais e estímulos dos nossos antepassados, antes e depois da Era Comum. Para tanto, a Filosofia será a nossa base metodológica e discutiremos filosoficamente cada assunto proposto, a fim de nos tornarmos fortes emocional e racionalmente. Assim, lidaremos sabiamente com ódio, com frustrações, rancores, recaídas e melancolias. Ao final, nossas crenças serão questionadas e a dúvida será uma grande aliada; e a verdade só será uma: o amor. Não viveremos como Jesus nem o adoraremos, mas entenderemos, a cada dia, suas palavras no contexto de hoje. O que eu quero dizer é que teremos, aqui, um lugar de desenvolvimento pessoal.

Charles, no meio de seu discurso, pediu que abrissem a porta e que chamassem o homem de cabeça raspada que estava sentado na calçada, junto à sua filha, que aparentava ter oito anos. Eles estavam comendo um pão como se fosse o alimento mais precioso naquele momento (e, para eles, era mesmo).

Foi pedido que os chamassem para que adentrassem no salão; assim aconteceu. Pai e filha foram andando vagarosamente, passando no meio de todos, sendo malvistos pela maioria, mas o homem olhava para quem o chamou sem qualquer temor.

Ao chegarem, Charles apertou a mão daquele homem, pegou em seus ombros após dar um sorriso para a menina.

– Para entendermos o que estou dizendo, devem experimentar algo. Vamos começar por esta família; se todos estiverem comigo para o início de um novo ciclo deste lugar, vamos tratá-los como pessoas importantes porque, afinal, eles realmente o são. Em vez de orarmos pela nossa prosperidade, vamos experimentar a compaixão e praticar a caridade aos necessitados sem nos preocupar com o que teremos.

Ele sugeriu a Jorge que fosse ao (não mais seu) gabinete e pegasse todo tipo de alimento deixado lá para as regalias do pastor do templo e trouxesse às mãos do homem que se alimentava somente de um pão. O homem que foi ignorado por todos [os que, antes, adentraram no templo], estava se sentindo importante no meio dos que possuíam carros próprios e vestimentas luxuosas.

Charles estava promovendo uma nova era naquele lugar e, mesmo que não houvesse apoio algum dos que o contrariaram, ele estava – depois de quase quatro anos – convicto do que fazia. Imaginou o quanto a sociedade precisava de um lugar que desalienasse as pessoas do viés religioso, que as desviasse do apego institucional, do interesse político e da hipocrisia moralista.

O que aconteceu no recinto? Todos ficaram parados e não deram nenhum passo em direção à família. Nada decepcionante, pois já era o esperado.

– Escandalizem-se do amor porque ele é impróprio para a vossa religião! – disse Charles em alta voz. – Você, meu senhor, é a pessoa que mais merece a minha atenção neste lugar. – Charles disse isso em meio a protestos.

Os convidados começaram a sair murmurando pelo caminho; os frequentadores locais, em sua maioria, também se dirigiram à porta. Grande era a indignação diante das surpreendentes palavras de Charles, o qual viu todo o movimento acontecer com um sorriso de alívio em seu rosto. Para ele, o esvaziamento do salão era o sinal de que o caminho estava correto.

Letícia se aproximou com a raiva assando seu rosto.

– Seu idiota! – Deu ela uma forte tapa em seu irmão.

Charles nada disse. Encarou-a seriamente, mas a sua determinação lhe deu forças para em silêncio ficar.

CAPÍTULO 25

A reforma

Ninguém dos que estavam saindo na multidão viu a agressão, apenas Jorge, Robson e os dois filhos. Charles, por sua vez, deu dois passos para trás com o impacto do ataque e, olhando para sua irmã, não reagiu; apenas se virou diretamente aos seus olhos para dizer: – Eu te amo, minha irmã.

Letícia não conseguiu falar mais nada. Ela ficou desconcertada, suas mãos tremeram, seu rosto passou a suar e, sem dizer mais nada, dali saiu.

Rapidamente, o templo gerou eco e Charles se sentou de tão cansado. Olhou para todos os cantos do templo em um momento saudosista. Lembrou-se do início para refletir no fim em que estava, pois o novo início significava desancorar do seu passado.

Ele abaixou a cabeça, fechou seus olhos e não percebeu Jorge chegar.

– O senhor está bem, pastor?

– Sim, meu amigo. Estou bem. Posso pedir algo?

– Claro, o que quiser.

– Por favor, não me chame mais de pastor.

Jorge estranhou o pedido, mas entendeu. Ajudou Charles a levantar e chamou o restante da família presente. Abraçaram-se em volta de Charles e começaram a chorar em um momento singular para todos.

Os filhos não estavam entendendo o que estava acontecendo; não sabiam o que se passava na mente do pai e, por isso, não tinham noção alguma de como seria a partir de então. Porém se permitiram ao momento, o qual não sairia tão cedo de suas memórias.

Dias depois, eles chamaram esse momento de "recomeço".

* * *

A reforma durou oito meses. Não só os filhos, mas alguns (não muitos) dos que frequentavam o falecido "Santo Sacerdócio" também ajudaram como puderam.

O ambiente era outro: ecoava paz diariamente, tinha cheiro de sabedoria e suas paredes, um encanto artístico. Quem adentrava não apreciava um templo religioso, mas uma escola.

O salão foi rebaixado e dividido em algumas salas, a fim de se praticar meditação e o ato de filosofar, a partir dos novos ensinamentos. Uma trilha musical relaxante tocava a todo instante. Um convite para qualquer um que precisasse desacelerar e recarregar suas energias.

O objetivo havia mudado e tudo estava sendo investido no acolhimento aos que, de alguma forma, buscavam ajuda, tanto intelectual quanto fisiológica. Para tanto, além das salas no interior, reservou uma área (um complexo, na verdade) nos fundos do terreno para acolher aqueles que não tinham moradia e que, por isso, dormiam em qualquer lugar mundo afora. Quando queriam apoio, buscavam Charles para algumas noites no complexo e lá encontravam tranquilidade; porém, os mesmos não ficavam durante as manhãs nem dormiam todas as noites lá, pois eram andarilhos e, por isso, sumiam por vários dias sem que ninguém tivesse notícias deles.

Tudo o que acontecia na escola era gratuito e, assim, passaram a receber muitas doações de pessoas que não faziam questão de ser reconhecidas em público. A proposta da espontaneidade, sem culpa ou obrigatoriedade, garantiu aos doadores a condição do anonimato.

De um templo religioso para um local de encontros filosóficos. Um lugar propício para se falar de assuntos que antes – enquanto instituição religiosa – eram vistos como heresias.

Sua fachada também foi alterada para uma aparência rústica e recebeu novo nome: *Peripeteia*.

Luiza apoiou seu pai em todos os momentos, mas expôs frequentemente suas dúvidas quanto às mudanças. Ela parecia temer as consequências e um possível revés dos revoltados. Os dois conversaram muito durante a reforma, mas a sombra de Letícia a deixava em alerta. Luiza se afastou após a inauguração para manter o foco em seu trabalho, no escritório de contabilidade.

Theo seguiu seus compromissos com sua parceira Danny, mas tornou-se um parceiro fiel de seu pai, colaborando todos os dias (pela manhã) com o que podia ajudar. Aos poucos, foi se apaixonando; deparou-se com estímulos para admirar a vida; percebeu a natureza em sua volta; e passou a se cobrar menos em relação ao que cobravam dele. Estava Theo aprendendo a viver.

Decidiu seguir seu coração por instinto e procurou não se atormentar com arrependimentos; poderia não estar em plena liberdade, mas ele tinha – frequentemente – a vontade de viajar sem data para retorno. Não quero dizer que ele se livrou de seus medos, mas é como se ele parasse o tempo para aproveitar os momentos de alegria quase transbordante em si.

Por querer aproveitar seu tempo para desbravar novos horizontes, Theo foi se vendo pouco útil naquele lugar; por isso, foi se distanciando, mas sem deixar seu pai desesperado, pois o apego estava sendo desapegado.

Ainda sofreu com o preconceito de muitos ao seu redor; algumas pessoas que frequentaram o falido "Santo Sacerdócio" insistiam em convidá-lo para uma igreja sempre que o encontravam, mas a recusa do rapaz era imediata e grosseira, o que logo afastava os curiosos. Aos poucos, Theo foi percebendo a necessidade de utilizar sua raiva do jeito adequado e, definitivamente, contra as situações, não contra as pessoas.

O autoconhecimento passou a ser, com seu amadurecimento, sua principal meta.

Decidiu entrar para uma faculdade e se formar em arquitetura, o que mudaria depois para psicologia. E após conquistar uma bolsa de estudos, foi morar nos Estados Unidos e de lá dava notícias à família.

Robson continuou se destacando na faculdade com artes ainda mais polêmicas e, para surpresa até de si mesmo, estreitou relacionamento com Charles durante a reestruturação do prédio.

No período da reforma, ele e Theo quase não se desgrudavam. Foi um recomeço acelerado para os dois amigos; porém, apesar da alegria, Robson reconheceu que precisava compreender a si mesmo, de modo a contribuir para que suas amizades fossem tóxicas o menos possível.

Após se formar em Artes, resolveu se dedicar ainda mais à Peripeteia, pois assumiu também essa missão, descobrindo um sentido para si.

Letícia e Gerson passaram a frequentar uma igreja bem próxima de sua casa. Suas vidas não iriam se cruzar com a de Charles por um bom tempo.

E ele – o ex-pastor Charles –, com o tempo, acostumou-se a agradecer pelo que tinha, mesmo que parecesse pouco em alguns momentos. A humildade o conquistou e a felicidade voltou a balançar as janelas de seu lar. Nem sempre tudo estava bem, mas era o suficiente para sobreviver e partilhar com os que viviam à margem da sociedade.

Contudo, aos poucos, a comunidade do bairro reconheceu a importância da escola que Charles fundara, tendo o altruísmo aceito entre os habitantes do bairro.

No início, com a inauguração, o número de pessoas que participavam das conversas e reflexões era baixo, pois não era uma ideia que atraísse muitos seguidores. Curiosos surgiam de vários lugares, mas a maioria não ficava por mais de 30 minutos, porque, ao saberem o que estava sendo debatido, logo saíam.

Um ano se passou e o local de debates já era conhecido na cidade. Apesar de a procura aumentar a cada mês, Charles percebeu que sua proposta era objetiva, mas dolorosa para muitos; e era justamente a recusa que ele esperava por saber que, para obter o entendimento de tais ensinamentos, é preciso romper com paradigmas; e isso é um processo doloroso e rejeitável, sabia ele por sentir na pele.

Ele dispensava todos após uma discussão e não marcava horário para retorno. As pessoas voltariam se quisessem, mas a intenção dele era que ninguém retornasse com frequência, para que pudessem praticar o aprendizado no dia a dia. Agora, ele estudava de forma independente e reflexiva, conhecendo e aproveitando cada minuto que tivesse com aqueles que a vida lhes trouxesse, mesmo que por algumas horas.

Ele não era chamado de pastor nem lhe faziam reverência alguma. Todos tinham espaço para falar igualmente, compartilhar conhecimentos e, principalmente, discordar e perguntar.

Jesus não era tratado (e nem estudado) como o "Filho de Deus", o "Messias" ou o "Salvador", mas como um homem fiel ao evangelho pregado e que contribuiu ao mundo com seus conceitos e suas atitudes. Jesus era uma das referências nas discussões, mas a filosofia era o que baseava os estudos para a compreensão de todo o conhecimento.

* * *

Em uma sexta-feira, Charles estava a caminhar em direção ao seu apartamento. No caminho, avistou a adega Dianoia. Fazia parte de sua rotina passar por ali e lembrar-se de Sophia era algo inevitável. Embora não se esquecesse de tudo o que aconteceu ali, já fazia tempo que ele não visitava aquele lugar; tentar encontrá-la era um desejo que ainda não tinha realizado; mas, dessa vez, seria diferente.

Resolveu entrar.

O ambiente estava um pouco mudado, com novas pinturas e, aparentemente, mais espaçoso. Após ter entrado, percebeu o quanto estava seguro, sem desconfianças e prejulgamentos. A verdade é que Charles estava vendo o mundo por outra perspectiva. Ao se analisar, viu em si mesmo a leveza de um coração compadecido e empático.

– Oi! – Ele chamou o *barman*. – Não sei se você lembra de mim, mas dois anos atrás eu estive aqui algumas vezes conversando com uma mulher que... Ah, deixa para lá, você não vai lembrar mesmo. – Olhou em volta para dar mais uma conferida.

– Eu lembro, sim, do senhor aqui – disse o barman entre um atendimento e outro. – Na primeira vez, confesso que eu me assustei quando o vi entrando por aquela porta, segurando uma Bíblia debaixo do braço. Quis saber o que o senhor queria aqui, pois era óbvio que não iria se sentir bem. Mas voltou mais uma vez e, assim, me acostumei. O senhor sumiu e apareceu agora. Posso dizer que é grande a satisfação de recebê-lo novamente. – Tais palavras surpreenderam Charles.

– Que interessante! Este lugar eu jamais esquecerei, pode acreditar.

– Bom saber disso. O que o senhor vai querer? Suco de laranja?

– Não, não. Não quero nada.

– Deixe eu lhe servir, é por conta da casa – disse o *barman*.

– Tudo bem, então. Sou grato por isso.

Após três minutos, o suco chegou. Charles agradeceu mais uma vez. Tomou o suco não tão rápido e a cada sugada no canudo, uma lembrança que saltava de sua memória.

– Sabe, amigo... Uma pergunta não sai da minha cabeça: qual legado nós estamos deixando ao mundo? – perguntou Charles.

O anfitrião olhou para ele e sorriu enquanto batia um *drink* a um cliente.

Charles se virou para trás e viu um casal levantar. Logo percebeu um papel deixado em cima da mesa da qual os dois saíram. Pensou em pegar e correr atrás do casal. Foi, então, que Charles não aguentou o impulso e pegou o papel, no entanto ficou surpreso quando o casal disse que o papel não lhe pertencia. Colocou-o no bolso de trás de sua calça e retornou ao balcão.

– Falou com o casal? – perguntou o *barman*.

– Sim. Fui para entregar um papel que estava na mesa, mas não lhe pertencia. Estranho – disse Charles.

Movido pela curiosidade, sacou o papel do bolso e abriu.

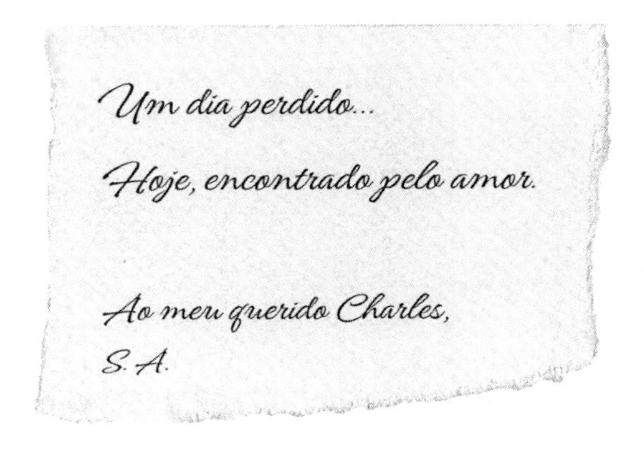

Um dia perdido...

Hoje, encontrado pelo amor.

Ao meu querido Charles,

S.A.

Ele olhou imediatamente para o salão, mas viu apenas pessoas conversando e bebendo algo. Balançou a cabeça com um singelo sorriso, como se entendesse esse mistério. Suas pernas ficaram inquietas como antes, mas dessa vez foi uma reação entusiasmante, um alívio para ser mais honesto. Ele se deparou com seu passado, mas entendeu que devia ser desancorado e que nada podia impedir a vida de seguir o seu próprio fluxo.

Charles riu e disse várias vezes a palavra "gratidão". Passou a mão em seu rosto, dobrou o bilhete e o guardou. Cumprimentou o anfitrião, o qual o seguiu com os olhos até ele sair pela porta.

Desde então, não voltou mais ao Dianoia.

Peripeteia

Nota do autor

Aristóteles (384 AEC – 322 AEC), em *Poética*, definiu o termo "peripeteia", ou "peripécia":

"Peripeteia é a mudança da ação no sentido contrário ao que parecia indicado e sempre, como dissemos, em conformidade com o verossímil e o necessário".

Mais claramente, é romper com a previsão, mudar a tendência de uma ação, isto é, quando tudo parece acontecer em uma direção, algo faz mudar o percurso para outra. Esse algo é um incidente que ocorre no caminho; e a mudança de direção é a peripeteia.

Assim aconteceu com Charles. Adaptado aos costumes do Cristianismo e crente de uma autoridade que o tornava responsável pela salvação das pessoas ao redor, ele se via na obrigação de convencê-las que frequentar sua igreja era uma necessidade. Acreditou, por muito tempo, ter uma intimidade com uma divindade por conta da consagração institucional que recebera algum dia e (com isso) os outros deveriam se submeter a ele com obediência e fidelidade, resultando nas bênçãos que eram prometidas em seus sermões.

Embora tentasse ser ortodoxo em suas decisões e coerente com as interpretações que aprendeu a ter da Bíblia, o [até então] pastor conduziu seu rebanho à segregação daqueles que não comungavam com suas crenças, julgando-os doentes espirituais e, por isso, fadados ao inferno.

A soberba o formou pela estupidez de não aceitar que suas afirmações fossem duvidadas; um pastor que nasceu no Cristianismo para guiar um povo que, por ele, buscava (como muitos nos dias de hoje) por um deus que os suprisse a esperança de uma realidade sem dor, tanto na vida quanto na morte.

A peripeteia é uma conversão. Denominações cristãs utilizam esse termo (conversão) para acolherem os arrasados e ávidos por uma vida próspera, os quais se tornam adeptos da fé que lhes é oferecida e se convencem dos pecados que, por suas interpretações, permitiram que espíritos os dominassem, fazendo-os viver na miserabilidade que os envergonha. Um panorama criado forçadamente para que todos os que se veem nessa condição aceitem qualquer proposta, capazes de entregar tudo o que tiverem para obterem as respostas que lhes são afáveis.

É nesse momento que as instituições fazem algum sentido para quem olha a si mesmo com o mais profundo desprezo; e diante disso, surge a peripécia figurada em que a expectativa promove fideísmo; a razão é – nesse caso – não só ignorada, mas negada.

Já me perguntaram várias vezes se sou contra a existência de templos religiosos ou até mesmo se sou contra religiões. Obviamente que não.

Pelo contrário, eu aprecio suas histórias e admiro a beleza dos templos, principalmente as construções antigas. Entretanto, o cenário criado com um paraíso de galardão (desconhecido e, por isso, criado), com salvos e perdidos e a instituição como o intermédio para o fim desejado, a isso, sim, eu me torno um forte divergente.

Possível é vermos que a religião cristã dá uma contribuição à sociedade e isso é, institucionalmente, inegável. Quando se trata de coletividade na busca pelo mesmo objetivo, a religião em questão traz uma das maiores lições que podemos destacar, mesmo o tal objetivo sendo um tanto alegórico; e, dessa maneira, encontramos respostas que fazem sentido sob um olhar curioso pela vida.

Essa religião busca integralidade entre o humano e a divindade, resultando na fé e na esperança de um futuro melhor, seja na terra ou em algum lugar pós-morte. No Brasil (pelo menos), ela promove pessoas decididas [com as melhores das intenções] a compartilhar suas convicções com aqueles que têm um estilo de vida considerado decadente, à beira do alcoolismo, do vício e do crime; a esse ato, os cristãos chamam de “evangelização”. Comunidades são contempladas por ações que resgatam jovens de uma vida desesperançada e os levam para os templos, com o objetivo de ajudá-los a se tornarem novos homens e novas mulheres. Muitos se tornam obreiros, outros pastores, uns líderes de grupos e, outros, evangelistas.

A sociedade agradece essas iniciativas. Mas isso é solução? É resgate? Resgate de quê, exatamente?

Esse ritmo religioso provoca uma realidade palpável no lado de fora, mas virtual por dentro. É aí que vemos o outro lado da moeda. O meio – entre essas ações e o que se espera – é um sistema que luta pelos seus interesses.

O nome desse sistema? Cristianismo.

O nome faz alusão a Cristo e este, a Jesus. No entanto, idolatraram Jesus e rejeitaram o evangelho que ele pregou. Querem adorá-lo quando, na verdade, o pedido foi que praticassem os ensinamentos registrados nos livros chamados evangelhos, pois seus preceitos não visam a lucros nem consideram as consequências.

Charles teve a sua conversão assim que compreendeu o propósito da aparição de Sophia Assunção. Conhecer o legado daquele que era chamado de mestre por meio de uma incrédula que não guardava os mesmos costumes, que se vestia escandalosamente, que era alcoólatra e que não admirava a ideia de frequentar um templo religioso, foi conflituoso, pois se deparou com paradoxos que o deixaram fora de suas expectativas. Porém o confronto foi inevitável e a balbúrdia se instalou.

O que o ex-pastor aprendeu – e começou a praticar – não sustenta uma relação com nenhuma religião, especialmente com o Cristianismo; mas, para o bem das tradições, não dos adeptos, esconde-se essa verdade.

Gratidão, compreensão, compaixão e caridade são conhecimentos que não devem ser aprofundados, pois desatariam a engenharia dos templos, libertando pessoas das correntes religiosas. E isso seria um desastre para o sistema, já que muitos deixariam a *stultia*, ou seja, a estupidez que explora os carentes de um padrão cognitivo que seja racional.

Epílogo

– Só um instante que eu já estou perto, quase chegando – disse Robson, dirigindo o carro de Charles apressadamente.

– Tem mais de uma hora que eu estou esperando aqui. Quero colocar isso antes de abrirmos a escola, mas tu estás demorando muito, rapaz.

– Calma que vai dar tudo certo.

Robson aparece na esquina e logo estaciona. Dois jovens estavam sentados em um banquinho de praça, próximo à porta, já aguardando o início do bate-papo.

A maioria dos interessados que frequentavam o ambiente era de jovens – alguns com o tempo ocioso. Eles eram estimulados frequentemente a se expressarem quando queriam e, sem cerimônia alguma, discutiam a partir de questionamentos não tão rotineiros.

Como era de se esperar, muitas ideias surgiam, dando início aos diálogos. O foco de Charles não estava em chegar a um consentimento, mas a respostas que trouxessem a racionalidade necessária e que, com isso, ressignificações acontecessem em detrimento de crenças utópicas e limitantes.

Para tanto, a autoaceitação era o ponto de partida para o desenvolvimento pessoal que era proposto naquele lugar; e, como desafio, Charles se esforçava para ajudar os demais (e a si próprio) a evitar eufemismos e romantismos para que, então, permitissem a superação de um passado doloroso e opressor. Uma intervenção que poderia influenciar pessoas ao redor, independentemente da classe social.

Em sua nova versão, Charles buscava cumprir o papel do filósofo, ou seja, como o intermediário entre ignorância e sabedoria. Para ele, sabedoria não poderia ser ensinada como uma disciplina escolar, mas pelas experiências pessoais; e passou a compreender que a observação é de fundamental importância para o encontro inevitável com a própria essência, mas que, para isso, seria necessário o esvaziar-se de egocentrismos e de crenças ancoradas no porto da alienação.

Robson entrou na escola pela porta lateral. Chegou com um objeto embrulhado por uma toalha (como a de uma mesa) e o entregou a Charles, o qual retirou a toalha para dar uma observada na imagem.

– Que inspiração! – disse o admirador.

Ele subiu em uma cadeira, pedindo para que Robson a segurasse, e pendurou o objeto na parede que ficava bem próximo à porta de entrada. Tratava-se do quadro que Robson fez na Expo-Art. Uma arte que deixou de ser uma heresia para se tornar a mais pura expressão da realidade, pelo menos na cabeça de Charles.

A novidade era que a obra tinha um nome no rodapé do quadro: "A verdade é crua".

– Encaixou tão bem, como se esse quadro tivesse sido feito para este lugar.

– Aqui é o lugar de apaixonar-se pela vida, meu filho – disse Charles olhando para o quadro. – Ela é assim, não é? Difícil de entendê-la por que tantas coisas nos surpreendem, independentemente do tempo de experiência que nós temos. Insistimos em ir por um caminho, mas ela acaba dando um jeito de cruzar os caminhos e, mesmo que pensemos não haver importância, nos encontramos por algum motivo. A força para evitar o que está acontecendo se enfraquece e, assim, em algum momento, cederemos às aparentes coincidências. Não tem jeito, meu jovem, a vida nos convergirá para a direção necessária e encontraremos pessoas que deixarão nossas vidas mais coloridas. Não significa que elas estarão conosco para sempre, pois a vida é cíclica; e não significa que estaremos constantemente felizes, pois ela é construída por episódios; isso nos leva a aceitar que devemos aproveitar o tempo que temos com cada presença. Uma vez – caminharam alguns passos em direção à janela lateral –, Elisa me disse que devemos ser gratos a todas as pessoas e as situações que surgiram em nosso caminho; ela falou da necessidade de sermos gratos. – Charles se virou para Robson. – Por isso, eu sou grato à vida por te conhecer.

Robson sentiu as palavras de Charles e se emocionou pelo impacto da sinceridade, revelando um momento de transposição às mágoas que o passado registrou.

Ambos apertaram as mãos. Voltaram em direção ao local de entrada e observaram o movimento dos sedentos que estavam entrando para as próximas descobertas que aconteceriam em mais um encontro.

Charles olhou para Robson, balançou a cabeça como se dissesse "É agora!" e seguiu rumo à sala. Segurou na maçaneta e parou por alguns segundos. Um tempo curto, mas que proporcionou um sorriso saudoso por lembrar-se de um passado cheio de perdas e lições.

Os alunos estavam em círculo, cada um em posse de uma caneta e um bloco de anotações. No meio de quinze aprendizes, uma jovem de 22 anos falou em alto tom antes mesmo de Charles adentrar:

– Eu tenho uma questão para discutirmos hoje, aqui. No que consiste a verdade?

Charles despertou de seus pensamentos e, apesar de parecer desligado, ouviu o que fora perguntado. Entusiasmado, entrou e a porta foi se fechando lentamente.

* * *

Enquanto isso, em algum lugar...

Sophia está no balcão lendo um livro. Entre uma página e outra, pensa por alguns minutos. Em volta, pessoas bebendo, conversando e gargalhando; outras nem tanto. O ambiente ficou leve, apesar de alguns desabafos que carregavam problemas afetivos.

Alegrias não representam (necessariamente) felicidade. As aparências, muitas vezes, enganam o observador e criam ilusões diante de tantas evidências aparentes da realidade. Um sorriso, talvez, pode significar o grito de um sofrimento que tenta sair a encontrar abrigo para esquecer o lugar onde está. A sensação pode não refletir a razão.

Quantas pessoas convivem com suas culpas ferindo ainda mais suas almas? Ainda, sim, elas vivem como se fossem fortes o suficiente para fechar suas feridas que se alargam a cada dia. Tentam ignorar seus sofrimentos quando, na verdade, eles são o reflexo evidente de suas carências pelas quais se descobre a utilidade do amor.

Sophia frequentava esse bar havia um mês e beber era o seu consolo para a solidão que a seguia diariamente. Costumava sentir-se estranha na presença dos normais. Leitora de livros e pensadora da vida, ela se tornou reclusa em si para descobrir os outros. A solidão é o fardo que deve carregar todo aquele que escolhe racionalizar suas emoções; e fazer isso, não significa evitá-las, mas prestar atenção nos detalhes sensitivos.

O atendente se aproxima para perguntar se está tudo bem com ela, já que está ali por mais de 40 minutos sem pedir nada para consumir, diferentemente dos outros dias em que bebeu e comeu. Após ela dizer que está bem, ele lhe ofereceu um *whisky*.

– Não, obrigada. Eu não bebo. – Saiu e a porta se fechou. Para algum lugar Sophia caminhou.